올레 길을 걸으며 보는

제주 사용 설명서

올레 길을 걸으며 보는

제주
사용 설명서

역사 ㅣ 문화 ㅣ 4·3

문창재 지음

문득, 두렵다. 미심쩍고 불안하다……

　상재를 결정하고 나서 이런 생각에 휩싸였다. 제사상에 설익은 음식을 올린 것 같기만 하여 후회도 된다. 역사를 전공한 사람도 아니고, 문화를 말할 자격도 없다. 제주도를 많이 드나들었다지만, 그곳과 연이 멀었던 사람이다.

　뭍사람들에게 잘 보이지 않는 곳들을 찾아다니며 맨눈으로 본 르포라는 것을 내세웠었다. 그런데 그것도 현지 전문가 식견에 비할 바 아닐 것이다. 이제라도 거두어들이고 싶지만, 일이 앞서 나갔다. 출판을 권유하는 말에 솔깃하여 일부터 저지른 경박함을 탓하고 있다.

한라산 산행기가 이 책이 태어나게 된 계기였다. 제주도에 갈 때마다 한라산 오르는 재미에 푹 빠져, 온라인 글방 '마르코 카페'에 글을 쓰기 시작하였다. 싫증이 날 무렵 명예 제주도민이 되어, 제주도의 역사유적에 관심을 갖고부터 내용을 바꾸었다.

명예 제주도민이 된 것은 우연이었다. 2016년 9월 25일. 제주대학교 휴먼르네상스아카데미HRA 9기 수료식 및 10기 출범식 행사 때 원희룡 제주도지사에게서 명예도민 증서와 기념품을 받았다. 아카데미 고전읽기 프로그램을 맡아 10년 동안 학생들을 지도해 온 것이 명예도민 될 공적이라 하였다.

명예 자격증이란 자타가 인정할 자격과 공로가 있을 때 주어지는 것이다. 명예 졸업장을 예로 들자면, 졸업은 못 했지만 모교의 명예를 드높였거나, 발전에 기여한 공로를 인정하는 증서일 것이다. 제주도를 위하여 그만한 일을 한 바 없는데 과분하지 않나 하는 생각에, 쏟아지는 축하인사 응대가 거북하였다. 많은 수상자들이 말하듯이, '제주도를 위하여 더 좋은 일을 해 달라는 주문'으로 받아들이기로 하였다.

서울로 돌아오는 기내에서 손꼽아보았더니, 제주와 인연을 맺은 지 50년 넘는 세월이 흘렀다. 대학시절 목포에서 밤배 편으로 제주에 갔다가, 겨울풍랑에 갇혀 고생한 기억이 생생하다. 전국일주를 목적으로 나선 길이었다. 제주도도 가보았다는 인증사진이나 몇 장 찍고, 부산으로 건너갈 참이었는데 폭풍우에 갇혀 며칠을 묵었다.

지붕을 새끼줄로 단단히 동여맨 초가집들이 게딱지처럼 옹기종기 엎드려 있는 제주항 일대의 모습은 낯설었다. 바다 쪽에서 쳐다보아 그랬는지, 초가집들이 이마를 맞대고 웅크리고 있는 풍경이 스산하였다. 지붕이 너무 낮아 드나들 때마다 고개를 숙여야 하였다. 멀지 않은 시골에 가려고 몇 시간씩 기다려 버스를 타면, 중심가를 벗어나자마자 먼지가 풀풀 나고 덜커덩거리는 신작로였다.

그래서 그랬을 것이다. 고달픈 삶에 지친 사람들 모습뿐이던 제주도는 내게 별다른 기억을 남겨주지 않았다. 한동안 제주를 잊고 살았다. 그러다가 갑자기 제주도가 우리 앞에 환상의 섬으로 다가왔다. 공항이 생기고 신혼여행지로 각광을 받기 시작하였다. 해외여행은 꿈도 꾸지 못하던 시절, 제주도 가는 비행기 한번 타보는 것이 큰 자랑이었다.

여가문화의 여명이 밝은 1980년대, 취사가 가능한 숙박시설이 생겨나고부터 제주도에서 휴가를 즐기는 사람들이 늘어났다. 그러나 시간의 노예처럼 산 신문사 편집국 시대에는 여전히 제주도는 먼 나라였다. 논설위원이 되어 서귀포에서 열리는 관훈클럽 연례토론회, 신문방송편집인협회 세미나 같은 행사에 자주 참여하게 된 뒤로 한라산 오르기에 맛을 들였다.

퇴직 후 제주 출신 동료의 권유로 HRA와 연을 맺고부터 매달 한 번 꼴로 제주를 찾게 되어 급속히 친밀해졌다. 그동안 100번을 넘게 제주도를 드나들면서 한라산 사랑에 눈멀었다. 대학이 5·16도로 가까운 중 산간지에 있어 수업 후 산을 오르기 편리하였다. 한라산 통신은 그렇게 시작되었다.

산행 이야기를 20여 회 쓰다 보니 재미가 없었다. 자연스레 역사, 문화 이야기로 소재가 바뀌었다. 제주 섬 남북을 관통하는 고속화도로평화로를 달려, 중문이나 대정을 오가는 길에 맞닥뜨리는 '항몽 유적지'가 그런 것의 하나였다. 항몽 유적지가 왜 제주도에 있을까, 이런 의문이 그쪽으로 발길을 이끌었다.

서귀포 중심지를 지나다가 스치게 되는 서복공원과 이중섭 미술관, 추사 적거지 앞의 삼의사비, 절물휴양림 가는 길목에서 스치는 4·3평화공원, 올레 길에서 마주치는 동굴 같은 곳에 무슨 사연이 있을지도 궁금하였다. 그렇게 찾아다니며 보고 느낀 것들이 모여 이 책이 되었다.

이 섬에 위리안치 당하여 파란만장한 일생을 끝낸 광해 임금의 비극, 왕세자 소현의 대대손손 제주 유배, 상상을 뛰어넘은 4·3사건 이야기를 취재하면서 내 나라 역사에 너무 무지했음이 부끄러웠다. 특히 나와 동시대 일이었던 4·3사건이 그랬다.

한국인에게 제주도는 풍광이 빼어난 으뜸관광지로 인식되고 있다. 오랜 화산활동의 결정체인 제주의 자연이 이국적이기도 하여, 아름다운 풍경 말고는 볼 것이 없다고 여기기 쉽다. 나도 그랬다. 오직 한라산, 오직 올레 길이었다.

어쩌면 그것으로 족하다. 가벼운 마음으로 찾는 관광지 여행에 그것이면 충분하지 않은가. 그러다가 조금 더 관심이 생기면 그것은 덤으로 얻는 소득이 될 것이다. 이 책은 그런 이들을 위하여 상재하게 되었다. 전문적이고 깊이 있는 내용이 아니다. 뭍사람 눈으로 살펴본 겉모습이다. 알아두어 나쁠 것 없는 상식이니까, 가벼운 제주여행 가이드북이 된다면 다행이겠다.

뱃길이 험했던 제주도는 오랜 기간 육지권력과도 멀리 떨어져 변방의 역사를 지니게 되었다. 말과 풍습이 뭍과 다른 연유이기도 하다. 제주 특유의 역사와 문화를 알게 되는 것도 여행의 또 다른 즐거움이 아닐까.

책은 세 파트로 구성되었다. 일제강점기 말 일본이 도민들을 닦달하여 뚫은 진지동굴 등 군사 방어시설 르포를 중심으로 한 역사 편을 위시하여, 제주의 독특한 문화와 자연과 풍속 편, 사건 발생 70주년을 넘긴 4·3사건 편으로 마감되었다.

역사 편에 실린 소개여객선 풍영환호에이마루 침몰 사건은 제주도 역사에 빠져 있는 대사건의 발굴이다. 일제강점기 때 제주도에서 초등학교를 다닌 일본인이 교장 가족의 조난 소식을 알고 관계자들을 찾아다니며 기억을 살려낸 귀중한 기록을 제주 우당도서관이 번역 출간하여 세상에 알려지게 되었다.

피해자가 500명이 넘을 사건이 통째로 역사에 빠진 것은 일본이 황급히 철수하면서 관련기록을 소각한 때문이라 한다. 그러나 생존자가 아직 살아 있을 가능성이 있고, 유가족도 많을 사건의 발생 시기에 비추어 보면 너무 의문이 많은 과거사다. 그 궁금증을 시원히 해소하지 못한 아쉬움이 크다.

책을 만드는 데 도움을 주신 많은 분들께 깊은 고마움을 전하고 싶다. 특히 도서출판 선 대표 김윤태 님과 편집부 여러분께 깊은 감사의 뜻을 표한다. 출판시장의 어려움을 모르지 않는 사람으로서, 선뜻 원고를 상재케 해 주시어 감복하지 않을 수 없었다. 한라산 통신 연재 중 격려를 아끼지 않으신 '마르코 카페' 독자 여러분께도 심심한 사의를 전한다.

2019년 11월
목동 우거에서 문창재 쓰다.

목차
contents

제1부

뫼픈 제주의 역사

■ 일제에 할퀴인 상흔

　우리나라 역사상 제주도만큼 고난을 겪은 땅도 드물 것이다. 멀리 삼별초 항몽 투쟁과 목호 토벌전에서 일제의 침탈과 4·3사건에 이르기까지, 제주도 수난의 상처는 오래고 깊다. 우리 땅 그 어디인들 온전한 곳이 있었으랴만 세월의 치유작용으로 다른 곳들은 상처가 아물어 간다. 그러나 제주도는 아직 그렇지 않다.

　제주 섬 남서쪽 끄트머리, 해안선이 바다로 불쑥 튀어나간 곳이 있다. 송악산 돌출부다. 해안선을 따라 구불구불 오르락내리락 이어지는 올레 길은 늘 관광객으로 붐빈다. 그곳에 일제강점기 때 건설된 17개의 해안동굴이 있다는 사실은 몰랐다. 산중턱 곳곳에 수많은 지하진지가 건설되어 있는 것도.

　사람들은 올레 길 옆에 있는 방공호 입구 같은 진지시설을 보고도

송악산 해안동굴 진지

무심히 지나친다. 그것이 미군의 상륙에 대비한 일본군 방어시설이었다는 사실을 아는 이는 많지 않다. 그러니 그것들을 만들기에 얼마나 많은 피땀을 흘렸는지 어찌 알겠는가. 십수 년 동안 여러 번 그곳에 갔지만 아찔한 해안단애와 쪽빛 바다 빛깔이 연출하는 풍광에만 넋을 빼앗겼을 뿐이다.

그 사실을 알게 된 것은 2017년 가을 작가 김훈의 북 콘서트 행사가 끝나고 함께 올레 길을 걸을 때였다. 송악산 해안단애에 숭숭 뚫린 구멍에 시선을 빼앗긴 것이 관심을 갖게 된 계기다. 거기서 북쪽으로 몇 백 미터 거리의 섯알오름 정상에서 고사포 진지 유허를 보고 나서 더욱 그 실체가 궁금해졌다. 도대체 왜 이런 곳에 그런 시설들이 필요했을까. 의문을 풀어가는 과정에서 놀라운 사실들을 알게 되었다.

해안 인공동굴은 제주도 대표관광지 성산일출봉 해안에도 많다. 이곳에는 24개나 된다. 이 역시 일제강점기 말 주민들을 동원하여 뚫은 것들이다. 일출봉을 요새화하기 위해 1943년부터 공사가 시작되었는데, 한번 쓰지도 못할 진지를 만들기에 주민들만 고통을 당하였다. 가혹한 부역을 피해 몰래 도망치는 주민이 많았다 한다.

태평양전쟁 후반기 패색이 짙어지자 일본은 미군의 상륙을 막아보

섯알오름 고사포 진지

제주 섯알오름 일제고사포진지

겠다고 제주도 요새화 작업을 서둘렀다. 난공불락의 요새라던 필리핀이 함락되고, 오키나와마저 실함 위기에 몰리자 제주도와 일본열도 상륙전 대비를 바짝 서둘렀다. 그들이 세운 제주도 방호작전 제1호 사업은 해안동굴과 육상동굴 진지 건설이었다.

육상 진지시설로 제일 높은 곳에 구축된 것은 어승생악 격자형 진지동굴이다. 등산 목적으로 오른 이 산꼭대기에서 콘크리트 토치카 유허를 목격했을 때도 같은 의문이 들었다. 나중에 알고 보니 그곳은 제주도 북쪽 해안선을 넓게 감제할 수 있는 요지였다. 어리목 등산로 입구 광장에서 오름 경사면에 진지동굴을 파고 해발 1,169m 정상에

송악산 진지 유허

토치카를 마련한 이 군사시설은 거의 대부분 제주도와 전남지역 주민을 강제 동원하여 만든 것이다.

공사에 동원되었던 인부 허경화의 2011년 증언에 따르면, 제주도 징병1기 신병들이 일본군 신분으로 6개월 동안 작업에 투입되었다. 12명으로 편성된 조별로 할당받은 책임구역에서 굴을 팠다. 제주지역 민간인 노무자들이 많이 동원된 것은 물론이다.

"어승생악 밑에서 정상까지 굴을 팠는데, 땅을 파고 그 위에 흙과 잔디를 입히는 공사였수다. 시멘트와 자갈, 물을 등짐으로 져 나르는 일이 너무 힘들어 도망을 가고 싶었지만, 오름 아래 일본 군인이 새까맣

수월봉 해안 진지동굴

게 깔려 도망칠 마음도 못 먹어봤어요. 오죽 힘들었으면 동료 한 사람
은 후송 기회를 얻으려고 곡괭이로 자기 발등을 찍었다니까요."

가파도 출신 노무자 임공진이 1994년 70세 때 남긴 증언이다. 그
많은 동굴과 진지공사에 동원된 사람들은 지금도 이구동성으로 혹독
했던 중노동에 치를 떤다. 다이너마이트를 박아 암벽에 틈을 내고 착
암기로 뚫었다지만, 잔손질은 다 곡괭이, 정 같은 도구를 사용한 육체
노동의 몫이었다.

몽둥이나 가죽 채찍을 뒤에 감춘 십장들이 돌아다니며 잠시라도 쉬
는 사람을 보면 무자비하게 휘둘렀다. 그 채찍을 피하려면 아무리 힘
들어도 쉬어서는 안 되었다. 가마니 네 귀퉁이에 작대기를 꿰어 만든
들것을 두 사람이 어깨에 메고 흙과 돌을 날랐다. 할당량을 채우지 못
하여도 벌칙이 가해지는 살인적인 중노동이었다.

해안동굴은 진양정震洋艇이라는 자살공격용 보트가 배치되었던 곳이
다. 폭약을 장치한 목선을 적선미군 상륙정에 돌격시킬 특공정 격납
시설이다.

회천정回天艇이라는 인간어뢰 수납용 동굴도 있다. 일본이 태평양전
쟁 도발 때 하와이 진주만에서 미군 함정을 공격한 자살어뢰정 같은
보트를 보관하는 용도였다. 사람의 목숨을 폭탄 하나 값으로 취급한
군국주의 생명관에 치가 떨릴 뿐이다.

송악산 올레 길 옆에 있는 육상동굴 진지들은 소규모 병력을 촘촘히 숨겨 육박전에 대비하기 위한 시설이었다. 오랜 기간 방치되어 무너지고 막혔지만, 그때는 지하에 탄약고와 무기저장소까지 있었다. 개미굴처럼 사통팔달의 지하통로가 육상 지휘부와 연결되었다. 그런 동굴이 70여 곳이다. 한경면 수월봉 해안과 서귀포 삼매봉 해안에서도 그런 동굴진지를 보았다.

해안동굴 가운데는 길이가 50m가 넘는 것도 있다. 자살보트 격납용은 규모가 그리 크지 않지만 벙커용이나 관측용은 생각보다 크다. 특히 표고 40m가 넘는 절벽 한가운데 있는 관측용 동굴은 어떻게 공사를 했을지 짐작하기도 어렵다. 크고 작은 바윗돌이 뒤엉켜 접근이 어려운 곳에 어떻게 장비가 들어갔으며, 까마득한 절벽에 어떻게 지

알뜨르 비행장 전투기 격납고

지대를 만들어 인력과 자재를 올리고 내렸을지…….

섯알오름 꼭대기에 있는 고사포 진지는 지금도 겉모습이 옛날 그대로다. 깊이 1.5m쯤 돼 보이는 원형 콘크리트 구덩이 직경이 10m 가까이 돼 보였다. 그 공간에 고사포를 설치하고 남쪽바다에 나타날 미군 전투기를 기다린 것이었다.

이 진지는 해안동굴과는 달리 인근 알뜨르 비행장 시설보호가 목적이었다. 비행장을 공습하려고 날아오는 적기를 요격할 요량이었으리라. 알뜨르 비행장이란 1937년 중일전쟁을 앞두고 일본에서 중국 대륙에 출격하는 전투기들의 중간 기착지로 건설한 비행장이었다.

규슈九州 오무라大村 비행장을 이륙한 폭격기들이 상하이上海와 난징南京 폭격임무 수행차 가고 올 때 연료보충을 위한 중간 기착용이었다. 뒤에 시설을 늘려 이곳에서도 발진한 도양출격 사실이 일본군 기록에 남아 있다.

1941년 태평양전쟁을 도발한 뒤로는 미국과의 공중전 수행을 위해 비행장 규모를 4배로 늘려 본격 전폭기 비행장이 되었다. 이를 보호할 수단으로 고사포 진지를 건설한 것이다. 이런 사실을 증명해 보이는 유적이 알뜨르 비행장 격납고 시설이다.

지금도 알뜨르 평원 드넓은 농지에는 격납고 유적이 20여 곳 남아 있다. 전투기 한 대를 온전히 수용하여 외부에 그 모습을 감출 수 있도록 설계되었다. 격납고 지붕마다 덮인 흙에 풀이 높이 자라 있다. 공중

정찰로는 식별할 수 없도록 한 것이다.

이 시설을 만들 때 현지주민들은 생명 줄인 농지를 빼앗기고 노력동원에 끌려간 이중의 피해를 입었다. 말로는 수용이라 하지만 땅값을 제대로 받았을 턱이 없다. 거기에 집집마다 할당된 비행장 건설노동력이 하루 5천 명이었다. 늙고 병든 아버지, 징용 징병에 끌려간 오빠 삼촌 대신 어린 소년소녀들까지 나가 삽과 곡괭이를 들어야 하였다. 그 연인원이 15만 명에 달하였다.

미군의 공격으로부터 보호해야 할 시설은 또 있었다. 전쟁 말기 한라산 동쪽 중 산간지역 교래 부근에 있던 가미카제神風 기지도 중요한

전후 무기를 폐기하는 일본군

보호 대상이었다.

일제는 규슈 곳곳에 두었던 가미카제 특공기지로는 부족하다고 느꼈던지, 제주도에까지 그걸 만들었다. 기록에 따르면 교래 특공기지는 활주로 2개에 병사 200명 수용 규모의 숙소, 격납고와 중급 연습기 12기, 비밀위치 30기분의 시설을 갖추고 특공기 비연飛燕을 배치하였다. 미군 상륙함정에 대한 특공이 그들의 임무였다.

가미카제란 자살보트나 인간어뢰처럼 조종사가 살아서 돌아올 수 없는 자살공격기였다. 이륙할 때 목적지까지 도달할 연료만 주었기 때문에 임무수행 여부와 관계없이 목숨을 내놓아야 하는 전투기였다.

2010년 규슈 여행 중 지란知覽 가미카제 특공기지에서 본 대원 숙소는 솔숲 속에 감추어져 있었다. 미군정찰기 공중촬영을 피하려는 입지였다. 교래 기지도 그런 조건을 갖추었던 모양이다.

교래 기지에서 가미카제 특공기가 출격했는지는 확인되지 않는다. 해안지대에 만든 그 많은 진지와 공격시설들이 실전에 사용된 일이 없었던 사실로 미루어, 교래 기지도 '일억 총 옥쇄' 작전 도상계획의 일환이 아니었던가 싶다.

전쟁 막바지였던 1945년 봄 미군 잠수함이 표선 앞바다에 나타나 쫓기던 일본 군함이 좌초되었다. 한림에서도 미군 어뢰정 공격으로 일본 군함 3척이 가라앉았다. 미 공군 B-29 전투기가 나타나 제주항에 소이탄을 투하한 일도 있었다.

일제는 여기에 놀랐던 것 같다. 어떻게든 제주도만은 본토공격의 교두보가 되는 것을 막고 싶었을 것이다. 제주도가 떨어진다면 본토방위는 물 건너가게 된다고 여겼을 것이다.

이제 송악산은 평화의 상징이 되었다. 올레 길에서 바라보는 산방산과 용머리 해안은 그림보다 아름답다. 바다 한가운데 떠 있는 형제섬과 관광잠수정 플랫폼 뒤편으로 가물가물 보이다 말다 하는 한라산 능선은 관광천국 제주도의 대표적인 풍광이 되었다.

남쪽 바다 위에 널빤지같이 떠 있는 국토의 최남단 마라도 가파도

일출봉 해안동굴에서 본 해변

가 내려다보이는 올레 길에는 오늘도 사람들 발길이 그칠 새가 없다. 이렇게 평화로운 곳에 70여 년 전 그런 일이 있었다는 생생한 역사를 가슴에 새기기 위해서라도, 길가의 구덩이를 한 번씩은 들여다 볼 일이다.

■ 동굴새우처럼 눈먼 인생

　동굴진지 공사에 동원된 제주 주민들은 착암기 같은 굴착장비 없이 굴을 파기도 하였다. 아무리 흙과 암질이 무른 곳이라 해도, 곡괭이와 삽으로 그 길고 넓은 굴을 팠다는 이야기를 믿을 수 있겠는가. 그 공사에 동원되었던 사람들은 오랜 기간 지하 공사장에서 일하고 먹고 자고 하여, 어둠에 적응하도록 시력이 퇴화되었다 한다. 광복으로 그 모진 질곡을 벗어난 뒤에도 그들은 해를 볼 수가 없어 낮에도 커튼을 치고 살았다.

　작업 중 사고로 죽거나 다치지 않는 한 지하 공사장을 빠져나올 수가 없었다. 죽은 사람은 바로 실려나갔는데, 어떻게 처리되었는지 아는 사람은 없었다. 다친 사람은 굴 바깥 의무실에서 치료를 받을 수 있었지만, 열흘 안에 낫지 않으면 생화장 되었다.

이런 이야기를 듣고 한참을 고민하였다. 들은 대로 써야 하나, 말아야 하나. 믿어지지 않는 이야기를 들었다고 다 쓸 수는 없지 않으냐는 생각이 들어서였다. 그러나 '내 아버지가 겪은 일'이라는데 토를 달 수 없었다. 그 일을 잊지 말자는 뜻으로 건립한 제주 평화박물관 건립자 이영근의 이야기다.

일제가 할퀸 상처 편 취재를 마감하고 4·3사건 유적지를 둘러보려다가, 평화박물관 이야기를 듣고 무작정 찾아나섰다. 제주도 현대사에 대한 무지를 한탄하게 된 계기다. 전시관과 동굴진지 내부를 둘러

평화박물관 설립자 이영근과 인터뷰하는 저자(좌)

본 1시간 남짓한 동안 제주도의 일제수난사 인식을 완전히 바꾸게 되었다. 제주도의 상처를 몰라도 너무도 몰랐다는 생각이 들었다.

관광지로 여겼던 송악산과 성산일출봉 해안동굴 진지를 보고 가졌던 관심은 너무 피상적이었다. 등산 목적으로 올랐던 어승생악 삼의악 같은 오름 꼭대기와, 해안지대에서 본 군사시설이 다인 줄 알았던 것이 얼마나 '관광객스러운' 인식이었던가!

제주시 한경면 청수리 평화박물관에 전시된 제58군 배비개견도配備概見圖라는 군 문서에 따르면, 태평양전쟁 말기 제주에 급거 창설된 일본군 제58군은 3개 사단과 1개 여단을 거느린 군단급 조직이었다. 96사단은 제주시 산천단, 111사단은 제주도 서남부 원물오름原水악, 121사단은 서북부 바리메오름과 노꼬메오름 일대에 사령부를 두었다. 독립 혼성부대 108여단은 동부지역 거문오름 일대에 주둔하였다.

가마오름은 알뜨르 비행장을 앞에 둔 주 저항선의 중심축이어서 111사단 예하 244연대 주둔지가 되었다. 해발 140m 나지막한 오름 정상에서는 제주도 남쪽과 서쪽 해안은 물론, 북쪽 해안 일부까지 조망된다. 이런 전술적 요충지여서 복합적인 기능을 가진 동굴진지가 필요하였을 것이다.

평화박물관 전시실 군사시설 안내도는 놀라운 사실을 말하고 있다. 제주도 전역 120여 곳에 동굴진지, 토치카, 대공포 진지, 지하 벙커, 전투기 격납고 등등 갖가지 군사시설이 있었다니, 놀란 입을 다물기 어려웠다. 한라산을 중심으로 사방에 올망졸망 솟은 오름 군의 3분의 1에 그런 시설이 건설되었다는 이야기다.

　너무 놀라운 수난의 실체는 가마오름 동굴진지였다. 전시관 뒤편 오름 중복에 뚫린 동굴진지는 3층 구조에 동굴 연장이 1천 900m에 이른다. 미로처럼 복잡하게 얽히고설킨 갱도가 3층 구조 여기저기로 이어지고 통하여, 정밀한 구조도 없이는 어디가 어디인지 짐작도 할 수 없는 구조라 하였다.

태평양전쟁 말기 제주도에 모인 전차

해설사의 안내로 100여 미터 동굴을 둘러보는 동안, 뇌리를 짓누른 상념은 강제노역에 동원되었던 사람들의 고통이었다. 착암기 하나 없이 삽과 곡괭이로만 작업을 했다니 말이다. 햇빛을 보지 못하는 생활이 얼마나 길었으면 시력을 잃었을까!

'송이'라고 부르는 화산재가 쌓인 땅이어서 가마오름에는 암석층이 없다. 그래서 삽과 곡괭이만으로 팔 수 있었다 한다. 아무리 그렇다 해도 단단한 송이 층을 파고 시설물을 들이는 공사를 그토록 원시적으로 했다는 사실은 놀라웠다.

"한번 동굴진지 작업장에 들어간 사람은 죽거나 다치지 않으면 밖으로 나올 수 없었답니다."

이 말을 어떻게 믿을 수가 있는가!

"작업장 안에서 먹고 자고 일만 했기 때문에 동굴새우나 동굴 물고기처럼 시력 퇴화 증세가 일어났다고 합니다."

이 말에는 납득이 갔다. 파낸 흙을 가득 담은 들것을 두 사람이 목도하여 굴 밖 사토장에 내다버릴 때 잠깐씩 바깥구경을 할 뿐이었다니 그럴 것이다. 암흑 세상에 적응하도록 감각기관도 바뀌었다는 이야기다.

박물관 설립자 이영근의 이야기는 가슴을 후벼 팠다. 1943년부터 2년 6개월 동안 가마오름 동굴진지 공사에 동원되었던 그의 아버지 이성찬은 전쟁이 끝나 굴 밖으로 나와서도 태양을 볼 수 없는 일생을 살았다. 청명한 날 낮에는 아무것도 볼 수 없었다. 하늘을 바라보면 눈이 아파 견디기 어려웠다. 커튼을 친 실내에서도 아내와 아들 딸 얼굴을 알아볼 수 없을 정도로 시력이 퇴화되었던 것이다.

목소리를 들어야 큰아들인지 작은아들인지를 구별할 수 있었다. 글자나 TV 같은 것은 읽고 볼 생각도 못하는 반 장님인생이었다. 만년에는 종일 침대에 누워 식구들이 와서 이야기해 주는 것만으로 세상일을 알다가, 2010년 한많은 생을 마감하였다. 만 90세였다.

노임은 얼마나 받았었느냐는 자식들 물음에 그는 "패전 후 일본 군인들이 도망가면서 남은 쌀 2되씩 받은 게 노임의 전부였어. 미안해!" 이 말만 되풀이하였다. 그래도 자기는 살아남았으니 운이 좋았다고 하였다던가!

생전에 그는 강제노동의 참상을 아들에게 들려주었다. 굴 안에서 중노동에 시달리다가 병이 들거나 다친 동료들 가운데는 비명에 간 사람도 많았다. 그렇게 밖으로 나간 사람은 다시 만나지 못하였다. 바깥 의무대에 수용되어 일주일이나 열흘 정도 치료를 받았지만, 그 안에 낫지 않은 이들은 생화장 처분을 당하였다.

그것은 다비식을 연상케 하는 만행이었다. 장작더미를 쌓아 올리고 기름을 부어 불을 지른 다음, 사체와 함께 병든 사람까지 불속에 던져버렸다는 것이다. 상상할 수도 없는 일이 굴 밖에서 벌어진 사실을 나중에 듣고 알았다 한다.

패색이 짙어진 뒤로는 일본군 중환자들까지 그렇게 처치했다니, 그 랬겠구나 싶었다. 근년 일본인들이 찾아와 그렇게 죽은 일본군 유해 를 발굴해간다는 이야기가 신빙성을 굳혀주었다. 2005년 2구, 2017 년 2월에도 1구를 발굴해 가는 것을 보았다고 그는 말하였다.

"어려서 인적이 드문 오름 자락에 있는 습지로 지네를 잡으러 가곤 했는데, 그때마다 어른들에게 야단을 맞아서 왜들 그러나 했습니다. 커서 알고 보니 거기가 생화장터였어요."

얼마나 많은 사람이 그렇게 비명에 갔는지는 알지 못하지만, 그저 '많았다'고만 알고 있다 하였다.

그가 혼자 힘으로 평화박물관을 건립한 것은 사사로운 한풀이가 아 니었다. 마음먹는다고 되는 일도 아니었다. 그런 일을 세상에 널리 알 려 다시는 그런 비극이 일어나지 않도록 깨우치고 싶어 무리인 줄 알 고도 시작한 일이었다.

아버지에게 들은 말을 되살려 동굴 내부를 발굴하기 시작한 것이 1996년부터였다. 출근하듯 혼자 들어가 불을 밝히고 호미와 삽으로 바닥을 파헤치고 유류품을 찾았다. 공간이 넓은 곳은 병사들 숙소나 창고, 식당이었고, 철문이 달린 곳은 무기고였다. 탄약고는 입구 가까 운 곳에 자리 잡고 있었다. 사무용품이 출토되는 공간은 단위부대 행 정반이었고, 갱도 옆에 수직으로 큰 구멍이 뚫린 곳은 외부 침입자를

벌하는 함정이었다.

미로 같은 내부 동굴은 33개의 출입구와 연결되어 있다. 바깥 상황에 따라 안전한 곳으로 들고 날 수 있도록 한 설계다. 온 산에 개미굴 같은 구멍이 구불구불 아래위로 뚫려 웬만한 부대 병력이 다 들어갈 만한 공간이다.

동굴 내부 출토품과 그동안 수집한 군수용품을 전시할 공간을 마련하려고 그는 동굴 주위 사유지를 사들여 기념관 건물을 지었다. 사재를 다 털고도 턱없이 부족하여 은행 빚을 져 가면서 시설을 완공한 것이 2004년이었다.

후세에 선대의 고통을 잊지 않도록 하자는 뜻으로 '평화에는 공짜가 없다'는 슬로건을 내걸었다. 산 역사교육장이 되기를 기대했지만 운영이 쉽지 않았다. 적자를 견디다 못하여 몇 해 전 시설을 국가에 양도하고, 그는 지금 기념관 인근에서 편의점을 운영하면서 또 다른 교육사업을 준비하고 있다. 나라가 해야 할 일을 하면서도 생색 한번 내지 않는 그런 사람들이 있어, 아무도 몰랐던 놀라운 역사가 우리 앞에 '어제의 일'로 다가오게 되었다.

■ 제주도가 제2의 오키나와?

　태평양전쟁 때 일본의 항복이 조금만 더 늦었으면 제주도는 어떻게 되었을까. 이런 물음이 있다면 그 정답은 '제2의 오키나와'일 것이다. 20여만 주민이 살던 곳에서 일본군 10만이 전사하고, 그보다 더 많은 주민이 희생된 것이 태평양전쟁 오키나와 전투였다. 그런 일이 일어나게 될 운명이었던 제주도는 미국의 원폭 사용으로 아슬아슬하게 참화를 면하였다.

　제주도를 제2의 오키나와로 인식하였던 일본 군부는 1945년 3월 들어 제주도 방비를 서두르기 시작하였다. 미군의 본토상륙전에 대비한 작전계획은 제1호부터 제7호까지 숫자에 '결決' 자를 붙였다. 결사항전을 뜻하는 것이었다. 홋카이도를 결1호 작전지역으로 시작하여, 열도를 남하하면서 차례로 번호를 붙여 규슈가 결6호 지역으로 지정되었다. 일본 땅 밖에서는 제주도가 유일하게 결7호 작전지역이 되었다.

조선사 연구자 미야다 세츠코宮田節子의 『15년 전쟁 극비자료집』 중 제15집 「조선군 개요사」에 결7호 작전계획 요약제4절이 있다. 1945년 3월 12일 대본영이 각 군에 시달한 국토결전작전 준비요강에 따라 작전명칭을 결7호 작전이라 하고, "제주도는 독력으로 섬을 확보하라"고 돼 있다. 병력 제로 상태인 제주방어를 위해 관동군과 북지북중국 방면 군에서 2~3개 사단을 증강시키고, 작전준비를 8월 말까지 끝내라는 것이다.

제주도 방어를 위해 만주지역 관동군과 북지군까지 투입시키겠다는 계획은 제주도 방위가 그만큼 화급해졌다는 것을 말하는 것이다. 관동군이 어떤 부대인가. 일본 이주민 보호를 명목으로 만주사변 이전부터 주둔시켰던 유명한 침략군 부대 아닌가. 거기에 북중국 방면 주둔군까지 빼돌려야 할 만큼 급박하다고 인식한 증거다. 그런 인식을 바탕으로 한 판단이 작전계획에 드러난다. '적의 상륙판단'란에는 첫째 미군이 북구주 방면에 상륙하거나 조선해협대한해협 돌파를 위한 기지로서 제주도를 공략할 공산이 크고, 둘째 남조선 이도離島를 공략하거나, 셋째 대륙교통 차단을 위해 남조선지구 일각에 상륙, 넷째 부산지구로 강행 상륙, 다섯째 정략을 목적으로 조선본토 중심지대를 공략할 공산도 있다고 보았다. 미군이 상륙작전에 동원할 병력은 2~5개 사단, 상륙 시기는 8월 말로 예상된다고 판단하였다.

오키나와 상륙작전

　대본영은 1945년 4월 1일 미군의 오키나와 상륙작전이 시작되자 다음 차례는 일본 본토 아니면 제주도로 보았다. 제주도가 적의 수중에 떨어지면 대정 알뜨르 비행장이 본토공격의 기지가 될 것이 제일 두려웠을 것이다. 두 번째는 한반도 작전통제권 상실로 중국대륙의 물자 및 병력수송선이 끊길 상황이었다. 그러면 전쟁수행은 물론이고, 패전 후 철수 철병에도 문제가 생기지 않는가.

"오키나와 공략 이후 적의 작전방향은 서부일본 방면을 지향하게 될 공산이 매우 커졌다. 종래 적이 되풀이한 전법에 비추어 항공기지를 더욱 약진시킬 것인데, 이를 오키나와 열도에서 찾을 것인지, 상해上海 부근에서 구할 것인지, 혹은 일거에 일본 본토에 상륙시킬 것인지는 적 기동부대 세력 여하에 좌우될 것이다. 만약 북구주北九州 방면을 선정하게 된다면 우선 제주도에 반드시 기지를 설정할 것이니, 제주도를 공략할 공산이 매우 커졌다."

야마베 싱고山邊愼吾의 『제주도, 호에이마루 조난사건』에 인용된 일본군 내부문서에는 그 사정이 이렇게 설명돼 있다.

작전목적은 "적의 공·해군기지 설정 기도를 파쇄破碎하는 데 있다."고 하였다. 대본영의 결7호 작전계획에 따라 제주도 방위를 위한 제58군이 창설되고, 사령관에 나가쓰 사히에永津佐比重 중장이 임명되었다.

작전계획에 따라 평양 주둔 제96사단이 급거 제주도로 이동해왔다. 관동군 2개 사단과 일본 본토 주둔 1개 여단도 건너왔다. 적 상륙을 총력 저지하려는 것이었다. 4월 이후 제주도에 배치된 부대는 제96사단, 관동군 산하 제111사단 제121사단, 일본 본토 독립혼성 제108여단 등 사단급 부대만 넷이다. 이들 부대 사령부는 한라산 동서쪽 중 산간지대, 북쪽 해안이 감제되는 산천단제주시 아라동 일대, 알뜨르 비행장과 고사포 진지가 가까운 대정 일원에 주둔하였다.

그 밖에 야포병연대, 중포병연대, 산山포병연대, 속사포대대, 박격포대대, 중포병대대 등 연대 대대급 부대들이 속속 도착하였다. 눈길을 끄는 것은 전차부대와 공병부대였다. 전차부대는 미군이 해안에 상륙하는 상황에 대비한 것이었고, 공병부대는 각종 시설공사를 서두르기 위한 것이었다. 1년여 전까지 300명에 불과하던 제주도 병력이 7만 5천이 되어, 제주도는 급조 군사도시로 변하였다.

'옥쇄명령'도 들어 있다. "제주도가 오키나와 같은 전장戰場이 되면 주민처리가 작전상 문제가 될 것이므로 5만의 노유老幼 부녀자를 본토 반도半島로 대피시키고, 이후 귀환歸還 공선을 이용하여 전도全島 일치로 적응 격쇄擊碎할 것을 결의하라"는 내용이다.

전도 일치로 적응 격쇄하라니, 이게 무슨 말인가! 모든 도민이 미군 상륙 상황에 적응하여 격쇄하라는 것은 육탄이 되어 적을 물리치라는 말 아닌가? 옥쇄라는 말은 쓰지 않았지만 그와 다를 바 없는 명령이었다. 이것을 그들은 일억 총옥쇄總玉碎라 하였다. 늙은이와 어린이, 그리고 부녀자들은 다 피란시킬 터이니 남자들은 모두 전선에 나가 싸우라는 것이었다.

"전장화되면 주민처리가 작전상 주요문제가 될 터이니 총독부와도 자주 절충하라"는 말도 나온다. 주민처리가 작전상 주요문제가 된다? 이는 말할 나위도 없이 이른바 '불령선인'을 말하는 것이다. "민족사상에 젖은 지식인들의 반일행동이 우려되니 총독부 협조를 얻어 처리하라"는 말과 다르지 않다.

같은 문서에 '송두리째 동원'하라는 명령이 나온다. 가용자원 총동원령이다. "반도 내의 재향군인으로서 소집 가능한 사람은 다 동원하고, 그 위에 많은 '미교육未敎育 장정'도 모두 동원하라"고 돼 있다. 군대 경험이 없는 사람까지 다 동원하라는 이 지침은 제주도에만 국한된 것이 아니라 '국민총동원령'이었다.

동원대상은 16세부터 50세까지였다. 이들 가운데 군사교육 경험이 없는 사람들은 노무자로 동원되었다. 식민지 백성에게까지 병역의무를 지워 젊은이 씨가 말랐다. 제주도에서는 동원연령이 무시되어 70대 노인까지 노무자로 동원되었다. 국민총력조선연맹이라는 어용단체의 발호였다. 이 시절 제주도 사람들이 신세를 한탄하며 부르던 노래가 있다.

한라산 곧은 나무는
전봇대로 다 나가고
보리 말이나 거둘만한 밭은
신작로로 다 나간다
아 깨나 남직한 여자는
보국대로 다 나가고

(……)

강제공출로 군대환 타고

북해도 공출은 웬 말인가

　군대환君代丸이란 당시 제주–오사카 정기여객선기미가요마루 이름이다. 기미가요君が代는 일본국가다. 여자들까지 보국대報國隊로 끌려가는 신세타령에 일본국가를 딴 배 이름이 언급되었으니, 우리 민족에게 얼마나 한 맺힌 이름인가. 이 배는 주로 '모집', '관 알선官斡旋' 같은 미명의 탈을 쓴 강제연행 징용 등으로 수많은 도민들을 일본에 끌어간 눈물의 여객선이었다.

제주–오사카 여객선 기미가요마루(군대환)

도내 공사장에도 함바飯場라 불린 노무자수용소가 수십 곳 생겨났다. 함바 생활은 지옥 같았다. 제일 큰 고통은 중노동과 배고픔이었다.

그런 소동은 아무짝에도 소용이 없었다. 이내 그것이 증명되었다. 1945년 2월 14일 마라도 근해에서 일본군 해방함海防艦 제9호가 미군 폭격기 공격으로 침몰하였다. 그 많은 방위시설 어느 것도 기능하지 못하였다. 15일에는 중국으로 병력을 싣고 가던 수송선단이 미군기에 탐지당하여 공격을 받았다. 선단은 급히 한림항으로 대피하였으나 잠수함 공격은 피할 수 없었다. 해방함 제31호와 수행함정 1척이 미군 잠수함 공격으로 침몰당하였다.

5월 13일에도 한림 근해에서 미군 폭격기와 잠수함 공격을 받아 일본 해군은 엄청난 피해를 입었다. 미군 폭격기에 쫓기다가 한림-비양도 사이에서 피격, 호위함 4척과 수송선 1척이 가라앉았다. 병력 약 800명이 전사한 것으로 기록되었다.

일본 군함만 당한 것이 아니었다. 뭍에 있는 군사시설물 폭격 피해가 주변 마을로 번졌다. 한림항 탄약고 공습으로 인한 대폭발이 마을로 번져 민가 400여 호가 화재피해를 입었다. 이 난리로 30여 명이 죽고 200여 명이 다쳤다. 제주시 산지항 탄약고와 자재창고, 민간 주정공장도 공격을 받아 인근 주민들이 피해를 당하였다.

한림 앞바다에서 일어난 해군 수송선 조난사고는 지금도 현지인들 사이에 화제가 되고 있다. 비양도 올레 길에서 만난 70대 섬 주민은 "비양도 해변에 떠밀려온 시체 때문에 해녀들이 물질을 못 나가던 일을 기억하고 있다."고 말하였다. 또 다른 주민은 "건너편 옹포 해변에서는 일본군 사체가 너무 많이 밀려와 냄새 때문에 고통을 당했다는 이야기를 들었다."고 하였다. 어려서 일본군 귀신 나온다고 해변 길은 피해 다니던 기억도 되살렸다.

한림1리 노인정에서 만난 마을 어른들은 "잠수부들이 물속에 들어가 침몰선을 해체해서 고철로 처리했다."면서, 그렇게 안 했으면 통항과 어업에 많은 지장이 있었을 것이라 하였다.

만일 제주도가 제2의 오키나와가 되었다면? 이 가정만은 피하고 싶다. 도쿄 주재 특파원 시절 오키나와 취재 때 화살처럼 가슴에 박힌 기억은 떠올리기 끔찍하다. 전화가 가장 치열하였던 최남단 이토만糸滿 시내에는 서너 집 걸러 한 집 꼴로 잡초 우거진 공터가 시선을 끌었다. 미군상륙전 포화로 온 가족이 몰살당하여 재산권을 행사할 사람이 없기 때문이라 하였다. 시 당국이 역사의 흔적이라고 보존한 것이다.

풀 한 포기 나무 한 그루 없는 폐허 나하那覇 시가지 사진은, 원폭투하 직후의 히로시마 나가사키 모습과 다를 바 없었다. "나무 한 그루, 풀뿌리 하나도 살아남지 못하였다."는 말이 과장이 아니었음을 실감하였다.

이토만 히메유리姬百合 기념관에서는 참상의 일면을 말해 주는 생생한 증언을 들었다. 오키나와제일고녀와 오키나와사범학교 여자부 여학생들이 군부대 간호대원으로 징집되어 겪은 체험담이었다.

동굴 속에 피란하였던 주민들은 '마지막 순간'에 자폭하도록 수류탄 한 발씩을 지급 받았는데, 그 지시를 '결행'한 사람이 많았다 한다. 차마 그러지 못하여 살아남은 친구의 심적 고통을 전하면서, 자원봉사 안내인 할머니들마다 눈가에 물기가 번지는 것을 보았다.

함락 며칠 전인 1945년 6월 19일, 희망을 포기한 일본 군부는 동원학생 해산명령을 내렸다. 그것은 구원이 되기는커녕 죽음의 메신저였다. 제3외과병원 방공호에 피란하였던 학생들은 집으로 돌아갈 수 없었다. 군의 방침에 따라 투항을 거부하는 그들에게 미군이 화염방사기와 가스탄 공격을 퍼부었던 것이다. 히메유리 학도대 소속 여학생 46명이 희생되고 5명만 살아남았다. 다른 여러 군병원 방공호와 민간인 피난처에서도 비슷한 참극이

오키나와 히메유리 기념탑

벌어졌다.

해산명령에 따라 자유롭게 행동할 수 있었다면 어땠을까. 이런 질문은 우문이다. 집에 가라니 방공호를 나가겠다고 하면 '비국민' 지탄이 쏟아졌다. 그게 무서워 아무도 일어서지 못하는 분위기였다고 생존자들은 입을 모아 말하였다.

그 문제는 일본에서 아직도 현재진행형이다. 일본 월간지 『문예춘추』 2018년 9월호 보도에 따르면, 그때 집단자살극에서 기적적으로 살아난 사람들이 일본정부를 상대로 한 배상청구 집단소송 재판은 아직 끝나지 않았다. 원고단의 86세 할머니는 가족끼리 서로 가해하기를 강요당한 집단자살 현장에서 천운으로 살아났다. 현장에서 죽은 부모형제 6명, 가족에게 등을 찔려 평생을 환자로 살다 간 언니를 대신하여 소송에 가담하였다.

군에 의하여 강요된 집단자살의 방법은 가족끼리 칼로 찌르기, 돌 같은 둔기로 머리 치기, 끈으로 숨통을 조르기 등이었다. 면도칼, 식도, 돌, 끈……. 부모가 자식을, 형이 아우를, 이웃이 남은 어린이를 죽여야 하였던 강요된 지옥! 군이 지급한 수류탄이 대부분 불발탄이어서 그런 야만이 연출되었다는 것이다.

이런 상황을 면하여 제주도는 행복하였을까. 오키나와의 일을 알수가 없었으니 '비교 행복론'은 성립할 수 없다. 당하지 않아도 좋을 고난을 당한 것만으로도 제주도의 고통과 불행은 차고 넘친다. 오늘은 제100주년 삼일절 기념일이다. 우리 국민이 왜 그렇게 끈질기게 일제에 저항하였는지, 그 까닭을 더듬어 보면서 고개를 끄덕였다.

■ 감춰진 여객선 침몰 참사

제주도 근현대사에는 구멍이 숭숭 뚫려 있다. 일제 말기 제주도 수난사 가운데 통째로 묻혀버린 사건이 많다. 패망 직후 일제가 제주도에서 일어난 일들을 감추려고 각급 기관 단체 등의 행정서류와 관련 기록들을 모두 소각해버린 탓이다.

제주도를 불침요새로 만들어 미군의 본토공격 거점화를 저지하려던 이른바 '결7호 작전'은 존재 사실 자체를 모르는 사람이 더 많다. 주민 강제노동으로 만든 진지동굴 같은 '결사항전' 흔적과 피해자들 입을 통하여 단편적으로 알려졌을 뿐이다. 왜 그런 작전이 필요했으며, 경위와 경과가 어땠는지 아는 사람은 더 적다.

그중에서도 제주도민 5만 명을 육지로 대피시키고 전시동원 자원인 장정들만 남겨두려던 소개疏開작전에 관한 일들은 더욱 그러하다.

그 작전에 따라 뭍으로 떠난 여객선 침몰로 수많은 승객이 수장되었다. 그것도 여러 건 가운데 제주-목포 정기여객선 황화환見和丸, 고와마루 침몰 사고 하나만 기록에 남았을 뿐이다.

나머지 두 사고는 오랜 기간 파묻혀 있다가, 근년 한 일본인의 노력으로 한 건이 햇빛을 보았고, 한 건은 아직도 미궁에 묻혀 있다. 『제주통사』에는 "두 번째 소개선 풍영환豊榮丸은 7월 3일 한밤중 어란진 서쪽 6㎞ 지점에서 미국 잠수함 공격으로 침몰되어 288명이 희생되었다."고 단 한 줄로 기록되었다. 대서환大西丸, 다이세이마루 사고라는 것은 피해 정도가 불명이고, 사고 발생 사실조차 기록에 없다.

풍영환 사고, 일본어로 '호에이마루'라 불린 여객선 침몰 사건은 근년 일본인 발굴자에 의하여 희생자가 500명이 넘는 대참사로 밝혀졌다. 사건이 파묻히게 된 까닭을 아는 이는 없다. 이 배가 군용 선박이었던 데다, 패전 후 관련기록이 소각된 탓으로 추정될 뿐이다. 고와마루 사건 희생자도 국내에서는 300명 미만으로 알려졌지만, 일본 측 기록에 따르면 500명이 넘는다.

일본인 야마베 싱고山邊慎吾, 2001년 작고가 오랜 노력 끝에 밝혀낸 호에이마루 사건의 참상은 전쟁참화의 전형이다. 그가 남긴 책 『제주도, 호에이마루 조난사건』에 따르면 저자가 이 사건을 안 것은 우연이었다.

초등학교 5학년까지 제주 남국민학교일본인 학교에 다닌 그는 1994년 일본에서 초등학교 동창회 모임에 갔다가 호에이마루 사건을 처음 듣고 놀랐다. 수소문 끝에 모교 교장이었던 고마쓰 고토마루小松虎兎丸 씨 수기를 입수, 호에이마루 침몰 사건 진상의 실마리를 찾았다.

제주도에 주민소개 명령이 떨어진 지 2개월만인 1945년 6월 30일, 고마쓰 교장은 아내와 두 딸을 소개선 호에이마루에 태워 보냈다. 자기 학교 어린이 12명과 인솔교사 1명도 함께였다. 어찌 된 일인지 배가 떠나지 못하여 모두 되돌아왔다가, 7월 1일 저녁에야 다시 출항하였다. 그런데 이틀이 지나도록 목포에 잘 도착했다는 전보가 없었다.

사흘 만에 날아든 소식은 청천벽력이었다. 그 배편에 가족을 보낸 제주우체국장에게 목포에서 날아온 소식은 '호에이마루 조난. 승객 대부분 절망'이라는 전보였다. 몸이 단 고마쓰는 여기저기 수소문해 보았으나 정확한 소식을 알 길이 없었다. 군부대로 달려가 경위를 물었더니 "군사 비밀이어서 말할 수 없다." 하였다. 그날 밤 우체국장에게 날아온 제2보는 '7월 3일 밤 10시 지나 해남 화산 난바다에서 기뢰에 접촉하여 폭침, 100여 명만 구조'였다. 제발 생존자 명단에 가족이 있기를 빌고 또 빌었다.

명단이 발표된 것은 사고 열흘이 지난 7월 11일이었다. 남국민학교 일행 16명 가운데 구조된 사람은 단 2명이었다.

야마베 싱고는 1990년대 말 취재차 제주도에 와 호에이마루 사건 생존자 문한석을 만나보았다. 아사히국민학교 3학년이었던 문한석은 부모와 형제자매 4명이 같이 탔다가 혼자만 살아남았다는 사람이다.

"배는 목포 근처 소안도小安島에 피항했다가 밤 7시에 출항했다. 갑판은 시트로 덮고 그 아래 선실에 승객들이 탔는데, 배에서 징 소리가 자주 울렸다. '섯' 하는 소리가 들리자 아버지는 '어뢰다' 하고 소리쳤다. 그 소리가 또 나더니 '꽝' 하는 굉음과 함께 배 후미가 기울어 침몰하기 시작했다. 나는 바다에 빠져 널빤지를 잡고 있다가 돛단배에 구조되어 목탄트럭 편으로 목포에 실려 갔다. 구조된 45명 가운데 누나 하나뿐, 나머지 식구는 없었다. 생존자 가운데 화상을 입은 사람이 많았는데, 뒤에 들으니 그들은 다 죽었다 한다."

그의 말로는 생존자가 45명뿐이었다. 꽝 소리, 화상 같은 말로 보아 무언가 폭발이 있었던 모양이다.

일본인 생존자 고가 시게오古賀繁雄, 작고의 증언에는 긴박했던 순간이 생생하다.

"군용선 호에이마루는 예정보다 이틀 늦게 항구를 떠났다. 3일 야밤, 부설기뢰敷設機雷에 부딪쳤는지 돌연 엄청난 소리와 더불어 배가 기울었다. 배에는 한국인 일본인 노인, 부인, 어린이 등 500명 이상 타고 있었다. 아비규환이란 말이 있는데, 그와 같은 끔찍한 혼란

호에이마루 침몰 사고 생존자 문한석

을 말하는 것일까. 아래 갑판에서 쉬고 있던 부모님을 찾았지만 폭풍의 길목이었는지 그 부근엔 사람 그림자가 없었다. 바다에 뛰어들어 헤엄치며 찾았지만 부모님을 찾을 수 없었다. 나만 살아나고 말았다. 죄송할 따름이다."

두 사람 말의 차이는 전자는 어뢰에 맞았고, 후자는 부설기뢰에 접촉되어 침몰하였다는 것이다. 어뢰에 맞았다면 미군의 소행이고, 부설기뢰 접촉되었다면 일본 해군이 설치한 기뢰가 원인일 것이다.

주목할 것은 조난자 수와 사고위치다. 야마베는 일본 방위성에서 입수한 『일본상선대 전시 조난사』 기록을 인용하였다.

이 책에는 호에이마루를 '780톤 나포선'이라 했고, "제주항에서 군인·군속, 소개자 480명과 우편물을 싣고 1945년 7월 1일 출항, 목포로 항해 중 3일 22:55경 N34-22 E162-24해남군 어란리 서방 6㎞ 부근에서 촉뢰, 대격동과 동시에 침몰, 승선자 280명, 선원 8명 전사"라고 기록되었다.

이 기록에는 여러 가지 미심쩍은 데가 있다. 우선 승선자 인원이다. 제주항 승선인원은 '군인·군속, 소개자 480명'이라고 적혀 있다. 군인 군속이 몇 명인지는 밝히지 않고, 소개자만 480명으로 돼 있다. 인명피해는 '승선자 280명, 선원 8명 전사'라고 썼다. 인명피해에 '군인·군속, 소개자 480명'에 대한 언급은 없이 '승선자 280명, 선원 8명 전사'라고만 기록하였을 뿐 '승선자' 신분이 무엇인지를 밝히지 않았다.

군인·군속과 소개자 모두를 '승선자'라 한 것인지, 작전상 이유로 군인·군속 인원을 밝히지 않은 것인지는 분명치 않다. '전사'라는 용어로 보면 '승선자'는 군인·군속으로 보아야 한다. 선원 8명도 '전사'라 한 것은 군용선 선원들이니 그렇게 구분한 것으로 볼 수 있다. 그러면 소개자 480명의 안부는 어디로 갔는가.

민간인 안부는 관심사가 아니라는 입장으로 보아야 하나. 민간인을 '전사'로 기록할 수 없을 테니까 '전사자 280명'에 소개자가 포함되지 않은 것만은 분명해 보인다. 그렇다면 조난자 총수는 768명280명+8명+480명이라고 보아야 한다.

고와마루 침몰 사건은 1994년 제주 MBC에서 방영된 다큐멘터리 '고와마루의 비명'으로 세상에 알려졌다. 1945년 5월 7일 아침 제주항을 떠난 이 배에는 정원의 배가 넘는 750여 명이 타고 있었으며, 횡간도横干島를 통과할 무렵인 오후 1시 미군기 폭격으로 침몰하여 150~180명이 구조되고 나머지는 실종되었다는 것이 보도 요지였다. 서일본기선 소속이었던 이 배는 383톤급 제주-목포 정기여객선이었다.

『전시 선박사』는 고와마루 사건에 대하여 "5월 7일 남해안에서 공습을 받고 침몰, 선원 2명 전사"라고만 기록하였다. 호에이마루 사건처럼 그 많은 민간인 여객의 조난에 대해서는 언급이 없다. 일본 신칸

사新幹社 발행 『제주 4·3사건』의 한 챕터로 소개된 「여객선 고와마루 격침사건」에 나오는 생존자 김용식의 증언은 이렇다.

"최초의 폭탄은 선장실 옆 2등석에 떨어져 선실과 함께 승객들이 날아갔다. 두 번째 폭탄은 기관실에 떨어져 여객선은 화염에 휩싸였다. 배는 순식간에 수라장으로 바뀌었다. 바다에 뛰어드는 승객이 있는가 하면, 젖먹이를 안고 있던 여인 등은 갑판을 뛰어다니면서 민간인 여객선이라는 것을 알리기 위해 치마를 벗어 흔들기도 했다. 불타는 선박 위를 선회하던 미군기가 갑판을 향해 기총소사를 하는가 하면, 바다에 뛰어든 조난자 등 위에도 총탄을 퍼부었다. 한 시간쯤 지났을 때 일본군 초계정이 나타났다."

제민일보 특별취재반이 2007년 보도한 『4·3을 말한다』 기획 연재 기사에는 생존자 김용식의 증언이 이렇게 소개되었다.

"구명정에 매달려 죽을힘을 다 하고 있다가 어렴풋이 '배가 보인다'는 소리를 듣고 순간적으로 정신을 잃었습니다. 사고현장에 달려온 초계정은 '작전 중이라 시간이 없다'면서 조난자들을 향해 배까지 헤엄쳐 오면 살려주겠다고 했습니다. 그 와중에 몇 명이 또 목숨을 잃었습니다. 내가 마지막으로 구조됐는데, 담요를 한 장 주면서 백묵으로 99라는 숫자를 쓰더군요. 아마도 99명이 구조된 것이 아닌가 생각합니다."

이 말을 믿는다면 희생자 수는 500명을 크게 넘어선다. 승선자가

750여 명인데 구조된 사람이 99명이라는 말 아닌가. MBC 보도대로 구조된 사람을 150~180명으로 계산해 보자. 구조를 150명, 승선인원을 750명으로 잡으면 조난자가 600명이 된다. 180명 구조로 치면 570명이다.

조선사 연구자 미야다 세츠코 교수가 영인본으로 펴낸 『15년 전쟁 극비자료집』 중 「조선군 개요사」에는 "제1회 피난주민 약 500명의 조난에 따라 수송은 중지되었다."는 문장이 나온다. '제1회 피난주민'이란 고와마루 편으로 떠난 첫 소개자 출항을 말하는 것이리라. 이것을 근거로 삼더라도 고와마루와 호에이마루 선박 침몰 사고 희생자 수는 1천 명이 훌쩍 넘어선다. 이 기막힌 이야기가 역사에 누락되었다.

'다이세이마루 사건'은 고마쓰 교장 수기에 "(제주도) 해운점 주임에게서 7월 2일 아침 목포-제주 정기여객선 다이세이마루가 미군기 총격으로 희생자를 냈다는 이야기를 들었다."는 이야기뿐이다. 언제 어디에서 어떻게 사고가 일어났으며, 희생자 수와 침몰 여부, 생존자, 귀항지 등 아무것도 알려진 것이 없다. 그런 이름의 여객선이 제주-목포 항로에 취항하였던 사실만 확인될 뿐이다. 어떻게 이런 일들이 있을 수 있는가!

멀지 않은 과거의 대형 사건들이 이렇게 파묻힌 까닭은 일제의 철저한 서류 소각작전에 있다. 야마베는 자신의 책 발문에 "전후 제주도 수비부대였던 제58군사령관 永津佐比이 제주도청에 있던 과거 36년간의 문서를 전부 소각해버린 때문"이라고 말하였다. 호에이마루 피해자 고마쓰 교장도 당시 군부의 지시로 관련서류를 모두 소각한 사실을 언급하면서 "학적부 한 권도 남기지 않은 것이 후회스럽다." 하였다.

기록이 없다고 언제까지 손을 놓고 있을 것인가. 많지 않겠지만 아직 생존자나 유가족이 살아 있다. 그들의 입이 아쉬운 대로 기록을 대신할 수 있다. 그 사람들을 찾아 이 엄청난 사건의 증언을 채록하는 일이 시급하다. 모자라고 아쉬운 대로, 타다 남은 조각들이라도 꿰어 맞추어 소각된 역사를 되살릴 책무가 오늘 우리에게 있다. 그 책임을 다할 곳은 어딘가.

■ 제주도와 종자도種子島, 다네가시마의 차이

　아름다운 침식해안으로 유명한 산방산 용머리 해안에 가면 멋진 해적선 같은 배 한 척이 눈길을 끈다. 1653년 네덜란드 상선 '스페르베르SPERWER'호가 표착했다는 곳에 실물대로 복원해 놓은 무역선이다.

　산방산에 갔다가 그 배를 본 뒤로 관심이 생겨 『하멜 표류기』를 읽게 되었다. 처음에는 '300여 년 전 조선이 이렇게 한심하였구나!' 하는 느낌뿐이었다. 그러나 정유재란 420주년을 계기로 월간지에 격전지 탐방기를 쓰게 되면서부터 생각이 달라졌다. 서양 이국인에게서 전래된 총포에 관한 인식과 태도에 생각이 미친 탓이다. 조선은 총과 대포를 거들떠보지도 않았고, 일본은 거금을 들여 원산지 것보다 훌륭한 것을 만들어내지 않았던가.

　하멜 일행 36명이 제주도 남서쪽 해안에 표착한 것은 1653년 8월

16일이었다. 폭풍에 배가 난파되어 선원 64명 중 36명이 살아남았다. 그들은 그해 6월 바타비아재카르타를 떠나 타이완에 기항했다가 일본 나가사키로 가는 길이었다. 타이완 출항은 7월 30일이었다. 떠나자마자 태풍에 휩싸여 망망대해를 표류하다가, 제주 해안에 이르러 배가 난파되었다. 가까스로 해변에 상륙하여 텐트를 치고 사람을 찾아 나섰지만 아무도 만날 수 없었다. 사흘 째 되던 날 갑자기 1천여 명의 군병이 몰려왔다. 인근 주민의 신고를 받고 출동한 제주 목 관아 군사들이었다.

그들은 이방인의 출현을 불안하고 신기해하는 표정이었다. 적이 아

복원된 하멜표류선

니라는 것을 알고부터는 태도가 우호적으로 변하였다. 먹을 것과 입성을 가져다주기도 하였다. 나흘만인 20일 군졸들이 쇠붙이를 가려낸다고 난파선 잔해와 부유물을 모아 태우다가, 대포에서 폭약이 터지는 사고가 일어났다. 혼비백산한 그들은 줄행랑을 쳤다. 잠잠해지자 다시 나타나 몸짓으로 터질 것이 또 있느냐고 물었다. 없다는 몸짓에 안심한 듯 그들은 하던 일을 계속하였다. 21일에는 절도사라는 사람이 나타나 이방인들 천막 안에 있는 물건들까지 가져오게 하였다. 선원 가운데 어떤 기술자가 있는지는 아무 관심도 없는 듯, 몇몇 식약품과 도구에 봉인을 하더니, 그들을 제주 목으로 호송하였다.

『효종실록』1653년 8월 6일자에 제주목사 이원진李元鎭의 치계보고서가 적혀 있다.

"(전략) 대정현감과 판관을 시켜 군사를 거느리고 가서 보게 하였더니, 어느 나라 사람인지 모르겠으나 배가 바다에서 뒤집혀 살아남은 자는 38인이며, (중략) 배안에 약재 녹비 따위 물건이 많이 실렸는데, 목향 94포, 용뇌 4항, 녹비 2만 7천이었습니다."

식품과 약재는 상세하게 보고하였지만 대포 터진 이야기는 없다. '화포를 잘 다루는 사람들'이라는 이야기도 있지만, 그들이 억류돼 있는 동안 그 일을 조사하였다는 기록도 보이지 않는다.

의사소통을 돕기 위해 제주에 온 사람은 같은 네덜란드인 박연朴淵이었다. 그 역시 1627년 나가사키로 가던 중 제주에 표착, 우리나라에 귀화한 얀 야너스 벨테브레이였다. 제주목사 이원진이 남긴 『탐라지』에는 그들을 신문한 이야기가 실려 있다.

표착인 가운데 일본어를 아는 사람이 있어 우리나라를 가리키며 물으니 '고오'라 하였고, 제주도를 '고또'라 하였다. 나가사키 앞 바다의 고토五島로 착각하였던 모양이다. 중국 땅을 가리키자 '따밍大明', 서북쪽은 '타타르', 동쪽을 '야빵재팬'이라 하고, '나가사키'라고도 하였다.

표착 당시의 일에서 눈여겨볼 것은 대포다. 자위용으로 배에 장착하였던 대포가 불속에서 터져 그렇게 큰 소리가 나는 것을 보고도 관심을 갖는 사람이 없었다. 임진왜란으로부터 100년 세월이 막 지난 때였는데, 처음 보는 무기에 왜 그리 무관심했던가! 1천 명 군병의 지휘자까지도 그것이 무엇인지, 무엇으로 만들었는지, 파괴력이 어느 정도인지, 궁금해하지 않았다. 폭발소동을 겪고도 끝내 그것을 묻지 않았다.

그 대포는 불랑기佛狼機였다는 것이 뒷날의 추정이다. 불랑기란 항해시대 서양인들 배에 장착되었던 대포를 말하는데, 동양에서 서양인을 '프랑크'라 부른 데서 유래된 이름이다. 임진왜란과 병자호란 같은 국난을 겪은 나라라면 당연히 관심을 가져야 할 무기였건만, 너무도 평화를 사랑하는 민족이어서 그랬을까.

이 사건은 일본 다네가시마種子島 사람들이 포르투갈 표착선 선원들에게서 총을 사들여 성능이 더 좋은 조총을 복제해낸 일과 너무 대조

적이다. 임진왜란 때 조선 군대가 한 번 맞서 싸워보지도 못하고 왜적에게 패주한 까닭이 바로 그 총의 위력 아니었던가.

하멜의 제주도 표착보다 꼭 110년 전인 1543년 일본 최남단 다네가시마에 포르투갈 무역선 한 척이 표착하였다. 그 배 선원들이 기막힌 무기를 가진 사실을 알게 된 섬의 영주 다네가시마 도키다카種子島時堯는 은괴 두 덩이를 주고 총 두 자루를 사들였다. 도검 담당자에게 똑같이 만들어보라는 명령이 떨어졌다. 도검 장인은 쇠를 녹여 겉모양을 똑같이 만드는 데는 성공하였다. 그러나 총탄이 발사되지를 않았다.

장인은 그 비밀을 알아내려고 딸을 포르투갈 선원에게 주어 환심을 샀다. 비밀은 나사에 있었다. 총구 약실에 나선형 구멍을 뚫고 나사를 고정시켜야 총탄이 발사되는데, 아직 일본에 그 기술이 없었던 것이다. 조선군을 공포의 도가니 속으로 몰아넣었던 일본군 조총은 그렇게 만들어졌다.

총을 만들어낸 장인정신은 너무도 훌륭하다. 그러나 그것을 거금에 사들여 복제한 영주가 없었다면 임진년의 수모는 없었을 것이다. 전국시대戰國時代 일본열도 봉건영주들은 다투어 그 총을 사들였다. 총의 등장은 재래식 전투의 양상을 바꾸어 놓았다.

도요토미 히데요시豊臣秀吉의 일본열도 평정도 그 총에 힘입은 바 컸다. 정유재란 이듬해인 1600년 세키가하라關ヶ原 전투 때 동서 양군이 보유한 총이 무려 8만 자루였다. 이는 당시 유럽대륙 전체에 있었던

것보다 많은 숫자였다 한다. 임진왜란 때 침략군은 4분의 1이 총으로 무장했었다.

다네가시마 영주가 총 값으로 지불한 은괴 두 덩이는 지금 시세로 치면 1억 원에 해당하는 거금이었다. 그 값을 치르고 총을 갖고 싶었던 영주와, 폭발음을 듣고 도망치기 바빴던 절도사가 바로 한·일 두 나라 리더십의 차이였다. 영주의 명을 받은 도검장인은 또 어떤가. 눈에 넣어도 아프지 않다는 딸을 '양이洋夷'에게 주어가면서 비밀을 캐냈다. 그 장인정신이 원산지 것보다 우수한 총을 만들어낸 동력이었다.

아무리 훌륭한 총을 만들어도 지도자가 창고에 처박아 두면 또 쇳덩이가 될 뿐이다. 임진왜란 때 유교문화를 숭상하던 왜장 사야카沙也可, 金忠善의 귀순으로 조선도 피맺힌 숙원이던 조총을 갖게 되었다. 그 덕에 이순신 장군도 병영에서 그것을 만들어 사용하였다는 기록이 『난중일기』에 나온다.

그러나 전쟁이 지나고 다시 '말총言銃'이 난무하는 시대가 되고부터는 무용지물이 되었던 역사가 조선 관료들의 '안보불감증'을 증명한다. 원산지보다 우수하고, 유럽보다 더 많은 총을 갖게 된 16세기 일본의 역사는 그것을 반증한다.

1980년 산방산 아래 해변에 하멜표류 기념비가 세워지고, 근래 용머리 해안 입구에 무역선 스페르베르가 복원되어 여행객들의 발길을 유혹하고 있다. 그 일대에 사람이 몰리자 갖가지 놀이시설까지 들어서 시끄러운 관광지가 되었다.

그것이 부러웠을까. "하멜 일행의 표착지는 거기가 아니라 우리 마을 해변"이라는 주장이 여기저기서 터져 나온다. 제주목사를 지낸 이익태李益泰의 『지영록知瀛錄』에 나오는 '대정현 지방 차귀진하 대야수연변大靜縣 地方 遮歸鎭下 大也水沿邊'이라는 기록을 근거로 한 주장이다.

이 기록을 근거로 제주시 한경면 신도리 주민들은 근년 또 하나의 하멜표류 기념비를 세웠다. 차귀도 가까운 해안이 하멜표착지라는 주장이다. 어떤 이는 표착지가 중문해수욕장이라고 하고, 강정 마을 해변이라고도 한다. 세계지질공원 수월봉 해안이라는 주장도 있고, 모슬포 해안이라느니, 대정읍 영락리 해안이라느니, 일과리 해안이라느니 하는 주장들이 다 일리는 있지만 확증은 없다.

하멜은 표류기에 그들의 표착지를 북위 33도 32분에 있는 '겔파르트' 섬이라고 썼다. 제주로 연행되면서 "대정이라는 작은 읍에서 하룻밤을 묵었다."고 쓴 것으로 보아, 대정읍 해안에 표착한 것만은 틀림없어 보인다.

그런데 표착지점이 왜 그리 문제인가. 산방산 해안이 아니라 해도 제주도 남서쪽 해안 어느 지점일 것이다. 그보다는 그 시대에 이양선 한 척이 그곳에 온 사실 자체가 중요하다. 그 시대의 조선이 왜 그리 실사實事에 관심이 없었던가, 왜 서양문명을 보고 배울 생각을 하지 않았던가, 이것을 한탄할 일이다.

제주목사는 그들을 따뜻하게 대해 주었다. 비록 그들이 가기를 원하는 곳나가사키으로 보내주지는 않았지만, 당장 연명에 필요한 식량을 주고 "조정에 말하여 소원을 풀도록 애써보겠다."고 위로도 해 주었다.

그러나 그 후임자는 그들에게서 먹을 것을 다 빼앗고 겨우 연명만 하도록 학대하였다. 얼마 후 한양으로 끌려간 그들은 관청의 천덕꾸러기 종살이로 13년을 견디다가, 천신만고 끝에 8명이 나가사키로 도망쳐 갔다. 그리고 몇 사람만 살아서 고국으로 돌아갔다.

"조선인은 물건을 훔치고, 거짓말 하고, 속이는 경향이 강하다. 그들을 지나치게 믿어서는 안 된다. 그들은 남에게 해를 끼치고서 그것을

산방산 해안의 하멜표류 기념비

부끄럽게 생각하지 않고, 오히려 영웅적인 행위로 여긴다."

하멜은 돌아가서 쓴 표류기에 조선인의 국민성을 이렇게 평하였다. '성품이 착하고 곧이듣기를 잘하는 사람'이라고도 하였으나 '국민성' 란의 첫 줄에는 그렇게 썼다. 13년 동안 겪은 조선에 대한 인상일 것이다.

그들에게 조선은 죽음과 고난의 땅, 일본은 고국으로 돌아갈 수 있는 희망의 땅이었다. 같은 쇄국정책이라도 한 구석은 열어놓았던 나라와, 문을 걸어 닫고 빗장까지 질렀던 나라의 차이는 그 뒤로 겪은 불행한 우리 근현대사가 증명하고 있다.

하멜 좌상을 반기는 어린이들

■ 독립운동이 된 잠녀항쟁

　제주해녀의 기질은 억세고 끈질기다. 슬기롭고 미덥다. 소라가 가득 찬 망사리를 메고 물가로 나오는 일은 남자들 힘에도 버겁다. 거친 파도 추운 바닷물 속에서 고통스레 숨을 참고 일하는 중에 몸에 밴 힘이고 끈기다.

　조천 만세운동, 법정사 항일운동과 함께 해녀항쟁이 제주도 3대 독립운동으로 평가받게 된 것은 그 힘과 슬기로움이 원천이었다. 1931년 12월에 시작돼 이듬해 5월 일단락되기까지 조합과 당국에 대항한 해녀들의 항의집회와 시위 횟수는 238회였다. 연인원으로는 1만 7천명, 당시 제주도 전체 해녀가 두 차례씩 참석한 꼴이다. 여러 곳에서 동시다발로 일어난 날도 많았다.

　1932년 1월 7일 구좌면 세화리 장터에 모인 해녀들 손에는 전복 따

잠녀항쟁 지도자 흉상과 기념탑

는 빗창이나 호미가 들렸다. 어깨에는 먼 길 가는 사람처럼 좁쌀이나 주먹밥 같은 길양식 보따리가 매어져 있었다. 끝장을 보리라는 결의였을 것이다. 그날 제주 도사島司 겸 어업조합장 다구치 데이키田口禎熹가 신년 초도순시 차 세화에 오는 날을 집회일로 잡은 것이다.

도사란 조선총독부 시대 제주도 행정책임자 직책이다. 전남에 속했던 제주3군을 도사제로 바꾸어 '제주도濟州島' 행정책임자를 도사라 하였다. 경찰서장을 겸한 행정수장일 뿐 아니라, 잠녀조합 산림조합 같은 각종 조합의 책임자이기도 하였다. 도민의 생사여탈권을 한 손에 쥐고 흔든 사람이었다. 그런 사람에게 맞대놓고 부조리를 바로잡아 달라고 들이댈 참이었다. 기록에는 1천여 명, 또는 700여 명이 모인 것으로 돼 있지만, 별 소득은 없었다. 군중을 해산시키려는 사탕발림 약속에 넘어간 것이었다. 그렇지만 그렇게 끝난 게 아니었다.

시위가 처음 신문에 보도된 것이 1월 14일이었다. 이날 「조선일보」 3면社會面에는 '18개조 요구코 삼백해녀 시위'라는 3단기사가 실렸다. 주 독자층이 도시민이었던 당시 제주발 3단기사의 비중은 엄청난 것이었다. 소상한 경과와 18개 요구조건이 다 적시된 것도 이례적이었다.

열흘 뒤인 1월 24일자 「동아일보」에는 '500여 명 해녀단 주재소를 대거 습격'이라는 자극적인 기사가 났다. 역시 사회면 3단 크기인데, 내용은 해녀 500여 명이 세화지서로 쳐들어가 순사의 모자를 빼앗고 제복을 찢는 등 거칠게 항의했다고 돼 있다. 그동안의 집회와 관련하여 경찰에 구금된 부춘화·김옥련 등 주동자들을 내놓으라는 요구였다. 오래 기다린 요구조건이 이행되지 않은 데 분개한 행동이기도 하였다.

이날의 시위는 경찰을 크게 자극하였다. 전남도경 경부보 이하 32명이 목포에서 밤배를 타고 왔다. 제주도 전역의 경찰이 동부지역에 소집되었다. 경관대 40여 명이 새벽에 우도에 들이닥쳐 과격분자라고 40여 명의 해녀를 붙잡아갔다. 그것이 타는 불에 기름을 부은 격이 되었다. 우도해녀 800여 명이 모두 나서 본도압송을 막았다. 경찰은 공포를 쏘아 해산시켰지만 그때뿐이었다. "죄 없는 사람 내 놓으라"는 시위의 주동자들이 또 잡혀갔다. 위로 아래로 잠녀투쟁이 번져갔고, 검거선풍이 더 거세게 불어 닥쳤다. 잡혀간 사람들이 대다수 풀려났다. 주동자 19명이 구속되어 목포형무소에 수감된 5월 하순에야 잠잠해졌다.

해녀들이 분개한 것은 일본인 악덕업자와 조합의 담합, 그리고 당국의 방조와 묵인이었다. 해녀들이 채취하는 해산물은 전량 잠녀조합의 수매로 소화되었는데, 상인과 결탁한 조합 측이 등급을 낮게 매기거나, 수매량을 줄이는 방법으로 해녀들을 착취한 것이다.

그 값에는 못 팔겠다고 버티다가 전복, 해삼이 썩어나가고, 사정이 급해 형편없는 값에 팔 수밖에 없었던 불만의 폭발이었다. 병들어 물질을 못하는 늙은 해녀들과 어린아이들에게까지 또박또박 조합비를 거두어가는 것도 불만요인이었다.

해녀들이 일본 상인에게 매이게 되는 것은 자본의 문제이기도 하였다. 해녀들이 좀 먼 바다로 나가려면 테우를 이용하는 수밖에 없었는데, 일본인 어부들은 발동선을 가지고 있었던 것이다. 테우란 동력원이 없는 뗏목 같은 배여서 속도도 느리고 안전성이 보장되지 않았다.

제주 근해의 자원이 고갈되어 가자 해녀들은 원정물질에 나서기도 하였다. 잠녀조합 조직이 뭍에까지 뻗어, 뜻만 있으면 한반도 동·서·남해안에는 물론, 러시아 땅 연해주까지 갈 수 있었다.

해녀박물관에는 1937년 『제주도세 요람』을 근거로 한 제주해녀 활동범위 지도와 통계표가 전시되어 있다. 국내는 경남해안 1천 650명을 필두로, 경북 473명, 전남 408명, 충남 110명, 강원 54명, 황해 50명, 함경남도 32명, 전북 19명, 함경북도 5명 등 2천 801명이 진출하였었다.

해외로는 쓰시마 750명, 시즈오카 265명, 도쿄 215명, 고치 130명, 나가사키 65명, 가고시마 55명, 지바 51명, 도쿠시마 50명, 에히메 시마네 각 10명 등 1천 601명이었다.

외지 원정 물질에도 고난이 따르기는 마찬가지였다. 남의 바다에 가서 전복 해삼을 채취하는 데 마찰이 없을 수 있겠는가. 현지 어민조직은 당연히 입어료를 요구하였다. 입어를 막으려는 현지 어민과 충돌이 일어나고, 입어료 인상 같은 갈등이 끊이지 않았다. 그런 문제들을 해결하려고 제주도사와 현지 도지사 사이에 협정이 맺어지기도 하였다.

물질 잘 하는 제주해녀들에게 비용을 대주는 일본인 물상객주들의 농간에 우는 해녀들도 많았다. 국내에서도 그랬으니 일본이나 중국 러시아 땅에서 당한 설움이야 말할 나위도 없는 일이었다.

해녀와 어민들이 일본인 때문에 운 것은 이때만이 아니었다. 일본과 뱃길이 가까운 제주도는 대대로 일본에 대한 원한이 깊었다. 일찍이 탐라국 시대부터 일본 해적들에게 시달리다가, 조선시대에 집중적으로 왜구의 침입을 당하였던 것이다.

제주역사에는 고려 충숙왕 3년1316년부터 조선 명종 11년1556년까지 240년 동안 30차례가 넘는 왜구침입 기록이 있다. 왜구들은 바다에서 어선이나 화물선을 공격하여 재화를 빼앗거나, 해안 마을에 불을 지르고 약탈하기를 일삼았다. 방비가 허술해 보이는 곳에 배를 대고 상륙하여 분탕질을 치는 일이 잦아지자, 1437년세종 19년 바닷가에 방호시설을 갖추고 수군을 상주시키기에 이르렀다. 이때 동서남북 요지 9곳에 방호소가 생기고, 진鎭마다 성이 축조되었다. 각 방호소마다 많은 곳에는 1천 329명제주성, 적은 곳에도 56명동해방호소의 수군을 상주시켰다.

왜적의 침입을 알리는 봉수시설도 25봉수烽燧 38연대烟臺로 확충되었다. 봉수대는 지대가 높은 오름이나 구릉지에, 연대는 해안에 촘촘히 두어 종횡으로 통신이 되게 하였다. 그 유적 가운데 화북진 명월진 조천진 별방진 등 9개 진성 유적이 남아 근년에 복원되었다. 봉수대와 연대 유적도 고지대와 해안지역에 많이 남아 있다.

방비가 튼튼하다고 적이 오지 못한 것은 아니었다. 떼도적에게 한 번 휩쓸리면 초토가 되었다. 1554년 남해안에 침입하였다가 격퇴당한 왜구들은 그길로 제주에 들이닥쳤다. 6월 27일 40여 척에 분승한 해적무리가 1천 명이 넘었다. 이때 제주목사 김수문金秀文은 활 잘 쏘는 갑사들을 적진에 돌진시켜 전열을 흩트리고, 붉은 투구를 쓴 적장을 쏘아 떨어트려 왜구를 물리칠 수 있었다.

이들은 1556년에도 다시 침입해 왔으나 대군을 한 번 물리쳐 자신을 얻은 제주백성들이 단합하여 적선 5척을 격파하고 126명을 참수하였다. 이것이 을묘왜변乙卯倭變이다. 이를 기념하는 돌이 지금 제주 동문시장 뒤 언덕길에 그 바다를 바라보고 서 있다.

임진왜란 이후로는 한동안 왜구가 뜸하더니, 메이지明治유신 뒤로는 좋은 낯으로 들어와 위력을 행사하며 어민들에게 군림하였다. 그들이 내 땅처럼 차지한 곳이 있었다. 한림 포구를 마주보는 섬 비양도 같은 한갓진 곳이었다. 메이지유신의 근대화 정책으로 재빨리 서양문물을 흡수한 그들은 발동기 달린 어선에, 크고 튼튼한 그물 등 각종 신식어구를 갖추고 와 제주 사람들을 어로작업에 고용하기까지 하였다.

강화도사건을 계기로 맺어진 병자수호조약1876년 이후에는 저인망 어선 같은 기계화 어선들이 우리 영해에 들어와 제멋대로 어로활동을 하였다. 우리 정부에 어업권을 신청하는 자들까지 나타났다. 그들은 10여 척의 잠수기선을 동원하여 남획을 일삼았는데, 1887년 가파도 근해에서 조업하던 자들이 모슬포에 상륙하여 닭과 돼지를 잡아가고 말리던 주민을 살상한 일도 있었다.

1889년 10월 한일 통어장정通漁章程이라는 협약이 맺어진 뒤로는 일본공사관의 비호 아래 합법조업이라면서 제주어민들에게 군림하였다. 해적인 듯 양민인 듯, 엇갈리는 모습에 주뼛주뼛 다가가 어울리는 사람도 생겨났다. 세상 돌아가는 일에도 밝았던 비양도 왜인 수괴는 이재수의 난이 일어나자, 재빨리 그에게 좋은 일본도 하나를 바쳤다. 민중의 신망이 높았던 이재수의 세상이 될 것으로 내다보았던 것이다.

왜구와 관련하여 제주 사람들이 꼭 알아두어야 할 일이 있다. 일본 우익 역사교과서가 제주도를 '왜구 근거지의 하나'라고 써서 제주를 발칵 뒤집어 놓았던 교과서 파동이다. 극우파 출판사로 유명한 후소출판사扶桑社와 데이코쿠서원帝國書院 발행의 2001년 초등학교 역사 검정교과서에 제주도를 왜구의 근거지라고 쓴 것이다.

조선시대 제주도에 기근이 들었을 때 굶주린 주민 일부가 왜구에 가담하였던 기록을 근거로 극우파 역사학자들이 침소봉대한 것이었다. 우리 정부와 제주도의 항의로 양 출판사는 2005년판에 "왜구는 일본인 중심으로, 그 밖에 조선인과 중국인 등도 가담한 것으로 생각되고 있다."는 식으로 얼버무렸다.

■ 제주도 환난의 원점
목호의 난

오랜만에 올레 7코스서귀포를 걷다가 몇 해 사이의 변화에 놀랐다. 코스 연변에 접객시설이 크게 늘어난 것이 그 첫째였다. 카페마다 음식점마다 바글거리는 고객이 두 번째 놀라움이었다. 전에 없던 역사 표지물들도 눈길을 끌었다. 길가의 동백은 끝물이지만, 유채 목련에 매화까지 어우러져 발걸음이 더 즐거웠다.

범섬虎島이 지척인 서귀포 법환 포구를 지날 때 높고 길쭉한 돌 하나에 눈길이 먼저 닿았다. 빠른 걸음으로 다가가 보니 최영崔瑩 장군 승전비였다. 1374년 고려 공민왕 때 최영 장군의 토벌군과 목호군牧胡軍의 결전이 벌어진 곳이라는 설명이었다. 장군이 제주도까지 왔던 사실을 아는 이가 많지 않을 테니 보는 이마다 놀랄 것이다.

올레 16코스애월 해변에서는 '애월읍경은 항몽멸호抗蒙滅胡의 땅'이라는 석물도 보았다. 최영·김통정金通精 두 장군 석상을 좌우에 거느린 거대한 빗돌은 삼별초의 항쟁과 목호토벌 역사를 자랑하는 것이었다. 두 사건 성격은 다르지만 애월 땅에서 있었던 일이라는 뜻이다.

최영 장군 승전비에서 50여m쯤 떨어진 곳에는 '막숙' 터 표지판이 서 있다. 막숙이란 최영이 군막을 치고 묵으면서 전쟁을 지휘하여 목호군을 섬멸한 곳이라는 설명이었다. 토벌군 숙영지였다는 말이다. 동네 노인에게 물으니 마을 이름도 막숙이라 하였다. 오랜 옛날 영웅과의 연이 오늘에 이어졌으니 역사의 명줄이 이토록 질기다.

승전비에서 서쪽으로 조금 떨어진 해안에는 '배염줄이'라는 표지판이 있다. 토벌군 병력투입을 위해 해안에서 500여m 거리 범섬까지 놓은 배다리가 뱀처럼 구불구불했다고 붙은 이름이라 한다. 정조의 능행에 이용된 한강 배다리를 떠올리면 짐작

서귀포 법환 포구에 있는 최영 장군 전승비

이 가지만, 파도가 센 바다에 놓았던 것은 어땠을지 상상이 가지 않았다.

표지판 설명만으로는 목호토벌이 어떤 싸움이었는지 상황이 잘 그려지지 않는다. 그러나 실제로는 피비린내 진동하는 싸움이 벌어진 곳이었다.

"우리 동족이 아닌 것이 섞여 갑인甲寅의 변을 불러들였다. 칼과 방패가 바다를 뒤덮고, 간과 뇌수로 땅을 발랐으니, 말을 하자면 목이 멘다."

조선 태종 때 제주 목 판관이었던 하담河澹이 40여 년 전 목격담을 근거로 쓴 글이 『신동국여지승람』 「대정현」 조에 실려 있다.

'동족이 아닌 것'이란 말할 나위도 없이 목호들을 말한 것이다. 칼과 방패가 바다를 뒤덮고 간과 뇌수로 땅을 발랐다는 표현은 전투의 규모와 참상을 짐작케 한다.

제주도 환난의 원점인 이 전쟁을 두고 '제2의 4·3'으로 평가하는 향토사학자들도 있다. 중앙 토벌군이 난을 평정하는 과정에서 무고한 주민이 많이 희생된 일을 말하는 것이다. 목호들이 탐라에 뿌리박고 살았던 100년 동안 현지인과 피가 섞여 태어난 제주 사람이 그렇게 많았다는 이야기다.

불행의 씨앗은 삼별초의 난으로 뿌려졌으니, 역사의 운행에는 공짜가 없다는 진실을 새삼 깨닫게 된다. 삼별초 난리가 평정된 뒤 원나라는 탐라의 목초지에 눈독을 들여 병력 500명을 잔류시키고 목마인 하라치哈剌赤, 목호 1천 500명을 파견하였다. 많을 때는 그 수가 3천 명에 육박하였다는 설도 있다. 당시 제주 인구가 1만 225명이었다니 그 비율이 얼마인가.

원은 장차 결행할 일본정벌에 쓸 군마를 여기서 길러 충당하고, 군선도 현지에서 제작할 작정이었다. 탐라를 원의 14개 국립목마장의 하나로 삼았던 것이다.

두 차례 여몽연합군 일본정벌이 실패로 끝난 뒤에도 몽골군 일부는 이 섬에 눌러 앉았다. 원 조정이 계속 말을 바치게 한 것이다. 결국 말이 화근이었다.

원을 몰아내고 들어선 명나라는 고려에 좋은 말 2천 필을 바치라고 요구하였다. 원에 예속되었던 땅이니 당연히 자기네 땅이라고 여긴 것이다. 그 요구를 수행하려고 탐라에 온 고려 관리에게 다루가치達魯花赤, 민정관 석질리필사石迭里必思는 "우리 세조가 풀어놓은 말을 적국에 바칠 수는 없다." 하였다. 그러면서 내놓은 말이 300두였다.

명 태조 주원장朱元璋의 명을 받들고 고려에 왔던 사신 임밀林密은 공민왕에게 의뭉을 떨었다.

"좋은 말 2천 필을 몰고 돌아가지 못하면 저는 죽습니다. 청컨대 오늘 왕에게 죄를 받고자 합니다."

이 노골적인 압력을 견디지 못한 공민왕은 마지못해 목호토벌을 결심하게 된다.

김일우의『고려시대 탐라사 연구』에 따르면 토벌군 총사령관은 문하찬성사정이품 최영, 병력은 2만 5천 605명이었다. 국경지방인 평안·함경도를 제외하고, 양광경기 충청, 전라, 경상, 서해황해, 교주강원도에서 골고루 차출한 병력이었다. 동원된 토벌군 수송선만도 314척이나 되었다.

그러나 토벌전은 초장부터 고전이었다. 선단이 진도를 떠날 때부터 약속된 배들이 당도하지 않아 출항이 늦어졌고, 역풍이 불어 사령관의 애를 태웠다. 우여곡절 끝에 명월포明月浦, 한림에 당도한 것이 1374년 8월이었다. 선발대로 상륙한 11척의 병사들이 목호군의 어육이 되었다. 겁을 먹은 토벌군 병사들은 몸을 사렸다.

이윤섭의『역동적 고려사』에 따르면 목호군의 위세가 그럴 만하였다. 석질리필사가 동원한 기병 3천 명이 명월포에 포진하고, 수많은 보병이 북을 울리며 기세를 올렸던 것이다. 그 대다수가 목호의 피가 섞인 주민들이었을 것이다.

최영의 결단으로 일이 풀렸다. 몸을 사리는 수하 비장 하나의 목이 베어져 장대 끝에 걸리자, 마지못하여 부대가 움직였다. 훈련된 토벌군과 오합지졸 목호군은 비교가 되지 않았다. 대병력이 개미떼같이 기어오르자 목호군은 주춤주춤 물러났다. 제주 안무사 이하생李夏生의 목을 베어 한껏 기세를 올려보았건만, 대 병력 앞에서는 속수무책이었다. 중 산간지대로 밀려나면서 지리地利를 택하여 토벌군에 맞서도 보았지만 중과부적이었다. 지금의 애월읍 어음리, 한림읍 상명리 금악리 방향으로 쫓겨 가며 얼음비오름, 밝은오름, 검은데기오름, 새별오름 같은 데에서 맞붙을 때마다 패주를 거듭하였다.

목호군은 남쪽으로 진로를 틀어 서귀포 예례동 서홍동을 거쳐 법환동 포구에 이르렀다. 목호군의 말을 빼앗아 탄 토벌군이 질풍같이 추격해왔다. 석질리필사는 범섬을 최후의 결전지로 삼아 처자식과 측근들을 들여보내 놓았다.

막숙 해변에 진을 친 최영은 범섬에 배다리를 놓아 병력을 투입하고, 스스로 40여 척의 배에 병력을 분승시켜 사방에서 압박해가는 올가미작전을 펼쳤다. 시시각각 운명의 시간이 다가오자 석질리필사는 처자식을 대동하고 투항하였다. 그의 참모 초고독불화肖古禿不花와 관음보觀音甫는 범섬 벼랑 아래로 몸을 던져 자진하였다.

최영은 무서운 사람이었다. 전투 중에 잘린 팔을 주워 화살통에 넣고 다시 싸웠다는 전설의 주인공이다. 항장과 그 아들 셋을 참수하고, 자살한 적장의 시체를 인양하여 목 베어 개경에 보냈다. 목호 군에 가담한 병사는 물론이고, 몽골의 피가 섞인 사람, 변발을 한 사람, 그들에게 협력한 사람들도 최영 장군의 칼을 피하지 못하였다. 제주 상륙한 달도 못 되어 목호 세력은 소탕되었다.

그 인원이 얼마인지 기록은 없으나 제2의 4·3으로 운위될 만하였던 것 같다. 주민의 반 가까이가 살육되었다고 주장하는 학자도 있다.

토벌전이 있기 이전에도 목호의 발호는 탐라 땅을 수없이 뒤흔들었다. 원나라가 강성할 때 목호들은 안하무인으로 굴었다.

"호첩 앞인가? 기어 다니게!"

지금도 쓰이는 이 속담이 그 위세를 전한다. 호첩_{胡妾}이란 말할 나위도 없이 목호의 첩이다. 그 앞에 설설 긴 사회 분위기가 잘 드러난다.

그러나 원이 쇠망해지자 목호들은 앙탈하듯 손톱을 세웠다. 그럴 때마다 크고 작은 난이 일어났다. 행정관으로 탐라에 온 고려 관리들 탐학이 심하여 심정적으로 목호 편에 서는 사람이 많았기에 가능한 일이었다. 안덕면 광평리 정대수 이장이 쓴 『광평마을 이야기』에 당시 탐라인 마음을 보여주는 말이 씌어 있다.

"고려 놈, 몽골 놈, 다 싫지만, 고려 놈이 더 싫어."

목호의 횡포도 밉지만 고려인은 더했다는 말이다.

탐라가 고려의 행정구역으로 편입된 것은 의종 7년1153년이었다. 반원정책이 단행된 공민왕 초기 원나라 만호부가 폐지되자 분위기가 달라졌다. 탐라 도순문사_{都巡問使}로 임명된 윤시우_{尹時遇}의 부임을 몹시 경계하던 목호들은 마침내 그 일행을 살해하고 난을 일으켰다.

두 번째 목호의 난은 3년 후인 1362년. 고려의 반원정책이 잠시 주춤한 틈을 타 석질필리사 일당이 탐라 성주 고복수_{高福壽}를 끼고 일으킨 반란이었다. 최영의 토벌이 있기 2년 전1372년에는 역시 말을 탐낸 명나라 예부상서 오계남吳季南 일행이 왜구를 경계하여 경비 병력 420명을 거느리고 왔었다. 목호들은 이들을 적국 군대라 하여 300여 명을 살육하였다.

대토벌 이후에도 목호군 잔존세력과 지지자들이 곳곳에서 준동하였다. 토벌군이 물러가자마자 차현유 등이 마적을 부추겨 목사 박윤청, 안무사 임완, 마축사 김계생 등을 죽이고 관부에 방화하는 난을 일으켰다. 뭍으로 실어갈 말 700여 두도 도살되었다. 반원 반고려 정서가 이토록 끈질겼다.

100년 동안 뿌리내린 목호 세력은 이렇게 억세고 거칠었다. 한때 원나라 순제順帝의 피란행궁 건립공사가 추진되었을 정도이니, 하늘을 찔렀을 목호들의 위세를 짐작하기 어렵지 않다. 나라가 기울기 시작하자 난도 피하고 훗날을 기약하려는 뜻에서 순제는 공민왕 15년1366 탐라에 피란궁전을 짓기 시작하였다. 황후 기奇씨가 고려인이고, 그 자신 한때 서해 대청도大靑島에서 귀양살이 한 일이 있어 고려와의 연을 소중히 여겼던 모양이다.

그러나 한번 기운 국운은 그럴 틈을 허용하지 않았다. 공사가 흐지부지되고 원나라 목수들은 노국공주 영전건축에 동원되어 개경으로 떠나갔다는 기록이 『고려사』 등에 전해온다.

역사의 아이러니는 고려패망과 목호토벌과의 연관성이다. 최영은 명의 고압적인 대 고려정책에 반발, 요동정벌을 주동하였다. 정벌총

사령관이 되어 최영이 서경평양으로 올라가자 우왕도 따라 나섰다.

"선왕공민왕이 시해당한 것은 그대의 남정南征 때문이었다. 내 어찌 하루라도 그대와 함께 있지 않으리오."

겁쟁이 우왕은 한시도 최영을 곁에서 놓아주려 하지 않았다. 도리 없이 최영이 서경에 머무는 사이, 우군도통사 이성계李成桂가 위화도 회군에 성공하여 고려도 최영도 비참한 최후를 맞게 되었다. 왕조 흥망의 씨앗이 탐라 땅의 변란에서 싹텄던 것이다.

정권을 쥔 이성계 일파는 명나라를 하늘같이 섬겼다. 토를 달지 않고 달라는 대로 말을 바쳤다. 고려 말기 명나라에 보낸 말이 무려 3만 두라는 기록이 있다. 이 가운데 2만 두 이상이 제주 말이었다고 『고려시대 탐라사 연구』는 추산하고 있다.

이런저런 이유로 제주의 일반 민중사회에서는 반몽골 정서가 폭넓게 퍼져나갔다. 지금도 쓰이는 욕설 '몽근놈'은 몽골인 씨라는 뜻이다. 한때 몽골계 성씨임을 자랑으로 여기던 풍조가 사라진 일도 이와 무관치 않을 것이다.

『동국여지승람』에는 제주의 조趙·이李·석石·초肖·강姜·정鄭·장張·송宋·주周·진秦씨 10성은 대원大元 등 원나라를 본관으로 삼았고, 양梁·안安·강姜·대對씨 4성은 원나라 왕족 후예로서 운남雲南을 본관으로 하였다고 돼 있다. 그러나 지금은 대부분 제주 또는 육지부로 본관이 옮겨져, 그 계보를 추적할 수 없다.

법환 포구에서 본 범섬

■ 유형의 섬
제주

제주도는 유형의 땅이었다. 척박하고 외딴 섬에 반기지 못할 사람들이 몰려와서 유배 1번지라는 말이 생겼다. 사람이 나면 서울로 보내고, 말이 나면 제주로 보내라는 말도 그래서 생겼을까. 집권세력이 보기 싫은 사람들의 유배지, 제일 험한 형옥으로 여겨진 곳이었다.

그렇지만 외국 유배객들까지 몰려왔던 사실은 뜻밖이다. 우리 땅에 외국인 유배객이라니……! 원元나라가 제주도를 유배지로 이용하더니, 명明나라도 제 땅인양 원나라 왕족들을 무리지어 보내왔다. 망한 원나라도, 신흥국 명나라도 제주도를 제 땅의 일부로 여긴 것이다.

원나라 유배지로는 서해 대청도가 유명하였다. 중국 요동반도나 산동반도 해안에서는 대청도가 앞바다 섬처럼 가까웠으니 그럴 수도 있었겠다 싶다. 그러나 한 바다를 격한 제주도를 집단 유배지로 이용한 것은 내 땅이라는 의식 없이는 생각하기 어려운 일이었다. 원·명 교체기에 떼 유배가 많았으니 새 왕조에 부담이 될 전 왕조 후손 유배지는 멀수록 좋다고 여겼음인가.

지난해 제주에서 열린 국제학술대회에서 중국과 몽골 학자들에 의해 구체적인 사실이 밝혀졌다. 2017년 1월 12일 제주 KAL호텔에서 열린 '유배의 섬 역사와 문화교류' 국제학술대회에는 몽골 학자들도 왔었다. '유배지로서의 탐라–명나라 초 20년의 위치와 운명'이라는 테무르 교수중국 난징대의 발표논문은 칭기즈칸 후예들이 원나라 멸망 후 3차례나 집단으로 제주도에 유배되었던 역사적 사실에 관한 것이었다.

몽골제국 제5대 황제는 쿠빌라이였다. 1260년 중국 땅에서 즉위한 그는 중원 평정에 성공, 정치무대를 베이징으로 옮기고 국호를 원으로 고쳤다. 재창업의 걸림돌로 여겨진 사람들이었을까? 고려 충렬왕 3년1277년 원나라 정치범 33명이 제주도로 추방당한 것이 처음이었다. 얼마 뒤 또 40명이 왔다는 기록이 있다.

충숙왕 4년1317년에는 원나라 궁정의 내분으로 친왕 위왕魏王이 탐라에 유배되었다가, 대청도로 이배되었다. 5년 만에 유배가 풀려 돌아간 그는 원 순제順帝가 되었다. 이민족 정권의 압제에 시달리던 한족漢族의 반란을 틈타 일어선 주원장朱元璋이 스스로 황제라 칭하던 시기, 위기를 감지한 순제는 탐라를 피난처로 삼아 행궁을 지으려 하였다. 그러나 주원장은 그럴 틈을 주지 않았다.

1368년 순제가 주원장에게 쫓겨 북으로 도망치고 명나라가 섰다. 원이 멸망한 후에도 탐라는 유배처로 쓸모가 있었다. 쿠빌라이 일족을 추방하는 '대청소'가 시작되었던 것이다. 제1차 청소는 는 1382년 중국 서남단 윈난雲南성 지방을 통치하던 쿠빌라이 후손 왕국 '백백伯伯 태자쿠빌라이 증손'와 그 아들 육십노六十奴 일족의 추방이었다. 양왕梁王, 바자르 와르미은 명군에게 포로로 잡혀갔다.

명 태조주원장는 원 왕실 유배객에게 유화정책을 썼다. 『제주통사』에 따르면 우왕 시절 고려사신 박의중朴宜中 편에 보내온 황실 자문咨文은 이렇다.

"탐라는 원 세조가 말을 기르던 곳이다. 지금 원나라 자손으로서 나에게 귀순한 자가 많다. 나는 원의 자손이 끊이지 않도록 하려 한다. 여러 왕들을 섬에 나누어 두고, 그들로 하여금 후사를 보전하며 바다 가운데서 편히 살게 함이 좋지 않겠느냐."

두 번째 그룹은 그 이듬해 유배되어 온 달달達達친왕 일행 80여 호였다. 고려 조정에서는 전리판사 이희춘李希椿을 탐라에 보내 85호의 거처를 새로 짓거나 수리하여 이들을 살게 하였다는 기록이 『고려사』에 전해진다. 명의 북방정벌 때 투항한 사람들이라니까 몽골 본토원정 때 잡힌 왕족이겠다. 왕의 아들이나 형제를 지칭하는 친왕이란 명칭으로 보아, 왕실의 방계 일족이었을 것이다.

1392년에 있었던 세 번째 추방대상은 양왕 자손 애안첩목아愛顔帖木

兒 아얀테무르 일족 4명이었는데, 이들은 제주에서 백백 태자 일행과 같이 살았다. 『제주통사』에는 이들의 후손이 양梁·안安·강姜·대對씨 성을 갖게 되어, 모두 제주 땅에 정착하였다고 돼 있다.

이듬해 고려가 망한 뒤에도 원 왕실유배객 우대정책은 계속되었다. 태조4년1395년 조선 조정에서는 백백 태자에게 쌀과 콩 400곡斛과 저마포 30필을 내려 주었고, 다른 자손들에게는 쌀과 콩 100곡, 저마포 30필을 주었다는 기록이 있다.

백백 태자는 이에 대한 사례로 환관을 보내 말 3필과 금가락지를 바쳤다. 1404년 그가 죽은 뒤에는 배려가 끊겼는지, 한동안 기록이 없었다. 50년만인 1444년 세종이 그들의 어려움을 동정하여 "태자의 처가 늙어 빈곤하니 식량을 보내주고 사위의 병역을 면제해 주라"는 지시를 내렸다는 기록이 있다.

그들이 어디서 어떻게 살았는지 짐작할 기록은 없다. 그러나 환관을 왕실에 보내 감사의 뜻을 표한 사실로 보아, 상당한 대접을 받고 떵떵거리며 산 것만은 분명해 보인다.

서귀포에 있는 '탐라왕자묘'가 그들과 어떤 연관이 있지 않을까 하는 의견이 최근 주목을 받고 있다. 서귀포시 하원동河源洞에 있는 제주지정문화재기념물 제54호인 이 무덤 앞에 있는 석인상 두 기의 모습이 몽골풍인 데서 비롯된 이야기다. 3기의 주인 모를 무덤 앞에 있는 무인석武人石 두 기의 복식이 우리와 딴판이다. 넓은 옷소매에 긴 주름

서귀포시 하원동 왕자묘

이 잡혀 있고, 목에 둥근 깃을 하고 있는 것이 전형적인 유목민 델 스타일이다.

13~15세기 것으로 추정되는 무덤은 여러 차례 도굴되어 근년에 복원되었는데, 주인이 누구인지 짐작할 단서가 없다. 무덤의 규모와 왕자묘라고 전해져 오는 기록으로 보아 신분이 높은 사람인 것만은 분명하다. 왕자란 탐라 지배자가 신라에게서 받은 관직 이름이었다. 왕실의 배려를 받았던 사람들이었으니 탐라왕자 묘역에 묻혔을지도 모를 일이다.

이런 추측이 사실과 부합한다면 몽골인 왕족들이 상당한 세력과 재력을 누리고 살았음을 보여주는 증거로 볼 수 있겠다.

원나라 통치 시기였던 1274년부터 20년 동안 목호牧胡, 목마 관리인들을 비롯해, 원나라 군인 행정관리 죄수 등 1천 500명 이상이 제주도에 들어와 살았다. 그들 대다수는 제주 여성과 가정을 이루어 정착하였다. 제주와 몽골의 인연은 이토록 오래고 질겼다. 여기에 원나라 왕실 후손 200여 명이 더 왔으니 그 세력을 짐작할 만하다.

『제주통사』에 따르면 이때 제주 인구는 1만 200여 명이었다. 그런 시대에 2천 명 가까운 원나라 사람이 왔으니 인구의 20%에 육박하는 비중이었다.

여기에 비추면 고려시대 제주도 유배객은 극소수였다. 고려가 제주도를 유배지로 삼은 것은 충혜왕 4년1343이었다. 학선鶴仙이라는 승려가 처음으로 기록되었는데, 죄목은 전해지지 않는다. 그 뒤로 충목왕 시절의 조득구趙得球를 필두로, 종범宗範 임군보 김용 같은 유배객 이름이 보인다.

조선시대에 들어와서는 조선왕조 창업 반대파, 왕자의 난 관련자 등 '정치범'들이 주류였다.

태조 이성계李成桂는 고려유신들을 조정에 불렀으나 불사이군 충절을 내세운 이들은 산속으로 숨어들었다. 이 가운데 개성부사를 지낸 한천韓蕆, 찬성사 김만희金萬希, 이제현의 증손 이미李美가 제주 귀양살이를 하였다. 역사는 이 셋을 삼절신三節臣이라 부른다.

조선조 500년 동안 제주 유배객은 300명 정도였는데, 대다수가 중기 이후에 몰려 있다. 제주 유배객은 대다수가 정치적 중죄인이었다는 특징이 있다. 지금의 교도소에 해당하는 수용시설이 없었던 조선의 행형제도는 태장으로 다스리는 것이 기본이었다. 유배형은 유형지 거리로 경중이 가려졌다. 명나라 대명률을 본받아 중죄인은 3천 리, 중간급은 2천 500리, 경미한 죄인은 2천 리 밖으로 보낸다는 원칙이었다.

조선국토에 한양기점 3천 리 밖이 없으니, 제주도가 중죄인 유배처가 된 것은 당연지사였다. 2천 리 밖도 없는 나라이니 제대로 국법을 지킨다고 구불구불 돌아서 가는 곡행曲行 유배도 있었다. 당연히 절도에 보내는 형이 많았는데, 진도 완도 흑산도 같은 전남 도서지방이 유배지로 많이 이용되었다.

조선의 법률서 『대전통편大典通編』에는 "절도 유배의 경우 관이 지키는 곳이 아니면 유배를 보내서는 안 되며, 흑산도 등 뱃길이 험한 곳은 특명이 있는 경우를 제외하고는 유배시켜서는 안 된다. 제주3읍에도 죄명이 특히 중한 자 이외에는 유배시켜서는 안 된다."는 규정이 있었다. 그러니 제주 섬에는 중죄인 중에서도 왕의 특명이 있는 중죄인만 보냈다는 이야기다.

유배객들이 얼마나 제주살이를 괴로워했는지를 말해 주는 기록이 있다. 제주 유배객 이건李健의 문집 『규창집葵窓集』 권5에 실린 제주풍토기에서 지은이는 제주를 '사람이 견딜 수 없는 곳'이라 하였다. "가장 괴로운 것은 조밥이요, 가장 두려운 것은 사갈蛇蝎이요, 가장 슬픈 것은 파도소리다. 질병이 있을 때에는 스스로 손을 매어 죽기를 기다릴 뿐"이라고 썼다.

영조시대 진도 유배형을 받은 상악이라는 죄인이 자기 집에서 번둥거리는 것을 알게 된 임금이 노하여 "극도極島로 보내 꼼짝달싹 못하게 하라"는 영을 내렸다. 극도란 제주도를 가리키는 것이었다. 『비변사담록』에 남아 있는 기록이다.

극도란 말이 상징하듯, 제주도는 다시는 뭍에 발을 들일 수 없도록 멀리 내친 극형의 땅이었다. 극형이란 흉악범이 아니라 정치적 반대파 중에서 특히 위험한 자들에 대한 징벌이었다. 수많은 사화士禍나 반정反正 같은 정변이 일어날 때마다, 같은 하늘 아래 두고 싶지 않은 인물들이 그 대상이었다. 그렇게 내쳐져 주민들의 존경을 받고 지역발전에 기여한 인물이 많았으니, 제주역사 아이러니의 하나다.

제주 사람들이 존경한 다섯 인물은 후세에 다섯 현자五賢라 불리며 추앙받았고, 그것이 지역 명문학교 교명이 되었다. 제주문화와 사상과 정신 형성에 큰 영향을 미친 다섯 사람을 모신 오현단五賢壇에서 유래한 이름이다.

중종시대 개혁정치가 조광조趙光祖를 축출한 기묘사화己卯士禍에 연루되어 제주에서 사약을 받은 사람이 충암沖庵 김정金淨이다. 그를 추모하던 귤림서원橘林書院이 오현단의 출발이었다. 그 뒤 제주목사 자리를 사직하고 떠난 송인수宋麟壽, 병자호란 때 끝까지 척화론을 굽히지 않았던 김상헌金尙憲, 영창대군 살해 책임자를 처벌하라는 상소를 올렸다가 미움을 샀던 정온鄭薀, 노론의 거두 송시열宋時烈, 이 다섯 사람이 지금도 제주인의 숭앙을 받는 오현이다.

송시열은 송인수의 자손이어서 현인 선정의 객관성을 의심받고, 목사 자리를 차버리고 간 사람을 오현으로 떠받들 이유가 있느냐는 반론도 있다. 조선 후기 노론이 계속 권력을 장악하기 위해 오현단을 세운 것 아니냐는 이론도 있다.

오현단은 지금 제주시 이도일동에 일부 복원된 제주성곽남수각 아래 귤림서원 자리에 있다. 1871년 대원군의 서원철폐 때 없어진 서원 터에 오현의 제단이 세워졌는데, 지금은 제단도 없어지고 위패를 상징하는 조두석組豆石 다섯이 성벽 아래 남아 있을 뿐이다. 조두석이란 위패모양으로 깎은 돌이다. 아무 장식 없이 간소하게 다듬었다고 도마組자를 썼다 한다.

송시열의 글씨로 전해지는 '曾朱壁立증주벽립' 마애명 아래 일렬횡대로 늘어선 조두석 왼편에 김정 유허비遺墟碑, 오른쪽에는 향현사鄕賢祠 유허비가 서 있다. '증주벽립'이란 증자와 주자가 이 벽에 서 있는 듯이

오현단 조두석

존경하고 따르라는 뜻이다. 제주 출신 변성우가 성균관 직강으로 있을 때 탁본하여 철종 7년에 음각한 것이다.

향현사란 제주 출신으로 한성판윤을 지낸 고득종高得宗을 모신 사당이다. 그 오른편에 근년에 건립된 거대한 오현비가 눈길을 끈다. 한 길이 넘는 오각형 오석에 면마다 한 사람씩 다섯 현인의 호와 이름이 큰 글씨로 새겨졌다. 다섯 개의 조두석이 너무 초라하고, 조상의 이름이 새겨지지 않아 조상 볼 낯이 없다고 여겼음인가. 값비싼 돌에 새긴 이름자와 비석이 너무 크고 화려해 고졸한 분위기와 어울려 보이지 않았다.

오현단 증주벽립 마애문

■ 임금과 세자일가의 유배처

　가장 유명한 제주 유배인은 누구일까? 이런 질문을 받는다면 많은 이들이 추사秋史 김정희金正喜를 떠올릴 것이다. 근래에 추사적거지가 유명 관광지가 된 탓이리라. 그렇지만 그가 출사했던 조선의 왕 광해군이 제주에 위리안치 되어 온갖 오욕을 겪다가 쓸쓸히 죽은 역사는 그리 알려지지 않았다.

　『제주통사』에는 제주훈학에 공을 세운 사람으로 박승조朴承組, 신명규申命圭, 송시열宋時烈, 김진구金鎭龜, 김춘택金春澤, 김덕원金德遠, 임징하任徵夏, 권진응權震應, 김정희金正喜 등이 꼽혔다. '그 외의 유배인'으로는 이홍로李弘老, 이덕인李德仁, 송지렴宋之濂, 김삼달金三達, 이현명李顯命, 오시복吳始復, 이수철李秀哲, 오석하吳碩夏, 민시준閔時俊, 장희재張希載, 조성복趙聖復, 이시필李時弼, 조승빈趙昇彬, 윤지尹志, 이현장李顯章, 권영權瑩, 김성탁金聖鐸, 이존중李存中,

이의철李宜哲, 송문재宋文載, 임관주任觀周, 조관빈趙觀彬, 노성중盧聖中, 유언호俞彦鎬, 강이천姜彝天, 정난주丁蘭珠 등이 거명되었다.

300명에 이르는 제주 유배 정치인 가운데 귀에 익은 이름은 손꼽힐 정도다. 앞의 인물들보다 근세인인 최익현崔益鉉, 김윤식金允植, 이승훈李承薰, 박영효朴泳孝 등이 더 유명한 것은 세월의 작용 탓이겠다.

이런 명단에 가려졌는지, 불운한 임금 광해군과 조선왕실 비극의 주인공 소현세자 자식들이 제주 땅에서 허망하게 죽은 사실을 아는 이가 드물다. 15년 동안 임금 자리에 있었던 광해군, 왕위를 이었을 소현昭顯세자 자손의 제주 유배는 그 시대의 정치적 혼란상을 상징하

제주시 중심지 유배자 거주처 지도

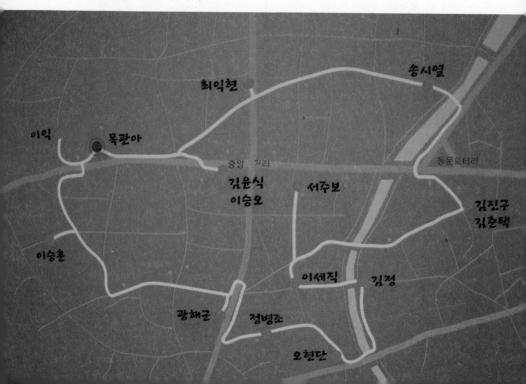

는 대사건이었다. 그런 사실이 망각된 것도 무심한 세월 탓이런가.

광해군의 불행은 너무 가슴 아프다. 그는 온갖 괄시를 당하다가 위리안치된 집에서 홀로 죽음을 맞았다. 제주 목에서는 위의 하교가 없다고 시신이 부패하도록 손을 쓰지 않았다. 일주일 후 도성에서 사람이와서야 염습을 했다니, 그 정황이 어떠하였을지 짐작이 가고 남는다.

그는 훌륭한 군주였으나 불운한 임금이었다. 임진왜란 때 세자가되어 분조分朝를 이끌며 국난을 극복하는 데 공을 세웠다. 뒷날 왕위에올라서도 백성을 사랑한 임금으로 칭송받았다. 그러나 자신을 옹립해준 집권당의 폭주를 슬기롭게 다스리지 못하였다. 형임해군과 배다른동생영창대군을 죽이고, 계모인목대비를 폐한 일이 쿠데타의 빌미를 제공하였다. 인조반정으로 폐위당하여 군君으로 강등되어 강화도에 유배되었다가, 제주로 이배移配되었다.

왕족들에게는 원지유배를 삼가고 가까운 섬으로 보내는 게 조선시대의 관례였다. 그러나 선조의 계비 인목대비는 자기 아들 영창대군을 죽인 데 대한 원한으로 끝까지 광해를 죽이려 하였다. 영의정 이원익李元翼이 울면서 반대하여 겨우 제주 유배로 낙착되었다.

광해군 부부와 폐세자 질侄 부부가 강화도에 위리안치당한 뒤, 질이땅굴을 파고 탈출한 사건이 일어났다. 인조는 불문에 붙이려 하였으나 반정세력이 들고 일어나 질을 자진케 한 것이 멸문지화의 시작이었다. 세자빈도 나무에 목을 매는 비극이 잇달았다. 아들 부부의 횡액에 충격을 받은 폐비 유柳씨도 허망하게 죽었다. 다음 해 이괄李适의 난이 일어나자, 조정에서는 반군에게 옹위될 우려가 있다고 광해를 충남 태안에 이배하였다.

곧 난이 진정되어 배지가 강화로 되돌려졌지만, 광해군 복위 움직임이 일어나 관련자들이 잡혀 들어가는 옥사가 났다. 그는 강화도 부속도서 교동도로 이배되었다가, 다시는 돌아오지 못할 제주 땅으로 보내졌다. 홀아비가 되어 홀로 떠난 네 번째 유배 길이었다. 제주도로 유배갈 때 일이 나만갑羅萬甲의 병자호란 일기 『병자록丙子錄』에 자세히 적혀 있다.

"폐주를 제주로 옮기는데 배의 사면을 휘장으로 가렸다가, 배가 닿고야 비로소 알렸다. 광해가 깜짝 놀라 '내 어찌 여기 왔느냐, 내 어찌 이곳까지 왔느냐' 하였다. 제주목사가 맞아 문안하며 '공자公子께서 임금으로 계실 때 간사하고 아첨하는 자를 멀리하고 환관과 궁첩宮妾들로 하여금 조정 정사에 간여치 못하게 하였다면 어찌 이런 곳에 오시겠습니까. 덕을 닦지 않으면 배 안의 사람이 다 적국이라는 옛말을 모르십니까' 하니 광해가 눈물만 뚝뚝 흘리고 말을 못하였다."

얼마 전까지 임금이었던 사람을 '공자'라 부르며, 『사기』에 나오는 옛말도 모르느냐고 능멸하는 옛 신하를 어찌 응대하리오! 배가 닿은 곳은 제주 동쪽 해안 어등포於等浦라는 포구였다.

제주시 구좌읍 행원리, 옛 포구에 광해군의 오욕을 말해 주는 표지석이 보는 이 없이 홀로 섰다. 멀찍이 바다 가운데 선 풍력발전기가 굽어보며 "무엇 하러 거기 홀로 섰느냐"고 묻는 것 같다.

행원리 포구에 건립된 광해군 도착지 표지석

어등포는 옛 이름이 어등포魚登浦였다고 마을 안내도에 씌어 있다. 세찬 바람이 그칠 날 없어 지나가던 물고기도 포구로 떠밀려오는 곳이라고 붙은 이름이었다 한다. 바람 덕분에 우리나라에서 처음 풍력발전기가 설치된 곳이기도 하다.

먼 바다 물고기가 포구로 떠밀려 올 정도로 바람이 센 곳이라더니 내가 간 날은 그렇지 않았다. 포구의 수면이 오히려 호수 같았다. 멀리 외해로 방파제를 둘러 물결을 잠재운 탓이리라. 지방관에게 꾸중을 들은 광해군은 울며 하룻밤을 묵어 100리 길이 넘는 제주로 이송되었다 한다. 그가 묵었던 곳이 어디인지는 아는 이가 없다.

표석이 서지 않았다면 행원리와 광해 임금의 연조차 아는 이가 없어졌으리라.

제주에 오기 전 태안으로 이배 갈 때는 호송별장들이 숙소 윗방에 들고 광해는 아랫방에 드는 모욕을 당하였다. 제주 유배생활 중에는 계집종에게도 면박을 받았다 한다. 하인이 '영감'이라 불러도 묵묵히 견디었다. 바람개비 같은 세상인심을 탓한들 무슨 소용이랴! 제주도 4년을 포함해 18년의 귀양살이를 끝으로 1641년 광해는 한많은 일생을 접었다. 향년 67세, 재위기간보다 3년이 긴 오욕의 세월이 종말을 맞았다.

바람 불고 빗발 날려 성 머리 지날 제
風吹飛雨過城頭

습하고 짙은 안개 백 척 누대에 자욱하네
秋氣薰陰百尺樓

창해의 성난 파도 소리 어스름에 들려오니
滄海怒濤來薄暮

푸른 산 스산한 빛에 가을기운 서렸네
碧山愁色帶淸秋

돌아가고픈 마음에 봄풀을 실컷 보았고
歸心厭見王孫草

나그네 꿈속 한양 땅 보고 자주 놀라네
客夢頻驚帝子洲

나라의 존망 소식조차 끊겼으니
故國存亡消息斷

안개 낀 강 외로운 배에 누워나 볼까
煙波江上臥孤舟

『인조실록』에 실린 시 「제주적중濟州謫中」에 그때 그의 심사가 잘 나타
나 있다. 병자호란 후 나라의 존망이 궁금한데 그 소식마저 끊긴 것을
한탄하는 대목에는 폐군에 대한 사회적 냉대와 번뜩이는 감시의 눈빛
이 숨어있는 듯하다. 임진왜란 중 분조를 이끌며 전란을 극복하려 애
쓴 세자시절의 활약은 그렇다 치자. 하층 민중에 대한 지배층의 양보
를 내용으로 한 대동법 제정, 청을 다독이고 명나라를 주물렀던 외교
역량, 『동의보감』 등 민생을 위한 여러 출판물 간행 등 재위시절의 치
적은 반정의 논리에 파묻힌 것인가!

소현세자 일가의 비극은 더 슬프고 통탄스럽다. 병자호란 후 청나라에 볼모로 잡혀가 9년을 살면서 그는 청나라에 들어온 서양 과학문명에 큰 관심을 가졌었다. 베이징에 머물 때 예수회 신부 아담 샬Adam Schall을 만나 서양과학과 천주교에 눈을 뜬 것이었다. 귀국하여 왕위에 오르면 실학을 장려하고 서양문물을 받아들여 나라를 개조할 꿈을 키웠다. 그러나 현실은 딴판이었다. 부왕 인조는 세자가 주장하는 서양과학에 냉담하였다. 거기에 그치지 않았다. 청나라가 자신을 폐하고 세자를 앉히지 않을까, 그것만 의심하여 아들과 며느리를 미워하고 경계하였다.

학질 때문이었을까, 독살이었을까. 귀국 후 70일 만에 세자는 의문의 죽음을 맞는다. 그때 세간에는 청나라의 실체를 인정하고 실리정책을 취해야 한다고 주장하는 세자가 못마땅해 독살했다는 설이 끊이지 않았다.

『인조실록』에는 독살로 볼 수밖에 없는 정황이 적혀 있다. "온몸이 전부 검은빛이었고, 이목구비의 일곱 구멍에서 모두 선혈이 흘러나와 마치 약물에 중독되어 죽은 사람 같았다."는 목격담이다. 내척 자격으로 염습에 입회하였던 진원군 이세원의 처가 전했다는 말이다. 세자가 죽은 뒤 장례에서부터 상중의 복례와 무덤의 이름에 이르기까지, 인조는 아들을 세자로 대접하지 못하게 하였다.

독살 심증은 세자가 부왕을 해치려 했다는 '저주사건'이 세 차례나 조작되었던 일과, 세자 사후 며느리 강빈姜嬪을 죽이려다가 동궁 궁녀들이 죽음으로 항거하여 미수에 그친 일이다. 끝내 인조는 며느리를 역적으로 몰아 사약을 내리고, 친정어머니와 형제들까지 장살하였다.

또 한 가지 결정적 심증은 세자 사후 원손 석철石鐵을 후사로 삼지 않고 둘째 아들 봉림대군鳳林大君을 세제로 세운 일이었다. 조정대신들이 벌떼같이 일어나 반대하자 그들을 모두 내쳐 유배 보내고, 기어이 며느리 친정권속까지 씨를 말렸다.

죄 없는 어린 손자 셋을 모두 제주도로 귀양 보낸 처사는 패륜의 극치였다. 석철·석린石麟·석견石堅 삼형제의 나이는 열두 살, 여덟 살, 네 살이었다. 손자들의 귀양지를 한 곳으로 정하여 외부와 접촉하지 못하게 감시를 엄하게 하고, 그곳에 정배된 사대부들을 다른 곳으로 이배시켰다. 강빈을 죽여서는 안 된다고 저항하다가 제주에 유배된 홍무적洪茂績 등과의 접촉을 꺼린 것이었다.

몇 달 사이 천애고아가 되어 제주도에 내쳐진 삼형제 중 석철은 유배 이듬해에 죽었다. 풍토병 때문이었다고 하지만, 사람들은 "임금이 제 손으로 내친 세손을 살려두지 않았을 것"이라고 쑥덕거렸다.

역사학자 이덕일은 『조선왕 독살사건』에서 사관이 그 일을 언급하면서 다음과 같이 기록했다고 소개하였다.

"석철이 역강逆姜, 강빈의 아들이기는 하지만 성상의 손자 아닌가. 아무것도 모르는 어린아이를 풍토병이 있는 제주로 귀양 보내 결국 죽게 하였으니, 그 유골을 아버지 곁에 묻어준들 무슨 소용이 있겠는가. 슬플 뿐이다."

석철이 아버지 곁에 묻힌 지 2개월이 지나 또 손자의 부음이 궁궐에 당도하였다. 이번에는 둘째 손자 석린이었다. 수행나인들이 곁에 있었다 하나 임금이 미워하는 손자들을 알뜰하게 보살폈을 것인가. 인조는 나인들을 불러올려 국문하였다. 셋 가운데 하나가 심한 고문과 옥살이를 견디지 못하고 죽었다.

홀로 남은 막내 석견은 작은아버지 봉림대군의 즉위_{효종} 후 강화도로 이배되어, 내의_{內醫}의 돌봄 속에 귀양살이를 하였다. 그는 커서 임창군_{臨昌君}과 임성군_{臨城君} 두 아들을 두었는데, 둘 다 매우 영특하였다 한다. 그것이 화근이었다. 임창군을 왕으로 옹립하여 종통_{宗統}을 세워야 한다는 세력이 나타났던 것이다. 조정의 분란이 끓는 가마 속처럼 뜨거웠다. 종통 이야기가 당쟁으로 비화되어, 끝내 어린 형제가 제주에 떨어졌다. 소현세자 3대에 걸친 멸문지화였다.

유배형 당론을 거부할 수 없었던 왕_{숙종}은 "식량과 의복을 넉넉히 주어 보내고 노비를 딸려 보내라"는 선심으로 비애를 달랬을 뿐이다.

그런데 영조의 법통을 부인하는 이인좌_{李麟佐}의 난이 일어나자 소현세자 후손에게 또 불똥이 튀었다. 증손 훈_壎이 제주에 유배되었으니, 인조 후손과 제주의 악연은 이토록 질기고 모질었다.

소현세자 사건으로부터 120여 년 세월이 흘러 사도세자의 두 아들은언군恩彦君과 은신군恩信君이 또 제주에 유배를 당하였다. 어린 은신군이 제주에서 죽자 영조가 진노하였다. 남은 은언군 유배형을 당장 풀라는 호령이 떨어졌다. 노론에게 끌려다니던 영조는 각오한 듯, 부당하다고 들고 일어나는 사헌부 반론을 물리쳤다.

현군으로 추앙받던 영조도 사랑하는 아들을 죽게 하고, 손자들까지 유배시키라는 노론의 강압을 어쩌지 못하였으니 조선은 가히 사색당파의 나라였다. 역사에는 가정이 없다고 한다. 하지만 만일 소현세자가 왕이 되어 서양문물을 받아들이고 실학을 장려하였더라면, 하는 아쉬움만은 달랠 길이 없다.

광해군 적거지謫居地가 어디였는지는 정확하지 않다. 제주시 도심 한가운데인 국민은행 중앙지점 앞에 지역 신문사가 세운 표석이 있지만 옛 모습을 짐작할 단서는 없다. 1653년 7월 제주 남해안에 표착하여 서울로 압송된 하멜 일행이 수용되었었다는 이야기가 『하멜 표류기』에 나오지만 위치 설명은 없다. 소현세자 자식들 적거지도 아는 사람이 없다.

"(조사가 끝난 뒤) 제주목사는 우리를 어떤 집으로 데리고 갔는데, 그곳은 현 왕의 숙부가 죽을 때까지 살았던 곳이었다……. 그 집은 삼엄한 감시를 받았다. 우리는 하루에 3/4 캐티 정도의 쌀과 밀가루를 각각 받았으나 부식은 거의 없었다."

하멜 일행 수십 명이 수용되었던 것으로 보아 터와 건물이 널찍했던 것은 분명해 보이지만, 거기가 지금 그곳인지는 알 수 없다. 적거지는 관덕정 서북쪽이었다고도 하고, 북초등학교 서남쪽이었다는 설도 있다. 한 곳에서만 유배를 살라는 법은 없으니 세 곳 모두 근거가 있는 말이겠다.

추사 김정희의 적거지에 기념관까지 세우고, 수백 억 예산을 들여 제주 목 관아 건물을 복원한 지 오래다. 임금이 유배 살던 곳을 찾아 기념하는 일에는 관심이 없는 전시행정의 타성을 탓하는 소리도 들린다.

제주 동문시장 앞 광해군 적소 터 표지석

광해군은 제주 사람들에게 민심을 잃지 않았던 것 같다. 그의 제삿날인 7월 7일에 내리는 비를 도민들은 '광해군 애도의 눈물'이라 했다 한다. 비를 보고도 그의 슬픔을 떠올렸던 일을 영원히 잊어도 좋은가.

원망을 샀더라도 그렇다. 임금이 유배처 위리안치 울안에서 죽은 일은 조선 500년 역사의 큰 사건이었다. 이제라도 그 일을 널리 알리는 사업을 한다면 크게 관심을 끌지 않을까. 그의 죽음을 애도한 제주 도민의 마음을 계승해가는 것이 도리이기도 할 것이다.

■ 민란인가 교난인가, 이재수의 난 I

　근래에 복원된 대정읍성 바깥 녹지대에 '제주대정삼의사비濟州大靜三義
士碑'가 서 있다. 관광객 발길이 크게 늘어난 추사적거지秋史謫居地 앞 네거
리 녹지다. 교통 표지판, 관광지 안내판, 대정고을 표지석 등에 눈길을
빼앗겨 눈에 잘 띄지 않는다.

　현무암 기단에 세운 오석이 깨끗한 것으로 보아 오래지 않은 것 같
다. '삼의사비'라 하면서 누구누구 세 사람을 기리는 것인지, 아무리
살펴도 이름이 없다. 주인공이 누구인지 모를 비석이어서 궁금증을
더한다.

　추사적거지를 찾아갈 때 처음 본 그 비석의 주인공이 이재수李在守임
을 안 것은 근래의 일이다. 그 사실을 알고 잠시 공부한 끝에 '이재수
의 난' 실상을 알았다. 20세기 벽두의 제주를 피와 함성으로 물들였던

난리를 몰랐으니, 제주의 근대사에 무지, 무심하였음을 고백하지 않을 수 없다.

관의 착취를 견디다 못한 민중의 봉기였던 이재수의 난은 여느 민란과 크게 다를 바 없다. 그러나 민중이 피 흘려 싸운 상대가 천주교도들이었다는 점에서 특이한 사건이다. 탄압받은 외래종교의 대명사였던 천주교와 배고픈 민중의 충돌이었다니 이해하기 어렵지 않은가.

'이재수의 난亂', '제주민란', '신축교난辛丑教難', '제주교란' 등 여러 가지 이름으로 불리고 있는 점도 그렇다. 무기를 들고 나라에 맞선 측면에서 보면 당연히 민란이다. 300여 명 희생자의 대다수가 천주교도였다

대정 삼의사비

는 점에서 보면 틀림없는 교난敎難이다.

천주교 신자들을 살해한 주체가 민중이라는 사실은 사건의 성격을 명확히 구분 짓기 어렵게 한다. 가해자가 민중이었고, 그 지도자들이 관헌에 잡혀 처형된 사실로 보면 핍박받던 민중 쌍방이 피해자여서 성격규정이 어렵다. 민중이 들고 일어난 까닭은 관의 탐학이었는데, 난亂으로 규정된 것은 관 주도의 역사기술 탓이리라. 그들은 체제부정이나 전복 같은 데에는 관심이 없었다. 다만 학정에 성난 무리였을 뿐이다.

어느 민란이나 마찬가지로 이 사건의 밑바닥에도 지방관의 탐학과 가렴주구苛斂誅求가 있었다. 그것도 이중의 수탈이었다. 목민관들이 짜고 남은 것을 새로 생긴 봉세관捧稅官이 또 짰다. 민중의 원성이 하늘을 찔렀으리라.

그 배경에는 조선조 말기 광무개혁光武改革 정부의 무능과 부패가 있었다. 청나라·일본·러시아 등 강대국 간섭을 배제하겠다고 독립 대한제국을 표방하기는 했지만, 국고 고갈로 고심하던 개혁조정은 각 지방에 징세관捧稅官을 보내 세금징수를 독촉케 하였다. 제주에서는 관아의 독쇄관督刷官 직에 있던 강봉헌姜鳳憲이 봉세관에 임명되었다. 그는 성정이 매우 사나운 사람이었다.

징세활동에 수족이 필요했던 그는 천주교도를 앞세워 가렴주구를 시작하였다. 교세확장에 골몰하던 천주교에 부나비처럼 몰려든 무뢰배, 불량배, 신자들을 앞잡이로 이용한 것이다. 1894년 갑오개혁 이후 폐지되었던 민포民布를 징수하고, 재산세 이외에 감나무·귤나무·유자나무 같은 과수와 가축, 심지어 계란에까지 세금을 매겼다.

목민관의 가렴주구로 불만이 하늘을 찌를 듯 원성이 높은 데에 던져진 '세금폭탄'이었다. 1899년 제주목사로 부임한 이상규李庠珪는 착임하자마자 이방을 잡아가두고 매질을 하였다. 뜻을 알아차린 이방은 속전을 바치고 풀려났다. 모두 이 꼴을 당한 관속들은 백성을 괴롭혀 속전을 벌충하였다. 1년 후에 체직된 이상규가 제주를 떠날 때 수만 냥 돈 꾸러미를 가져갔다는 이야기가 전해져 온다.

봉세관 강봉헌이 천주교 무뢰배들을 앞장세운 데는 그럴만한 까닭이 있었다. 프랑스 신부와 선교사들을 가혹히 다루다가 프랑스의 함포외교에 투항한 조정은 1896년 프랑스의 강압에 눌려 한불수호조약을 맺지 않을 수 없었다. 그 뒤로 프랑스 신부들은 치외법권을 누리게 되었다. 왕의 서명이 있는 '여아대如我待' 신표를 지니고 다닌 그들의 권세는 하늘을 찔렀다. 여아대란 글자 그대로, 나임금를 대하듯 하라는 뜻이 아닌가.

권세가 있는 곳에 빌붙는 세력이 따르는 것은 동서고금의 진리다. 신자가 없어 곤혹스러웠던 제주도 신부와 선교사들은 부나비 같은 무뢰배들을 다 받아들였다. 하늘 같은 프랑스 신부의 비호 아래 봉세관의 수하인 지위를 가진 그들이 민중에게 어떻게 군림했을지 짐작하기는 어렵지 않다.

"임자 있는 솔밭은 물론, 무주공산의 상수리 숲, 마을 안 동구나무,
마을 밖의 교인들이 벌목하고 남은 신당의 당나무에도 세를 매겨
마을 공동으로 부담시켰다……. 마소뿐만 아니라 개, 돼지, 닭에도
호세가 나왔다. 죽은 병아리에나 세가 없을까. 계란에도 세가 붙었
으니 계란이 열 개면 다섯은 내놓아야 했다."

현기영의 소설 『변방에 우짖는 새』에 나오는 이야기는 과장이 아니
었다. 탐관오리에 천주교도들까지 나서 고혈을 짜냈으니, 민중의 고
통이 어떠하였을까!

일은 대정고을에서 터졌다. 1901년 2월 대정읍 유지 오신락의 죽
음이 도화선이었다. 주민들은 천주교도들에게 맞아죽었다 하였고, 천
주교 측은 자살이라 우겼다. 이 문제로 양측 간에 충돌이 생겨 피해를
당한 대정읍민들은 크게 격앙되었다.

큰 흉년이 들었던 그해 인심은 날카로웠다. 대정군수 채구석蔡龜錫과
유림 상인회 등이 천주교의 횡포에 대항해 설립한 단체 상무사商務社가
중심이 되어, 봉세관과 천주교의 작폐를 시정토록 제주목사를 찾아가
직접 호소하기로 결의되었다.

5월 12일 대정읍민들은 제주를 향해 가던 중 한림 명월진明月鎭성에

묵어가게 되었다. 그들이 늦은 저녁식사를 지어 먹고 잠든 틈을 타, 프랑스인 신부의 지휘를 받은 천주교도 수백 명이 성안을 습격하였다. 대정 좌수였던 장두 오대현吳大鉉 등 6명이 납치되었다. 지도자가 없는 군중은 삽시간에 흩어졌다. 천주교도들은 내친걸음에 대정으로 쳐들어가 읍 무기고를 부수고 총과 칼을 꺼내 들었다. 성나 항의하는 민중에게 총질을 하였다. 한 사람이 죽고 두세 사람이 부상당하였다.

이때부터 이재수가 나섰다. 관노 출신의 21세25세였다고도 함 열혈청년 이재수는 이웃고을마다 통문을 돌려 민당民黨 인원과 조직을 보강하였다. 사람들 손에 몽둥이와 낫이 들렸다. 서군장두에 이재수, 동군장두에 강우백姜遇伯이 섰다. 기세를 올리며 제주에 도착한 동서 양 진영은 5월 17일 제주 남문 밖, 지금의 시청 자리에 집결하였다. 그 기세에 놀란 천주교도들은 야음에 민당 숙영지를 기습하였다. 이 싸움으로 10여 명의 사망자와 30여 명의 부상자가 났다.

이때부터는 양측 간에 본격적인 '전투상황'이 벌어졌다. 민당은 포수들을 앞세워 제주성을 공격하였고, 신부들의 지원을 받은 교당教黨은 성 위에 대포까지 설치하고 대치하였다. 피차 전투 경험이 없는 양측 사이에 공성과 수성전이 10여 일 계속된 끝에, 5월 28일 성문이 열렸다. 민당의 승리로 싸움이 끝난 것이다.

성문을 연 것은 민당이 아니라 성내에 사는 부녀자들이었다. 제주발전연구원이 펴낸『제주통사』에는 그 상황이 이렇게 적혀 있다.

"퇴기 만성춘滿城春과 기생 만성원滿城元이 성내 가가호호를 찾아다니

며 부녀들을 동원하여 흰 수건으로 머리를 동이고 몽둥이를 들고

나섰다. 남자들도 호응하여 성에 설치된 대포를 철거하여 성 밖으로

대던지며 함성을 지르니, 천주교도들이 놀라 달아났다."

그 다음부터는 비극의 순간이었다. 성안에 숨어있던 천주교도 색출

이 시작되었다. 붙잡혀 관덕정 광장으로 끌려온 사람이 170여 명, 이

재수는 그 가운데 간부급들을 직접 목 베어 장대 위에 내걸었다. 조사

도 확인절차도 없는 살육이 이어졌다. 외국인 신부까지 죽이려 하자

대정군수 채구석이 극력 저지하였다.

"외국인을 해치면 제주삼읍이 망하는 날이다. 나를 죽이지 않고는

외국 신부를 해칠 수 없다."

이 말에 이재수는 분한 듯이 칼을 거두었다. 뒷날 조사에 따르면 사

망자 수는 모두 317명, 이 가운데 309명이 천주교도였다.

이재수 일행의 날은 길지 않았다. 6월 1일 이재호李在護 신임 제주목

사가 프랑스 함정을 타고 부임하였다. 함정에는 프랑스 병사 50여 명

이 타고 있었다. 신식 무기로 무장한 프랑스군이 성안을 장악하고, 만

일의 경우에 대비하여 강화도 병사 100명이 뒤따라 상륙하자 민당의

세가 꺾였다. 이재수 일행은 체포되어 서울로 압송되었다.

이재수 오대현 강우백 세 사람은 그해 10월 평리원 재판에서 사형

이 확정되어 교수형이 집행되었다. 이재수는 최후진술을 통해 '역적 패당'을 징치하였을 뿐이라고 주장하였다.

"한 번 교회에 들어가면 관에서도 다스릴 수 없고, 남의 재물을 빼앗고 소송에 관여해도 누구도 어쩔 수 없고, 삼군의 민인들이 세폐를 견디지 못하여 일제히 모여 호소한 것이 어찌 교인들에게 관계되겠는가. 우리들이 죽인 것은 역적이지 양민이 아니다. 죽어도 여한이 없다."

프랑스 측은 천주교회당 파괴와 신부의 집물손해 보상으로 5천 원이 넘는 돈을 요구하였다. 그 금액은 고스란히 제주삼읍 주민들 몫으로 돌아왔다. 1901년 7월 2일 삼읍 수령과 신부들 사이에 화의협정이 맺어져 제주도에 평화가 찾아왔다. 제주 사람에게는 승자도 패자도 없는 싸움이었다. 양쪽 다 피해의 상처가 너무 컸다. 프랑스만 이겼다. 독립 대한제국의 민낯이 이러하였다.

후세에 삼의사 비를 건립하는 일로도 양측은 반목하였다. 천주교 측의 반대로 비석을 세우지 못하다가, 1961년에야 겨우 합의가 이루어졌다. 그러나 비문 내용을 둘러싸고 또 대립이 벌어졌다. 뒷면에 새긴 비문 첫 문장의 천주교 비판이 문제였다. 대화와 타협 끝에 비석은 섰지만 도로확장에 비석이 저촉되어 인근 드랫물공동우물로 옮겨졌다가, 1997년 새 비석이 섰다.

뒷면에 새겨진 비문 첫 문장은 이렇다.

"무릇 종교가 본연의 역할을 저버리고 권세를 등에 업었을 때 그 폐단이 어떠한 것인가를 보여 주는 교훈적 표석이 될 것이다."

삼의사를 기리는 비석에 종교비판을 앞세운 것은 아직도 시비의 대상이다.

"1801년 황사영 백서사건으로 그의 아내 정난주가 유배되어 온 후 딱 100년 만에"라는 문구가 사건과 직접 관련이 없는 일이라는 주장도 그렇다.

한림 외곽에 말끔히 복원된 명월진성에 그날의 자취가 남았을 리는 없다. 역대 진장들 이름이 새겨진 돌들이 아니었으면 무엇 하는 곳이

한림에 복원된 명월진성

었는지 모르고 지나칠 뻔하였다. 주변 농지에 배추모를 내는 농민들이 점점이 앉은 평범한 제주 풍광이었다. 가파른 계단을 타고 성문 다락에 오르니 시야가 탁 트였다. 멀리 비양도가 보이고 반대편으로는 한라산이 멀찌감치 서서 성을 굽어보고 있었다. 옛날 일이 또 일어나려는지 감시하려는 듯이.

명월진성과 삼의사 비를 둘러본 날 한림성당에서 미사를 보면서 만감에 사로잡혔다. 세폐시정을 호소하며 맨몸으로 이동하는 민중을 그렇게 습격해야만 하였을까? 붙잡힌 천주교도들을 조사도 없이 도륙한다고 쌓인 원이 풀렸을까? 야차 같은 관속들보다 하수인들을 왜 그리 증오하였을까? 핍박받은 사람들끼리 동류의식은 왜 작동하지 않았을까……?

삼의사비라 하면서 왜 세 사람 이름을 당당하게 내걸지 못하였을까? 이 의문도 풀릴 듯 말 듯 하였다.

■ 외국인이 주재한 평리원 재판,
이재수의 난 II

이재수란 어떤 인물이었을까? 민란이 잦았던 제주 근현대사에 큰 비중을 차지한 그에게 관심을 가질수록 그 실체를 알기 어려워 답답하다. 오히려 그 점이 더 흥미롭기도 하다. 불과 한 세기 남짓 전의 민란 지도자가 어떤 사람이었는지 정확히 알 길이 없으니 말이다.

심지어 그의 이름자까지도 그렇다. 빗돌에는 '李在守'라고 새겨져 있다. 공식역사서인 『제주통사』에도 그렇게 나와 있다. 그러나 제주 성내에서 유배생활을 할 때 간접적으로 그 소동과 관련을 맺었던 운양雲養 김윤식金允植의 일기 『속음청사續陰晴史』에는 '李濟秀'라 기록되어 있다. 사건을 다룬 외교문서에는 '李在洙', 일본공사관 기록에는 '李在樹'로 나온다.

일본공사관 기록이라는 것은 이재수의 편지를 근거로 한 것이라는

데, 원문이 아니고 필사물이어서 신빙성이 떨어진다. 외교문서도 그런 성격으로 볼 수 있겠지만, 그때 현지에 있었던 운양의 기록을 무시할 수는 없다. 구한말의 풍운정객이며 문장의 대가 운양의『속음청사』가 그 시대 역사에 차지하는 비중은 크다.

함께 유배를 산 운양의 수하 가운데 천주교인이 되어 이재수의 민당民黨과 맞섰던 사람들을 그가 숨겨준 사실은 그가 사건 관계자였음을 말해 준다.『속음청사』의 이재수 평가를 보아도 그렇다.

"그는 인물이 영웅답고 대사를 결단할 만한 능력이 있다. 한라산 정기를 품부 받아 보통 사람과는 다르다."

나이 또한 정확하지 않다. 어떤 기록에는 봉기 당시 이재수의 나이가 스물다섯이었다 하고, 어떤 기록에는 스물하나로 돼 있다. 출신지가 대정읍 보성리라는 것만은 분명하지만, 가족관계까지도 정확한 기록이 없어 성장배경을 자세히 알 길이 없다. 한 달 남짓했던 난리 끝에 체포되어 서울로 끌려가 처형되었으니, 재판기록 말고는 공식기록도 없다.

그래서일까? 이재수는 '천마를 탄 날개 달린 장수'로 미화되어 있다. 동학농민혁명의 녹두장군 전봉준이 그렇듯이, 민중의 신망이 높은 장두狀頭일수록 신비로운 전설의 인물이 된다. 재일동포 작가 김석범의 대하소설『화산도』에 나오는 이야기가 대표적이다.

"관리들과 양놈들과 한 패가 된 천주교도들이 우글거리는 성내로 쳐들어갔다네. 큰 난리가 났는데 이재수는 보통 사람이 아니었어. 이 재수는 잡혀서 서울로 압송되어 죽었는데, 그때 옷을 벗겨보니 이재 수의 몸에 멋진 날개 두 개가 달려 있더라는 거야. 물론 관리들은 칼로 그 날개를 베어버렸지만 말야. 어렸을 적 우리들은 이런 애길 많이 들 었었지……."

4·3사건 때 한라산 숲속에 숨어 살면서 군경토벌대와 맞서 싸우던 사람들이 죽창을 만들며 나눈 대화의 한 토막이다.

"손 서방은 육지서 온 사람이라 모르겠지만 옛날 이 섬에, 내가 아직 어릴 때였는데, 이재수란 훌륭한 장수가 있었수다. 그때 일이 지금 생 각남수다."

한 사람이 하는 말에 또 한 사람이 맞받은 말이었다. 죽창으로 총포 에 맞서는 처지가 똑같아 더욱 전설적인 장수로 생각되었을까.

"말을 탄 채 한 사람의 목을 베고 피 묻은 칼을 자신의 짚신에 한번 쓰윽 닦고는, 다시 또 칼을 내리치더라고 어릴 적에 나의 할머니는 실 감나게 이야기해 주셨다."

4·3사건 세대보다 한 세대 뒤인 한 향토사학자의 글에는, 말을 타고 칼을 휘두르는 장면이 이렇게 묘사되어 있다. 관덕정 앞에서 직접 보 았다는 할머니의 목격담이다.

그러나 실제는 이야기와 다르다. 여러 기록과 취재노트를 근거로 쓴 현기영의 소설『변방에 우짖는 새』에는 이재수가 천주교도를 참하는 장면이 이렇게 묘사되었다.

"악한 최형순은 내가 처치하겠소!"

가톨릭 교당敎堂을 이끈 자만은 직접 처형하고 싶다고 이재수가 벽력같이 소리치면서 자리를 박차고 일어났다. 그 기세에 놀라 엉덩방아를 찧은 최형순의 위를 맹수처럼 덮치며, 일본도를 배에 박아넣고 밑으로 그어 내렸다. 그러고는 피 묻은 칼을 가죽신에 두어 번 쓱쓱 문질러 칼집에 꽂고, 포수들에게 나머지 교인들을 포살하

민란의 종착지 관덕정 광장

라고 명하였다.

　가죽신을 짚신으로 말했을 뿐, 나머지 정황이 비슷한 것으로 보아 그 할머니의 목격담은 사실에 부합한다고 볼 수 있다.

　민당 동진장두 강우백이 도포에 갓을 쓴 선비 차림이었던 데 비해, 서진장두 이재수의 복장은 그런 전설을 만들 만하였다. 대정읍을 떠난 민당 서진이 서쪽 해안지대를 따라 제주로 향해 행군할 때였다. 그를 호위하던 포수들은 한경면 고산리 차귀진遮歸鎭에 이르러 군기고를 깨트리고 진장이 입던 군복을 꺼내 그에게 입혔다.

　솜 누비 군복에 산호구슬 끈이 달린 전립을 씌우고, 가죽신에 큰 칼을 채워 말 위에 앉히니 어느 장수에도 위엄이 달리지 않았다. 한림포구 건너편 비양도에 근거지를 두고 있던 왜어부가 바친 일본도를 찬 위세도 돋보였다.

　그의 가문이 비천했던 것만은 사실이다. 대정읍내 보성리 태생인 그는 대정읍 좌수 오대현의 노비였다. 얼마 뒤에는 이속들이 아무나 불러 허드렛일을 시키는 관노가 되었는데, 명민하고 붙임성이 좋았던 덕에 수령들의 신임을 샀다.

　특히 채구석 군수의 눈에 든 뒤로는 없어서는 안 될 통인이 되었다. 1894년 갑오개혁 이후 신분제도가 바뀌어 그는 평민이 되었다. 채 군수가 천주교 교폐敎弊에 맞서기 위해 조직한 상무사 집사 일을 보게 되어 주목을 받았고, 그 인연으로 장두에 추대되었다.

대정읍민들이 교폐시정을 호소하자고 제주로 가던 중 한림 명월성에서 교당의 습격을 받아 오대현 등 지도부 6명이 잡혀간 뒤의 일이다. 그때 한껏 기세가 오른 교당은 내친 김에 대정읍으로 쳐들어가 무기고를 부수고 총기를 꺼내 읍민 다수를 살상하였다. 민당의 싹을 자른다는 것이 화를 자초하는 결과가 되었다.

이 사건에 자극받은 민중은 선비 강우백의 지도로 다시 일어섰다. 그러나 서진장두를 맡을 사람이 없어 설왕설래만 계속되었다. 그때 이재수가 나선 일이 현기영의 『변방에 우짖는 새』에 이렇게 묘사되었다.

"벨감 어른, 소인은 어떠하우꽈? 소인을 써 주신다면 이 천한 목숨 내던져 힘껏 싸워보겠습니다만……."

나이도 어리고 본데도 없는 젊은이가 장두가 되겠다니 사람들은 시큰둥하였다. 의기를 참지 못한 그는 다시 머리를 쳐들었다.

"소인이 미천한 관노라고 옳을 의(義) 자를 위해 죽지도 못합네까? 난 신적자를 토멸하는 데 어찌 반상의 구별이 있습네까?"

울음을 터뜨리며 의를 위해 죽겠다는 사람을 더는 외면할 수 없었다.

강우백의 제안으로 그는 서진장두로 추대되었다. 달리 대안이 없었으니까. 작달막하지만 굵고 다부진 어깨, 차돌같이 단단해 보이는 얼굴에 진한 마마자국을 가진 그는 외관상 간데없는 관노였다. 그러나 과감한 결단력과 정확한 판단력으로 곧 민당 사람들 신망을 한몸에 샀다. 동군장두 강우백은 지나치게 신중하고 이지적이어서 휘하 장졸들의 불만을 샀다. 그에 비하여 세폐稅弊 교폐를 척결하자는 의기가 불같은 이재수는 한순간 녹두장군 같은 대접을 받기 시작하였다.

프랑스 군함의 개입으로 난리가 평정된 후의 사건 뒤처리는 부패하고 잔약한 대한제국 정부의 실상을 보여주는 좋은 사례다. 맞아 죽을까 봐 뭍으로 도망쳤던 봉세관 강봉헌이 난리 중에 대정군수가 되어 부임한 일이나, 제주목사와 삼읍 군수자리를 수시로 갈아치운 인사의 난맥상이 대표적이다.

강봉헌은 당시의 세도가 이용익李容翊에게 엽관운동의 줄을 대 벼슬을 샀지만, 아직 난리가 끝나지 않아 제주관아 동헌에 숨어서 기다리다가 열흘 만에 벼슬이 달아났다.

대정군수 채구석에 대한 처분도 시시로 달랐다. 죄인이 되었다가, 의사가 되었다가, 몇 번을 왔다갔다하였다. 구속되었다가 석방되기가 반복되었음은 물론이다.

구한말의 유명한 정객 홍종우洪鍾宇가 제주목사로 부임했다가 뇌물 혐의로 물의를 일으킨 일도 제주도민 가슴에 깊이 새겨졌다. 김옥균金

玉均을 살해하고 독립협회 해체에 앞장섰던 그 수구파 정객 말이다.

민란 뒤처리 문제로 프랑스와 외교적 마찰을 빚게 되자 고종은 프랑스 유학생 출신인 홍종우를 제주목사로 임명해 문제를 해결하고자 하였다. 그 와중에 홍 목사는 관아 공사를 빌미로 한라산 소나무를 남벌하고 백성의 고혈을 짜낸 일로 원성을 샀다.

서울 평리원에서 열린 이재수 재판은 웃음거리라기보다 차라리 희극이었다. 명색이 우리나라 최초의 신식재판이라는 그 법정은 프랑스인 심판관들에게 좌지우지되었다. 놀랍게도 제주민란의 당사자인 프랑스 신부 둘과 서울 약현성당 신부, 미국인 고문관이 심판원이었던 것이다. 재판결과가 프랑스 공사관 의중대로였음은 말할 나위도 없다.

"너는 어떤 놈이기에 감히 계상階上에 올라서 있느냐? 당장 내려서지 않으면 네놈을 쳐 죽이리라!"

재판 중 프랑스 공사가 법정에 나타나 심판관들과 귓속말을 나누는 광경을 본 이재수가 이렇게 호통을 쳤다 한다. 그것이 어떤 재판이었는지를 웅변하는 이야기다.

재판 결과는 이재수·강우백·오대현은 각각 교수형, 나머지는 징역 10~15년 형이었다. 곤장 80대 형에 처해진 사람도 있었다. 그러나 사건의 발단이었던 봉세관 강봉헌은 무죄방면 판결을 받아 사람들을 놀라게 하였다.

천주교회 측에 대한 엄청난 손해배상액에 제주민중은 놀라고 분노

하였다. 부서진 교회 수리비와 집기 구입비 이외에, 한 달 가까이 교인들을 먹인 식량과 땔감, 신부들의 목포 왕래 여비까지 물어주라는 판결이었다. 그 액수는 백미 500석 값이 넘는 5천 160원이었다.

사건의 주인공들이 처형을 당하였는데 누가 그 돈을 책임지고 물어줄 것인가. 그 사이 나날이 이자가 붙어 원리금 합계가 6천 300원을 넘어서자 제주도민들은 다급해졌다. 전 대정군수 채구석을 풀어주는 조건으로 배상금 분담 약조를 체결할 수밖에 없었다.

전 도민이 십시일반 돈을 걷어 탁지부로 보내고야 일이 끝났다. 피해구제를 받아야 할 대상이 뒤바뀐 재판을 한탄하는 수밖에 없었다.

『변방에 우짖는 새』의 작가 현기영은 "『속음청사』를 근본사료로 하고 사건을 보도한 「황성신문」 기사, 그리고 민간에서 취재한 촌로의

천주교 성지가 된 황사평 묘지

증언을 참고하여 작품을 썼다."고 후기에 밝혔다. 4·3사건을 주제로 한 소설 『순이 삼촌』 때문에 중앙정보부에 끌려가 모진 고문을 당했던 그는 더 먼 시대 이야기를 다룰 수밖에 없었다고 토로하였다. "또 필화를 입지 않을까 걱정이 되었으나 천주교 측에서 한국교회사를 다시 써야한다는 반응도 있었고, 명동성당 마당극패가 이재수를 메시아로 삼아 마당극을 만들겠다고 조언을 구해 오기도 했다. 천주교의 너그러움에 감탄했다."는 말에 그 고심이 묻어있다.

"상상력을 절제하여 복원작업에 열중한 이 작품은 아마 문학이 아닐지도 모르겠다."

이 말은 작품의 사실성에 대한 고백이다. 등장인물이 모두 실명인 이 작품에 문학적 상상력을 가할 수가 없었다는 말이다.

그때 도륙당한 천주교도들은 제주항을 굽어보는 사라봉 기슭에 버려지듯 묻혔다가, 천주교 측 요구로 제주시 화북동 황사평 묘지에 이장되었다. 민당 첫 숙영진지가 이곳이었으니, 죽어서 화해의 손을 잡은 모양새가 되었다.

가톨릭에서는 1999년 제주선교 100주년을 기념하여 제주 출신 순교자 김기량 신부와 선교 유공자들의 묘를 황사평으로 옮겨 순교성지로 조성하였다. 근년에는 가톨릭과 무관한 사람들도 자주 찾는 올레 코스가 되어, 세월의 무상함을 말해 주고 있다.

■ 김만덕의 은광연세恩光衍世

제주를 대표하는 명소나 풍광, 물산과 풍속은 많다. 그러면 제주를 대표하는 역사상 인물은 누구일까. 이 물음 앞에서는 잠시 망설이게 된다. 제주도가 오랜 기간 해상왕조 탐라국이었고, 뭍의 권력에 편입된 뒤로는 오래 격리되고 핍박받아 역사적인 인물이 많지 않은 탓이다. 그러다가 조선 후기에 혜성처럼 나타나 세인의 입에 회자된 인물이 있었다. 거상 김만덕金萬德이다.

정조시대 제주도 사람들에게 '만덕 할망'이라는 애칭으로 불렸던 그는 오늘날 나눔 문화의 대명사가 된 인물이다. 3년 전 제주시 건입동 산지천변에 건립된 김만덕 기념관 현관, 그의 조상彫像 아래에는 언제나 '김만덕 쌀' 부대가 쌓여 있다. 그가 씨 뿌린 나눔의 정신을 이어가려는 제주 사람들의 사회운동이다.

그는 기생 출신이란 한계를 뛰어넘은 사람이었다. 임금에게 불려가 선행을 치하받았다. 그 덕에 하루아침에 유명인사가 되었다. 영의정을 필두로 고급관료들이 앞다투어 그와 친교를 맺고 싶어 하였다. 글줄이나 쓰는 사람들은 그를 만세의 의인으로 떠받들었다. 세상을 위해 좋은 일을 하는 것이 결코 부질없는 일이 아님을 만천하에 떨쳐 보인 것이다.

제주시 구좌읍 동복리에서 가난한 상인의 막내딸로 태어난 만덕은 열두 살에 부모를 잃고 기생 월중선月中仙에게 의탁되는 신세가 되었다. 동기童妓 때부터 관기의 적에 오른 이름을 관아에 호소해 평민의 신분

산지천변에 선 김만덕 기념관

을 되찾은 일이 그의 비범성을 말해 준다. 주어진 운명에 순응하지 않고 끝없이 모색하고 도전하여 뜻을 이룬 모범으로 기려질만하다.

뭍에 장사 나갔던 아버지 배가 풍랑에 휩쓸려 목숨을 잃은 다음 해 어머니마저 죽자, 그는 외가에 의탁되었다. 더부살이는 오래지 않았다. 제주읍 기루 천영루의 물 긷는 아이 신세가 된 것이다. 고운 자색은 금세 주인 월중선의 눈에 들었다. 월중선의 양딸이 된 만덕은 곱고 영리한 소녀기생으로 자라 관아의 눈에 띄었다. 그래서 관기가 된 것이다.

조선시대는 여성이 이름조차 갖지 못하는 여성인권 제로의 시대였다. 관에 매여 높은 관인들의 노리개로 일생을 보낼 수 없다고 자각을 한들 무슨 방법이 있었겠는가. 그러나 김만덕은 달랐다. 천한 관기의 신분을 탈출하고자 그는 관아에 양인良人 신분으로의 회복을 탄원하였다. 그 호소가 묵살되자 제주목사와 판관에게 직접 읍소하였다. 그것이 통하였다.

그는 20세 무렵 관에 매인 몸에서 풀려나 기루에 돌아갔다. 양어머니와 행수기생을 돕는 억척스런 기생이 되었다. 돈을 많이 벌어 좋은 일에 쓰자는 것이었으리라. 그 일면이 기록으로 남아 전해온다. 심노숭沈魯崇의 『효전산고孝田散稿』에 이렇게 적혀 있다.

"지난날 내가 제주에 있을 때 만덕의 이야기를 자세히 들었다. 만덕

의 품성이 음흉하고 인색했는데, 돈을 보고 사내를 따랐다가 돈이

떨어지면 떠나갔다. 사내가 입은 바지저고리마저 빼앗으니 그렇게

빼앗은 바지저고리가 수백 벌이었다 한다."

아마도 기민을 구휼한 만덕의 자선이 알려지기 전의 이야기일 것이
다. 얌전하게 기생노릇을 하고, 양심적으로 사업을 했다면 어떻게 제
주 제일의 거상이 되었겠는가. 무릇 돈이란 험하게 해야 벌리는 것이
다. 그것이 동서고금의 이치 아니던가. 개처럼 벌어서 정승같이 쓰라
는 말도 있다.

그렇게 억척같았기에 그는 양어머니 사후 천영루를 물려받을 수 있
었다. 젊은 나이에 제주 제일의 기루 경영자가 된 그는 월중선 못지않
은 억척이었다. 더 독하다는 소리를 들을 만큼 술값 떼어먹으려는 무
뢰배를 가혹하게 다루었다. 바지저고리를 벗겼다는 말은 그래서 나왔
을 것이다.

그렇게 번 돈을 사업에 투자하기 위해 그는 틈만 나면 부두에 나가
살폈다. 뭍에서 어떤 물화가 들어오고, 제주에서 어떤 특산품이 얼마
나 나가는지 파악하였다. 그리고 사람을 써서 부두 마을에 물상객주
를 열었다. 창고업에 여관업, 도매업까지 겸하여 떼돈을 벌어들였다.
제주에서 귀한 직물과 화장품, 장신구 같은 사치품을 뭍에서 많이 들
여다 쟁여두었다가, 값이 뛰는 성수기에 풀었다. 제주물산도 그렇게

하여 많은 이윤을 보았다.

'천 냥 부자'가 된 만덕이 세상에 이름을 떨치게 된 것은 제주의 천재天災 탓이었다. 1795년 계사년 조석파潮汐波가 아니었으면 만덕은 그저 돈 많은 제주기생으로 잊혀졌을 것이다. 조석파란 해일이다. 지진이 흔하지 않은 곳에 사는 덕으로 제주 사람들은 그 위력을 알 수 없었지만, 타고난 직감력을 가진 만덕은 조석파 경험을 가진 종업원 말대로 산으로 피해 재해를 면하였다. 혼자 간 것이 아니라, 객주와 천영루 종업원들, 가까운 친척과 이웃을 데리고 고지대로 몸을 피하였다.

조석파의 상처는 참혹하였다. 때마침 들이닥친 태풍에 얹혀 해일이 제주 해안을 휩쓸어간 것이다. 비바람이 멎자 바닷가 마을과 저자마다 떼 주검이 널렸다. 농경지는 흙탕물에 먹을 감은 듯하였다. 저지대 마을은 며칠씩 물에 잠겨 있었다. 해일은 사람들이 가진 모든 것을 빼앗아갔다.

천행으로 살아남은 사람들은 당장 먹고 입을 것이 없었다. 배고픈 육신을 눕힐 집도, 덮을 것도 없었다. 사방에 널린 주검을 수습할 힘도 의지도 없었다. 굶주린 사람들이 하나 둘 스러져 갔다. 그게 바로 지옥이었다.

그 참상을 기록한 문서가 전해져 온다. 현지시찰을 나갔던 제주 관원 강봉서가 조정에 올린 보고서다.

"굶어죽은 수를 정확히는 모르지만 제주읍 별도리 한 곳으로 말하더라도, 주민이 100여 호인데 굶어죽은 사람이 80명을 넘습니다. 대략으로 보아도 죽은 사람이 수천 명이 아닐 것입니다."

"곡식이 얼마나 있느냐? 곳간 문을 다 열어라!"

만덕은 이제 나설 차례가 왔다는 듯, 가진 것을 풀기 시작하였다. 만덕의 창고마다 굶주린 사람들의 장사진이 생겨났다. 이웃과 친척은 물론, 소문을 듣고 몰려드는 사람들에게 골고루 곡식을 나누어 주었다.

만덕이 기민진휼에 푼 곡식이 500석이라 하였다. 곳간이 비게 되자 남도에 배를 보내 양곡을 사다가 먹이고 입혔다. 보고를 받은 조정에서도 진휼에 나섰으나 양곡을 싣고 오다가 풍랑에 가라앉은 배가 많아 만덕의 선행이 더욱 빛나게 되었다.

이 기특한 소식을 들은 정조 임금은 만덕의 소원이 무엇인지를 물어보라고 이른다. 제주목사에게서 '성상이 계신 한양과 금강산 구경이 소원'이라는 보고를 받은 임금은 당장 만덕을 불러올리라 하였다.

이 순간부터 만덕은 일순에 조선의 명사가 되었다. 온 제주인의 부러움을 한몸에 받았다. 당시 제주여인은 뭍에 갈 수가 없었다. 전복을 채취하는 해녀의 도망을 막는다고 법으로 여인들의 출륙을 금지하여, 한양구경은 생심도 못할 일이었다. 그런 때에 만덕은 목사의 전송을 받으며 한양 가는 배에 올랐다.

뭍에서도 그의 명성은 하늘을 찌를 듯하였다. 길목마다 관리들이 마중 나와 음식을 대접하고 선물을 주었다. 드디어 한양에 당도해서는 '의녀반수'라는 직첩을 받았다. 제일 먼저 안내된 영의정 채제공蔡濟恭의 집에서였다. 평민 신분으로는 임금을 알현할 수 없는 국법 때문에 조정이 의녀의 반수班首라는 임시벼슬을 내린 것이다.

"제주도의 조석파가 어떠하였느냐?"

임금은 그것부터 물었다. 만덕의 말로 그 참혹함을 알게 된 정조는 치하의 뜻으로 만덕의 손을 잡으며 "금강산 구경이 소원이라 했느냐?" 물었다. 직접 소원을 확인한 임금은 "나이 들어 산을 오르기가 어려울 것이니 금강산 중들의 가마를 타고 오르게 하라"고 하명하였다.

그토록 임금이 기특해 하는 사람을 함부로 대할 사람은 없는 법이다. 임금이 손을 잡았으니 '어무가 내린 사람' 아닌가. 영의정 채제공은 "금강산 다녀와 한양에 머무르게 되면 자주 집으로 찾아오시라"고 부탁하였다. 자세한 말을 듣고 전기를 쓰겠다는 것이었다.

이런 소문이 퍼지자 만덕이 중동重瞳, 겹눈동자이라는 소문까지 돌았다. 눈동자가 두 개씩이라는 것이었다. 소문이 너무 퍼져 사실로 믿는 이가 많아지자, 다산 정약용丁若鏞은 만덕을 집으로 초대하여 직접 확인해 보기도 하였다. 물론 항설은 낭설이었다.

하루아침에 스타가 되어 6개월 동안 한양에 머물며 온갖 호강을 누린 만덕은 제주로 돌아가서도 베풀고 살았다. 물상객주와 상단을 그대로 운영하면서 굶주린 사람들을 돌보고 헐벗은 사람들에게 옷을 나누어 주었다.

거상 김만덕 초상

만덕은 74세에 세상을 하직하였다. 양아들 셋과 양손 하나에게는 먹고살 만큼만 재산을 나누어 주고, 나머지는 다 자선에 쓰도록 하고 떠나갔다.

만덕 사후 대정에서 귀양살이 하던 추사 김정희金正喜가 그 선행을 듣고 휘호 한 폭을 남겼다.

恩光衍世은광연세.

은혜의 빛이 온 누리에 번진다는 뜻이다. 이 짧은 메시지 한 마디가 만덕을 평하는 백 마디 시문을 압도하였다.

옛 객주터인 산지천 부두가 내려다보이는 사라봉 중턱에 만덕을 추모하는 사당 모충사가 섰다. 뜰 안에 세운 돌에 새겨진 '恩光衍世'가 무심한 올레꾼들에게 의인의 삶을 잊지 말라고 말하는 듯하다.

■ 삼별초의 피

일요일 오전 4시간 산행을 마치고 오후에 삼별초의 피로 물든 항몽
抗蒙 유적지를 찾았다. 애월 해안에서 멀지 않은 항파두리缸坡頭里 토성과
발굴유물들이 13세기 후반 항몽 투쟁의 종말을 보여주는 역사의 현
장이다. 제주도는 고려시대 100년 동안 원나라몽골 지배를 받았다. 그
권력에 맞서 마지막 순간까지 피 흘려 싸운 곳이 항파두리 성이다.

그 사실은 '붉은오름'이라는 봉우리 하나의 이름으로 구전되어 오
다가, 근년의 발굴사업으로 사적이 드러나 비로소 전설에서 역사가
되었다. 항몽의 장수 김통정金通精이 여몽연합군麗蒙聯合軍에 쫓겨 후퇴한
한라산에서 장렬한 최후를 맞아, 봉우리 하나를 피로 물들였다는 전
설도 사실이 되었다.

늦더위 햇살을 무릅쓰고 애월읍 고성리 항파두리 토성에 오르니,

멀리 제주공항이 보였다. 비행기들이 5분 간격으로 뜨고 내렸다. 익
룡翼龍을 닮은 저 기막힌 교통수단이 고려 때 있었다면 김통정은 어떻
게 되었을까? 잠시 우매한 몽상에 젖어 보았다. 바닷길로 오키나와에
건너가 뒷날을 도모한 이들이 있었다는 역사 다큐멘터리가 떠오른 탓
이었다.

애월읍 고성리 정류장에서 버스를 내려 표지판을 따라 경사진 아스
팔트 도로를 한참 올라 처음 맞닥뜨린 것은 토성이었다. 몽촌토성보
다는 규모가 작지만 성토층 높이가 4~5m는 돼 보였다. 안내판 설명
으로는 처음 쌓은 토대 위에 복원한 것이라 한다. 축성은 네 단계로 이

항파두리 내성 발굴조사 현장

루어졌는데, 기초를 평평하게 다진 뒤 기저부에 돌을 깔아 터를 잡고, 그 위에 흙을 붓고 여러 번 다져 올렸다. 급박한 와중에 공들여 쌓은 성의 길이가 4㎞다.

내성 안에 자리하였던 망명관부 중심지는 축구장 면적만하였다. 관부 터와 관리들 주거지, 병영이 있던 자리마다 반듯반듯 기초석이 깔린 터에 장막이 둘리고 발굴작업이 한창이었다. 1979년 이후 발굴조사 및 복원사업이 계속 중이라는 것이다. 그 맞은편 솔숲을 등지고 선 거대한 기념물이 눈길을 끌었다. 삼별초가 이곳에서 의롭게 죽었음을 말하는 순의비殉義碑다.

애월 해안이 내려다보이는 봉우리 상부에 있는 네모반듯한 내성은

항파두리성 삼별초 순의비

둘레가 750m라 한다. 1996년 이후 다섯 차례의 발굴에서 출토된 유물들이 전시관 안에 진열되어 있다. 밥사발 국그릇 접시 청자술병 같은 생활자기류와 기와조각 철제갑옷 화살촉 철창 등이 나왔지만, 수량은 많지 않다. 다급하고 짧았던 망명 생활의 편린이겠다. 커다란 목제 구시 통은 아마도 병사들 물그릇이었을 것이다.

유적지 주위 잔디밭에는 '살 맞은 돌'이라는 설명이 붙은 유물이 있다. 이름 그대로 무수히 화살을 맞아 구멍이 뚫린 돌이다. 1㎞쯤 떨어진 극락봉 위에서 병사들이 쏜 화살이 과녁 정중앙에 맞아 구멍이 뚫렸다니, 훈련의 강도와 정련도를 짐작하겠다.

배중손裵仲孫과 김통정의 항몽 투쟁을 우리는 '삼별초의 난'이라 부른다. 원나라에 대항하여 주권국가를 지향한 싸움을 난亂이라고 가르친 역사가 올바른 것인지, 유적지를 둘러보는 동안 생각이 정리되지 않았다. 침략자에 대항한 싸움에 내 나라 관군이 침략군의 일원으로 왔던 역사를 어떻게 보아야 하나, 여기까지 쫓겨 와 제나라 군병의 칼을 맞아 흘린 삼별초의 피는 그냥 '붉은 액체'일 뿐이었던가!

그들의 넋을 기리는 비석 이름이 '순의비'인 것이 한가닥 위안이 되었다. 유적지 한가운데 서 있는 그것을 보지 못하였다면, 그 한많은 죽음을 어떻게 받아들여야 할지, 또 헷갈렸을 것이다.

김통정은 삼별초 후기 장수였다. 피란지 강화섬에서 나와 입조하기를 강요한 원나라의 오랜 압박을 견디지 못한 원종이 환도를 결정하자, 삼별초는 결연히 저항하였다. 항몽 투쟁을 중지하고 해산하라는 조정의 명령을 거부한 그들은 즉시 반정부 반몽골 항쟁의 기치를 쳐 들었다. 수십 년 강토를 유린한 오랑캐 나라에 항복한 조정을 대신하여 나라의 법통을 지키겠다는 명분이었다.

이윤섭의 『역동적 고려사』에는 이때 상황이 어제 일같이 묘사되었다.

> "몽골군이 대거 도래하여 인민을 살육하니 나라를 돕고자 하는 자는 모두 격구장으로 모이라고 삼별초는 선동하였다. 출륙 준비가 한창이던 강화도는 대혼란에 빠졌다. 많은 사람들이 모였지만 배를 타고 육지로 빠져나가는 자도 많았다. 삼별초는 무기고에서 병기를 꺼내어 군졸에게 나누어 주고 성을 지키게 하였다. 배중손裵仲孫은 영령공 왕준의 형 승화후承化侯 왕온王溫을 끌어내 왕으로 추대하고 관부官府를 설치했다."

관군에 밀려 삼별초군이 강화도를 탈출하는 모습은 『고려사절요』에 이렇게 묘사되었다.

> "배를 모아 공사의 재물과 자녀를 모두 싣고 남쪽으로 내려가는데, 구포로부터 항파강까지 뱃머리가 꼬리를 접하여 무려 1천여 척이나

되었다."

구포와 항파강이 어디인지 비정되지 않았지만 삼별초군의 남천이 그렇게 대단하였다는 이야기다. 삼별초군은 서해안을 따라 남하하다가, 진도에 이르러 용장사를 행궁으로 삼아 축성하고 관부를 조성하였다. 아홉 차례나 강토를 유린한 오랑캐에 맞서 고려의 법통을 지키겠다는 명분이 번듯하여 주민들도 호의적이었다.

진도는 서남해 물길의 길목이다. 삼별초군은 개경으로 가는 세곡운반선을 세워 군량을 확보할 수 있었다. 남해안 이웃 도서지방과 나주 장흥, 북쪽으로 충남과 전북 해안, 동쪽으로는 마산 김해 부산까지 나아가 관군을 위협하기도 하였다. 그러나 세력이 너무 미미하여 관군과 원나라 군대의 협공을 이겨낼 수 없었다. 1271년 5월 관군과 원나라 군병이 세 방향에서 공격해 오자 삼별초군은 허망하게 무너졌다. 1년도 버티지 못하고 배중손이 전사한 뒤를 김통정金通精이 이어받았다.

토벌군에 쫓기던 그는 잔여세력을 이끌고 제주 한림 명월포 해안에 당도하였다. 해전에 약한 원나라 군대를 피하여 먼 바다를 건너온 김통정 부대의 규모가 어느 정도였는지는 기록에 없다. 토벌전의 결말을 기록한 문서에 포로로 잡힌 삼별초 군대가 1천 300명이었다고 적혀 있는 것으로 보아 2천 명 안팎이 아니었을까 짐작될 뿐이다. 삼별초 입도 후 남해 별장 유존혁劉存奕 부대가 병선 80척의 병력을 이끌고

와 합류했다는 『고려사』 기록으로 보아, 많아도 3천 명을 넘지는 못했을 것이다.

김통정은 여몽연합군의 상륙에 대비하여 섬 북쪽 해안에 돌로 성을 쌓았다. 지금도 남아 있는 환해장성環海長城이 그 흔적이다. 그 해안이 굽어보이는 야산 꼭대기에 삼별초 본거지가 있었다. 애월 해안에서 8km 거리의 항파두리 성이다. 해발 150m 밋밋한 봉우리 산복부에 둘레 4km 정도의 토성을 쌓고, 그 안쪽에 네모반듯하게 본성을 축조하였다. 오랜 비바람에 깎이고 쓸려 흔적이 희미해진 것을 근래에 복원한 외성 높이가 4~5m인 것으로 보아, 제법 규모가 있는 방어시설이었다.

항파두리 외성(토성)

토성 위에 재를 뿌려 적의 침공에 대비했다는 설명문이 재미있다. 적이 상륙하면 말꼬리에 빗자루를 매달아 토성 위를 달리게 하여, 재 먼지를 일으키려는 것이었다. 먼지 장막을 쳐 공격을 지연시키자는 발상이 기발하지 않은가.

『고려사』에 따르면 제주도 삼별초군도 고려와 원나라를 심하게 괴롭힌 것 같다. 군량을 확보하고 원의 왜 침공을 저지시키기 위하여 자주 남해안에 출몰하였다.

"탐라에 들어간 삼별초 역적들이 남해 여러 섬과 포구에 횡행합니다. 장차 육지로 올라올 염려가 있으니 토멸하소서."

삼별초가 제주도에 거점을 완성한 원종 12년1271년 고려장군 이창경이 원에 들어가 하소연하였다는 기록이다. "탐라의 역적들이 금년 3월과 4월 남해안 회령 탐진 두 현을 공격하였는데, 약탈당한 선박이 25척, 양곡이 3천 200석, 피살 12명, 피납 24명이었다."는 낭장 이유비의 보고서는 혼란기 실상을 말해 준다.

장흥·함평·강진 등 남해의 여러 포구는 물론, 정읍·부평·남양 등 서해지방에까지 진출한 기록도 있다. 여몽연합군의 일본정벌을 저지하려고 합포마산 등 남해안 여러 포구에 두었던 조선소를 불태우고, 조선공들을 납치하였다는 기록도 있다.

위협적인 반란세력에 골머리를 앓던 고려와 원나라 조정은 1273년 군세 1만의 여몽연합군을 꾸려 삼별초 토멸에 나섰다. 진도 용장

산성을 공격할 때와 같이 부대를 셋으로 나누어 세 방면으로 상륙하였다. 좌군과 우군이 항파두리에서 멀지 않은 애월 해안으로 상륙하여 외성을 포위하고 공격을 퍼붓는 사이, 주력군이 멀리 함덕 포구로 상륙하여 협공을 가하였다. 토벌군이 외성을 넘어가 화포 네 발을 터트리자 삼별초군이 흩어졌다는 기록으로 보아, 화력에도 현격한 차이가 있었다.

아무리 사기가 높은 군사라도 무기와 수적 열세는 어쩔 수 없었나 보다. 해안에 맞닿은 파군봉해발 80m 흙과 수풀은 삼별초 군사의 피로 물들었다. '파군봉'이라는 이름과 무관하지 않을 이 싸움의 결말은 항파두리 본성 함락을 예고하는 것이었다.

급박한 순간을 맞은 김통정은 70여 명의 수하 장졸을 이끌고 한라산으로 피하여 마지막까지 싸웠다. 역부족의 상황에서 그는 자진하고, 나머지는 원나라 장수 홍다구의 칼에 죽었다. 『고려사』에 따르면 이 싸움에서 포로로 잡힌 자가 1천 300여 명이었다. 3년의 항전이 끝나는 순간이었다. 그들이 흘린 피로 오름이 물들어 '붉은오름'이라는 이름이 붙었다.

이로써 삼별초의 씨가 말랐을까. 그렇지는 않을 것이다. 몇 사람이라도 살아서 족적을 남겼으리라는 가설이 타당하다. 그 가운데 흥미로운 연구가 오키나와 표류설이다. 오키나와는 12세기까지만 해도 수렵과 채취로 살아가는 초기문명 사회였는데, 13세기 후반기 갑자기 여러 지방에 축성이 시작되었다 한다.

그 산성의 축성술과 양식이 한반도와 유사하다. 오키나와 류큐琉球 대학 고고학 연구자들은 한반도의 삼별초 같은 외부문명의 유입 가능성에 주목하고 있다. 유구왕국 유적지에서 출토된 '계유년癸酉年 고려와 장조高麗瓦匠造' 명문기와가 근거다. 계유년은 1273년 삼별초가 멸망한 해이다.

이 와편은 2007년 국립제주박물관 '탐라와 유구왕국 특별전'에 전시되었다. 오키나와 슈리首里 성과 우라조에浦添 성터에서 출토된 수막새기와는 진도 용장산성 출토 와편과 판박이처럼 똑같다. 처마 끝을 마무리하는 기와 겉면에 연꽃잎 무늬가 새겨지고, 그 둘레에 점무늬가 빙 둘러 찍혔다. 점무늬 숫자만 8개, 9개로 다를 뿐 크기도 모양도 똑같다.

이 출토품은 항파두리 전투에서 살아남은 삼별초가 오키나와로 흘러갔을 가능성을 뒷받침한다. 역사에 계유년은 많다. 그러나 삼별초 멸망의 해가 계유년이었다는 사실로 보아 연관성을 부인하기 어렵지 않은가. 제주도 어부들이 오키나와에 표착한 사례들로 미루어 잔여병력 탈출선이 그곳에 표착하였으리라는 추론이 얼마든지 가능하다. 근년 KBS 다큐멘터리 프로그램에서도 삼별초와 오키나와 관련설이 방영되어 주목을 받았다.

김통정의 비극은 제주도가 군마 목장으로 변하여 목호군의 횡포에 시달린 불행한 시대의 서막이었다. 제주도의 입장에서는 삼별초가 멸망한 것이 통한이 되었다.

전후 원나라는 제주도를 직할령으로 삼아 장수 흔도忻都와 군사 500명을 제주에 주둔시키고 일본원정 준비에 착수하였다. 원나라는 고려조정에 일본원정에 쓸 전선 1천 척 건조를 명하였는데, 이 가운데 100척이 제주도에 할당되었다.

한라산에 올라가 나무를 베어 운반하고 선재를 켜는 일을 시작으로 대목, 도장, 노와 돛대 만들기 등에 주민이 총동원되다시피 하였다. 당시 제주 인구는 1만이 조금 넘는 정도여서 농사도 고기잡이도 전폐해야 할 판이었다. 그 노역을 피해 뭍으로 도망친 이들이 많아지자 조정에서는 그들을 색출하는 관리를 따로 두었을 정도였다.

이 무렵 원나라 통치기구 군민총관부軍民總管府 다루가치達魯花赤, 민정관로 부임한 탑라치塔喇赤가 가져온 말 160필을 성산 수산리에 방목하였다. 이것이 제주 목마역사의 시작이다. 온난한 기후와 넓은 초원에 맹수가 없어 방목에 더없이 조건이 좋았던 것이다.

목마의 역사는 또 원나라 목호들의 발호를 몰고 왔으니, 이래저래 삼별초 패망은 제주도민의 환난과 치욕의 시원이었다. 목호의 지배에 신음한 세월이 100년이었다.

■ 서복을 찾아서

서귀포에 갈 때마다 서복徐福의 발자취를 찾아보자던 결심을 이제야
실행하였다. 서복이 서쪽으로 돌아간 곳이라고 하여 서귀포西歸浦가 되
었다는 말이 어디에 근거한 것인지 알고 싶었다. 시내 한가운데 있는
서복공원 앞을 지날 때마다 다음에 가지, 다음에 가지, 차일피일 미룬
게으름을 탓하며 찾아간 서복전시관이었다. 그것이 허황된 이야기가
아니라는 것을 확인한 것만도 큰 소득이다.

지금부터 2천 200여 년 전 일이니까 물증이 있을 턱이 없다. 그러나
그 전설이 여러 기록에 근거한 것임을 알게 되었다. 서복이 돌아갈 때
정방폭포 암벽에 새겼다는 서불과차徐市過此 탁본사진은 그것이 더 이
상 전설이 아니라는 근거이기도 하다. 비록 해독할 수 없는 글자지만,
서복일명 徐市이 남겼다는 그 글자로 지명이 유래되었다는 사실에 의문

을 제기할 수 없게 된 것이다.

공원 내 서복전시관에는 진시황시대 불로초 소동에 관한 기록과 한·중·일 세 나라 서복 연고지의 기념사업 현황 등이 전시되어 있다. 중국 산동반도와 우리나라 여러 해안지방, 일본 곳곳에 있는 서복 기념물과 발자취를 엿볼 수 있다.

서복이 불로초를 찾아 동쪽으로 건너왔다는 서복동도徐福東渡의 항로를 설명하는 지도에 오래 눈길이 갔다. 산동반도에서 발해만을 건너 압록강 하구에 이르러 서해 해안선을 따라 남하하면서 남해안을 거쳐 제주도로 갔다가, 일본으로 건너간 경로를 표시한 지도다. 동도의 시

서불과차도가 있었다는 정방폭포 단애

기는 지금부터 2천 200여 년 전인 B.C. 219년이다.

우리 역사로 따지면 고조선시대. 5천여 명 인원에 수많은 물자와 장비를 싣고 떠난 항해였을 것이다. 통일 진☀나라의 국력과 문명 수준을 짐작케 하는 대 사건이 아닐 수 없다.

사마천의 『사기』를 비롯하여, 『삼국지』, 『후한서』 등 중국사서의 기록에 의하여 서복은 역사적 인물로 환생하였다. 『사기』 「진시황 본기」에 제나라 출신 방사方士 서복 등이 시황에게 올린 상소문에 불로초 이야기가 나온다.

> "바다 한가운데 삼신산이 있습니다. 그 이름은 봉래 방장 영주산이
> 라 하는데, 신선이 사는 곳이라 합니다. 청컨대 몸을 깨끗이 하여 동
> 남동녀들을 데리고 가 구해오도록 허락해 주소서. 이에 서불을 시
> 켜 수천 명의 동남동녀를 선발해 바다로 들어가 신선을 찾게 하였
> 다." 海中有三神山 名曰 蓬萊 方丈 瀛洲 僊人居之 請得齋戒 與童男
> 童女求之 於是遣徐市 發童男童女數千 人 入海求僊人

시황은 서복이 원하는 대로 동남동녀 5천 명을 딸려 보냈으나 그는 9년 만에 빈손으로 돌아왔다.

"삼신산에 당도하였으나 커다란 상어가 나타나 상륙하지 못하였사옵니다. 뛰어난 궁사들을 붙여주시면 이번에는 기필코 구해오겠

나이다."

이 거짓말에 속은 시황은 서복을 또 보내주었지만 그는 영구히 돌아오지 않았다. 『삼국지』와 『후한서』에는 그가 단주亶洲, 대만 또는 이주夷洲, 일본에 도달했다는 기록이 있다.

천하의 시황제를 두 차례나 속여먹은 서불이란 어떤 인물이었기에 그토록 배포가 컸을까. 한문학자 김익재 교수의 소설 『서불과차도』에는 서불이 제나라 출신 방사신선의 술법을 닦는 사람로서, 천하통일 전쟁 때 시황이 마지막으로 싸워 이긴 제나라 장수로 묘사되어 있다. 포로로 잡힌 적군 장수의 당당한 태도에 감동한 시황이 수하로 거두어 주었다는 것이다.

아무리 시황의 총애를 받은 방사라 해도 두 번씩이나 주군을 속이고, 필요 없어 보이는 선남선녀 5천 명을 요구한 일은 큰 사기꾼답다. 맨손으로 돌아와 또 궁사까지 요구한 것으로 보면 이만저만한 배포의 인물은 아니었던 것 같다. 그렇게 많은 동남동녀와 재화와 백공百工을 요구한 것은 이상향을 찾아 개국하려는 심산임에 틀림없어 보이는데, 폭군 시황이 속은 것인지, 불로초에 눈이 멀어 알고도 그랬는지…….

『사기』에 나오는 '봉래蓬萊·방장方丈·영주瀛洲'는 각각 금강산, 지리산또는 두류산, 한라산을 말한다. 오랜 옛날부터 중국에서 우리나라의 명산들이 신성시되어 온 방증이라 할 것이다. 그 산들을 찾아 경치 좋은 남해안 일원과 제주도 일본까지 훑은 것으로 보아 대항해 사실은 부정할 수 없는 일이었다.

남해 금산과 거제 해금강 암벽에도 서불 일행이 남겼다는 '서불과 차' 암각嚴刻이 있다. 상주해수욕장이 내려다보이는 금산 중턱 바위에 새겨진 글씨는 정방폭포 탁본과 모양이 비슷하다. 유일하게 현존하는 이 암각은 경남기념물 제60호로 지정되어 보호되고 있다.

거제도 남단 우제봉에도 비슷한 것이 있었다 하는데, 1950년대 태풍 사라호가 지나간 뒤 훼손되었다 한다. 해금강 관광객들은 안내판 사진으로만 남은 과두문자蝌蚪文字를 보고 아직도 전설과 사실史實의 경계를 헤매게 된다.

제주도를 떠난 서불 선단은 일본으로 향하였다. 사마천은 『회남형산열전淮南衡山列傳』에 "서복이 평원광택平原廣澤의 땅을 얻어 왕이 되어 돌아오지 않았다."고 썼다. 드디어 그리던 땅을 발견하여 그곳에 눌러앉아 버렸다는 뜻이다. 일본에서는 들이 넓고 물이 풍부한 평원광택의 땅을 규슈 사가佐賀현 지방으로 간주하고 있다.

서귀포 서복기념관에는 사가 현 서복학회 자료를 인용한 설명문이 게시되어 있다.

"서복이 그곳에서 원주민 딸 오타즈阿辰와 친하게 지냈다. 서복이 잠시 그곳을 떠난 뒤 오타즈가 임을 그리다 병들어 죽자, 불쌍히 여긴 주민들이 관음보살을 만들어 '오타즈 관음'이라 불러 왔다. 대륙문화를 전해 준 서복을 은인으로 섬겨 금립金立신사 주신으로 모셔왔다."

　사가 현은 임진왜란 때 우리나라 도공들이 많이 잡혀가 일본 도예 문화의 발상지가 된 곳으로도 유명하다. 섬나라답지 않은 평야가 있어 서복이 탐냈을만한 땅이다. 임진왜란 당시 왜장이 잡아갔다는 까치가 서식하는데, 한국 까치를 볼 수 있는 곳은 여기뿐이다. '조센 가라스'라 불리는 이 새는 현조縣鳥로 보호받고 있다. 까치를 잡아간 왜장은 새가 예쁘기도 하지만 '까치'라는 이름이 승리かち를 뜻하는 말과 비슷해 좋아하게 되었다 한다. 서복의 족적은 이곳 말고도 가고시마鹿兒島현 구시키노串木野시, 와카야마和歌山현 신구新宮시, 미에三重현 구마노熊野시

등 10여 곳에 있다. 규슈 북단 후쿠오카福岡현과 후쿠치야마福智山 등의
지명이 서복의 이름에서 유래되었다는 주장도 있다.

　정방폭포 서불과지 암각문은 지금 찾아볼 수 없다. 전시관을 둘러
보고 폭포에 내려가 아무리 찾아보아도 그것이 있었다는 자리를 알아
볼 수 없었다. 조선 말기 대정에서 유배생활을 하던 추사 김정희金正喜
가 정방폭포를 구경하다가 발견하여 떴다고 전해지는 탁본사진으로
만족할 수밖에 없었다. 폭포 왼쪽 상단에 새겨졌었다는 글씨는 '서불
과지徐市過之' 또는 '서불과차徐市過此'로 읽힌다는 과두문자다.

　과두란 올챙이를 뜻하는 말이다. 종이가 없던 시절 진하게 먹을 갈
아 대나무 편에 고자古字 글씨를 쓰면 먹물이 많이 묻은 첫 획이 올챙이
머리처럼 둥글게 되고, 다음 획부터는 가늘어져 꼭 올챙이 모양이 된
다고 해서 붙은 이름이라 한다.

　1877년 제주목사 백낙연白樂淵이 서복전설을 듣고 정방폭포 암벽에
밧줄을 매고 내려가 탁본하게 했다는 설도 있다. 원본의 글씨는 모두
12글자로 알려져 있다. 그러나 누구도 읽지 못하여 1860년 금석학자
오세창吳世昌이 중국 전문가에게 판독을 의뢰, '서불과지' 또는 '서불과
차'로 판명되었다 한다. '서불이 지나갔다', 또는 '서불이 여기를 지나
갔다'는 뜻이다.

　제주도에는 서복과 관련된 지명이 또 하나 있다. 북쪽 해안인 제주

시 조천朝天읍이다. 서복 선단이 처음 도착한 곳이 조천 포구였다는 것
이다. 영주 땅에 도착한 서복은 다음 날 아침 천기를 보고 하늘에 제사
를 올리고는, 아침하늘이 아름다운 곳이라고 '朝天'이라 돌에 새겨놓
았다 한다. 그 돌은 고려 때 조천관을 지을 때 매몰되었다는 지명유래
가 조천 포구에 새겨져 있다.

이름 그대로 조천은 하늘이 아름다운 곳이다. 아침하늘에 새털구름
이 찬란한 날, 조천 진鎭 정자에 올라 '연북정戀北亭'이라는 정자 이름을
생각해 보았다. 유배객들이 북쪽 대궐에서 올 희소식을 기다리며 임
금에게 뜨거운 마음을 품을만한 곳이었다. 선 하나로 하늘과 맞닿은

조천진성 위에 세워진 연북정

바다와 구분이 어려웠다. 거기에 아침 해가 떠오르니 말할 나위도 없는 풍광 아닌가.

정방폭포 암각문을 식별할 수 없게 된 것은 폭포 위로 난 도로의 차량통행 진동 때문이라 하였다. 그러나 암벽에 새긴 큰 글자가 그 정도 진동으로 흔적도 없이 사라졌다는 말은 믿어지지 않았다. 원래 글자가 있었다는 위치가 어디인지를 물어도 자신 있게 가리키는 사람이 없다.

정방폭포는 아름다운 우리의 자연유산이다. 세계 곳곳에 폭포는 많지만 물줄기가 곧바로 바다로 떨어지는 명승지는 드물다 한다. 까만 절벽 꼭대기에서 떨어지는 물줄기를 바라보고 있으면 온갖 시름이 날아간다.

마음에 때가 낀 사람이 아니라도 폭포굉음이 '딴짓하지 말라'는 하늘의 꾸중 같아, 저절로 경건한 마음을 품게 된다. 서복은 그 경치에 반하여 이름을 새겨 두었을 것이다. 주군을 농락한 시커먼 마음을 폭포 물에 씻어 말리고 갔을까. 주말 정방폭포를 찾아온 그 많은 사람들이 서복과 정방폭포의 인연이라도 알고 갔으면 하는 아쉬움을 뒤로하고 발길을 돌렸다.

■ 관비 정난주 마리아

아는 만큼 보인다는 말을 실감하였다. 유배의 섬 제주를 쓰면서 정
난주丁蘭珠라는 인물을 처음 알게 되었다. 그러나 그것뿐이었다. 수많은
유배인 가운데 한 사람으로 여기고 넘어갔다. 그러다가 소설 한 권을
읽고부터 생각이 달라졌다. 알수록 깊이 빠져들었다.

2018년 4·3문학상 수상작으로 선정된 김소윤의 『난주』는 160년
전 제주에서 생을 마감한 정난주 마리아의 향기로운 삶을 되살려내는
데 성공하였다. 그에 대한 앎은 황사영黃嗣永 백서帛書 사건의 주인공 황
사영이 부군이었고, 양반집 딸이었으며, 관비가 되었다가 유모로 살
다 죽은 사람. 이 정도였다.

이런 역사적 사실 하나에 매달려 작가는 기구했으나 값진 한 조선
여성의 인생을 되살려내는 데 성공하였다. 2018년 1월 제주에서 열

린 4·3문학상 수상기념 인터뷰에서 작가는 "역사에 이름 없는 이들의 삶이 지금의 우리가 되었다."고 말했다. 이름 없이 스러진 이들의 의미 있는 삶이 오늘의 밑거름이 되었다는 말이리라. 그의 삶을 조명해 냄으로써 역사를 만들어낸 문학적 창조라는 뜻이기도 하다.

유배객들이 기구하게 산 것이야 말할 나위도 없는 일이지만, 정난주 마리아는 너무도 달랐다. 국사범 사건에 연루된 사람이어서 중죄인 중의 중죄인으로 살아야 했지만, 제주 땅에 역병 구휼소를 세워 큰 발자국을 남겼다. 간난신고 속에서도 불쌍한 이웃을 돕고 보살피는

아기를 안고 있는 정난주 마리아상

데 몸을 아끼지 않았고, 가톨릭 교리를 알리기에 일생을 바친 것이다. '한양 할망'이라는 호칭이 말해 주듯, 주민들의 존경과 사랑을 누린 일생이었다.

수많은 제주 유배객 가운데 이름이 뜨르르한 사람은 많아도 여자 이름은 좀처럼 찾기 어렵다. 『제주통사』에 나오는 그 많은 유배객 이름 가운데 여자는 정난주가 유일하다. 정경부인 될 사람이 관비가 되었던 사람 정도로 알려졌던 그의 이름은 『난주』의 탄생으로 제주 유배사의 샛별이 되었다.

그의 불행은 유명한 천주교 탄압사건 신유사옥辛酉邪獄에서 비롯되었다. 세상을 발칵 뒤집은 백서사건으로 황사영은 참형을 당하였다. 서른이 안 된 새파란 나이였다. 어머니는 거제도, 아내는 제주도, 어린 아들은 추자도에 유배되어 집안이 산산조각이 났다.

두 살배기 어린아이에게까지 유배형을 내리지 않을 수 없을 정도로 백서사건은 큰 충격파를 일으켰다. 그가 제천 봉양면 배론舟論 마을 토굴 속에 숨어 살면서, 천주교 베이징北京 교구장에게 보낸 편지글은 지금 보아도 심하다. "군함 수백 척에 5~6만 병력을 태우고 와서 선교활동을 허락하도록 조선조정을 강압해달라"는 하소연은 역모로 몰릴 수밖에 없었다.

흰 비단 폭에 쓴 그 편지를 지니고 중국에 들어가려던 동지들까지 극형을 당하였다. 소설에서는 추자도를 지날 때 난주가 호송나졸에게 뇌물을 주어 추자도 갯바위에 아기를 내려놓고 떠난 것으로 돼 있다. 두 살배기 아들경헌이 노비로 살게 될 것을 염려한 일이라 하였다.

"양반도 천출도 아닌, 이 땅을 살아가는 보통의 양인이 되어 아무것에도 얽매이지 말거라."

이런 염원을 담았다 하였다. 그러나 사실은 그 아들에게도 추자도 유배형이 내려졌다.

제주 목 관아의 세답비洗踏婢, 빨래하는 노비가 되어 튼 손등에 피가 마를 날이 없고, 허리가 부러질 것 같은 고통도 자식을 버린 죄책감에는 미치지 못하였다. 이악스런 아전들 등살과 선임 관비들의 행악에 울던 난주는 대정현 관비로 옮겨가서는 어진 이를 만났다. 유지 김석구 집 아이의 젖어미가 되었던 것이다. 그런 사노의 삶이면서도 그는 돌림병 구휼소를 세워 죽어가던 이들의 목숨을 많이 건졌다. 주인의 마음을 산 것이었다.

어린 관비의 몸에서 천하게 태어난 아비 모를 생명을 거두어 양녀로 삼아 반듯하게 키워낸 이야기가 독자의 심금을 울린다. 아들을 버리고 온 마음의 고통을 그렇게 견디었다. 고통 받는 사람들을 돕고 벗해 주는 일, 천주교 교리를 펴고 실천하는 일로 심고를 잊으려는 삶이었다. 그런 희생과 전교의 결실로 말년에는 추자도로 찾아가 장년이 된 아들 며느리 봉양을 받으며, 손자들과 함께 꿈같은 1년을 살고 죽었다.

천주교 제주교구 신부 라루크는 1909년 추자도를 찾아가 난주의 증손자 황우중을 만났다. 황우중은 선대부터 전해오는 말을 인용하여 "증조모께서는 아주 편안한 임종을 맞았다."고 전했다 한다.

"흰머리 성성한 아들의 옷을 짓고 밥을 차렸으며, 조부께서는 아이처럼 춤추고 노래를 해드렸다지요."

프랑스인 라루크 신부는 그에게서 들은 이야기를 모국『가톨릭 선교』지에 썼다. 그때 인용했던 편지는 잘 보관하다가 4·3사건 때 화마에 휩쓸려 없어졌다 한다.

난주 이야기는 인간 황사영에 대한 궁금증을 몰고 왔다. 도서관에서 발견한 김길수 교수대구 가톨릭대의 강의록『하늘가는 나그네』가 그것을 풀어주었다.

황사영은 비범한 사람이었다. 열일곱 살 때인 1790년 과거시험에서 시관들을 깜짝 놀라게 하는 답안지로 장원을 차지한 수재였다. 시관들이 올린 답안을 받아본 정조 임금은 "이런 인재가 그동안 초야에 묻혀 있었단 말인가!" 하고 감탄하면서, 소년의 손을 잡고 집안과 나이를 물었다. 열일곱 살이라는 말에 놀란 임금은 스무 살이 되면 높이 쓰겠다고 약속하였다. 그동안 학업에 정진하도록 급양비도 내려주었다.

급양비란 왕이 직접 내리는 장학금이다. 그보다 더한 영광은 임금이 그의 손을 잡은 일이었다. 그걸 '어무가 내렸다'고 하였다. 어무 내린 사람이 지나가면 사람들은 길을 비켜섰다. 무슨 짓을 해도 말리지 못하였다.

그런데 황사영은 학업 대신 엉뚱한 일을 하였다. 1797년부터 서울에 올라와 금기 중의 금기였던 서학^{천주학}을 전파하고 다닌 것이다. 이 듬해 그 사실을 탐지한 포도청은 고민에 빠졌다. 붙잡아다 문초해야 할 중범죄인데 어무 내린 사람이니 이러지도 저러지도 못하게 된 것이었다.

고민 끝에 포도청은 승정원에 보고하고, 보고 받은 삼정승이 임금에게 이 사실을 고하여 처단을 상주하였다. 그래도 임금은 "벼슬을 가벼이 여기고 소신을 행하고 있으니 인품이 고결하지 않은가!" 하고 두둔하였다. 그러다가 1801년 신유박해가 일어나고, 뒤이어 황사영 백서사건이 터졌다.

박해를 피해 배론 마을 토굴에 숨어든 황사영은 너비 38cm, 길이 62cm 크기의 비단 폭에 빽빽이 편지를 썼다. 베이징 교구장에게 조선의 실정을 알리는 고발장이었다. 한 행에 110글자, 121행이었다. 글자 수가 1만 3천 자를 넘는 장문의 편지였다. 한 획 한 치도 어긋나거나 비뚠 데가 없는 이 비단편지는 사람의 손으로 썼다고 볼 수 없는 정교함의 극치다.

백서는 너무도 뜨거운 감자였다. 파리 모기 같은 해충이기나 한 듯,

잡히는 족족 천주교도들 목을 쳐 죽인 일들이 낱낱이 폭로되어 있었던 것이다. 중국인 신부를 죽인 일까지 적혀 있으니 누가 보면 큰일 날세라, 조정은 원본을 꽁꽁 숨기고 가짜백서를 만들어 증거자료로 쓰고 중국에 보고하였다.

가짜백서와 함께 중국에 보낸 '토사주문討邪奏文'이라는 국서도 웃긴다. 중국인 신부 주문모周文謨를 죽인 일이 미안하고 황송하여 "조선 사람인 줄 알았다."고 변명하였다. "조선은 중국을 하늘처럼 모셔왔다." 느니, "앞으로도 그렇게 모실 것이라"느니 하고 아양도 떨었다.

백서 원본은 1894년 갑오경장 후 옛 문서 정리 중 의금부 창고에서 발견되었다. 발견자가 천주교인에게 준 것이 교회에 전달되었고, 1925년 한국 순교자 79위 시복식 때 조선교구장 뮈텔 신부에게 건너가, 지금은 로마 교황청에 보관되어 있다. 이 편지는 동지사 편에 중국에 건너가기 직전 압록강 국경 출국심사에서 발각되어 조선에 피바람을 몰고 왔다.

그 내용은 그럴 만하였다. 요약하면 첫째, 조선은 경제가 빈약하니 서양제국의 동정을 얻어 성교聖敎를 받들고 백성을 구제할 자본이 필요하다. 둘째, 청나라 황제 동의를 얻어 서양인 신부를 보내주기 바란다. 셋째, 청나라 왕실 공주와 조선왕이 결혼케 하여 조선을 청나라 부마나라로 만들어야 한다. 넷째, 강병 5~6만을 파병하여 선교의 승인을 강력히 요구해달라는 것이었다.

황사영이 명문대가 출신이고, 정난주 역시 수구 집권세력 노론 벽파의 견제 대상이었던 다산 정약용丁若鏞 가문의 재원이어서, 이 사건은 여타 천주교 박해사건과는 성격을 달리하였다. 사단은 황사영이 스승으로 모신 이가 다산의 형 정약종丁若鍾이라는 사실이었다. 집권세력에게는 임금의 총애를 받는 반대 당파의 핵심인물들을 제거할 절호의 기회였던 것이다.

이런 인연으로 황사영은 스승의 맏형인 정약현丁若鉉의 장녀 난주본명 명연와 혼인하게 되는데, 그때부터 학문보다는 천주교 교리에 빠지고

정난주 마리아 묘소

말았다. 정약종은 학자로서도 유명하였지만 교리에 밝아 초대 명도회장을 지낸 사람이었다. 주문모 신부 주례로 혼인식을 올린 사실 하나로 그 집안과 천주교의 관계를 짐작할 수 있다.

신유사옥에 연루되었던 정약종의 형제 정약전丁若銓과 정약용이 흑산도와 강진에 유배되었던 사실은 우리가 익히 아는 일이다. 촉망받던 실학자 가문과 그 동지들이 한 순간에 적몰하였으니, 조선의 개명은 깜깜한 묘혈 속으로 떨어져 한 세기를 더 기다려야 하였다.

1848년 난주는 죽어 노비로 살았던 대정읍 동일리 야산에 묻혔다.. 오래도록 그 유택조차 모르다가 1975년 가톨릭교의 노력으로 무덤이 발견되었고, 1990년 유택 일대가 대정성지로 꾸며져 참배교인들 발걸음이 끊이지 않고 있다. 제주시 외도동에는 정난주 마리아 성당도 생겨 해마다 의미 있는 행사가 열리고 있다.

제2부

몰랐던 제주의 문화

■ 한라산과 오름 왕국

　제주도를 말할 때 빼놓을 수 없는 것이 많지만, 그 가운데서도 한라산만은 절대로 뺄 수 없을 것이다. 한라산을 '제주도의 얼굴'이라 하면 한라산을 표현한 말로 적절할까. 아니, 어딘지 미흡한 느낌이다. 제주도의 아버지라고 하면? 그래도 마찬가지다. 한라산은 제주도의 조상이고, 어머니이기도 하다. 제주 사람들의 선영이고, 토지고, 울타리고, 뒤뜰이고, 길이고……, 그 밖의 모든 것이다. 한라산을 빼고는 제주의 아무것도 존재할 수 없지 않은가.

　한라산은 신령스럽고 영험한 산이다. 높고 아름답고 숭고한 산이다. 전설에 따르면 한라산 신선들이 흰 사슴을 타고 노닐다가 백록담에 이르러 물을 먹였다. 한 사냥꾼이 사슴을 잡으러 가서 활로 사슴 한 마리를 쏘았는데, 빗나가 옥황상제 엉덩이에 맞았다. 화가 난 상제가

한라산 백록담

한라산 봉우리를 뽑아 내던졌다. 그 봉우리가 떨어져 산방산이 되었고, 뽑힌 자리가 백록담이 되었다 한다.

신선이 노닐던 산이라는 전설 탓인지, 중국에서 삼신산의 하나인 영주산瀛洲山으로 불리게 되어, 진시황 불로초 이야기의 근거가 되었다. 민족 탄생설화의 현장인 백두산과 함께 한민족 정신세계에 큰 자리를 차지한 산이기도 하다.

이 산을 노래한 수많은 시와 산행기 가운데 내가 좋아하는 작품은 정지용의 시 「백록담」이다. 정지용은 한라산뿐만 아니라 제주도를 너무 사랑한 시인이었다. 두 번째 시집 이름을 『백록담』이라 하였을 만큼. 잡지사 의뢰로 다도해 기행문을 쓰기 위해 제주도에 왔다가, 무리를 하여 한라산에 올라 「백록담」 시를 썼다.

「일편낙토」라는 기행문에서 정지용은 추자도를 지나 제주도가 보이기 시작한 순간의 감정을 이렇게 묘사하였다.

> "한라산이 시력 범위 안에 들어와…… 해면 위에 선연히 허우대도 끔찍이도 크게 나타나는 것이 아닙니까. 눈물이 절로 솟도록 반갑지 않으오리까. 한눈에 정이 들어 즉시 몸을 맡기도록 믿음직스러운 가슴과 팔을 멀리 벌리는 산이외다…… 해를 품은 듯 와락 사랑홉게 뵈입는 신부와 같이, 나는 이날 아침에 평생 그리던 산을 바로 모시었습니다."

이토록 진하게 한라산 사랑을 고백한 시를 모르고 제주도를 말할 수는 없다. 이번 산행코스는 백록담으로 정해져 있었다. 『정지용 전집』 시간에 학생들에게 강조하고 또 강조한 것이 「백록담」 시였다. 한 국에서 제일 높은 한라산을 상징하는 곳, 민족의 정기를 이야기할 때 누구나 입에 담는 한라산의 대명사 백록담을 주제로 한 시를 제주도 대학생이 몰라서 되겠느냐…….

수업 다음 날 일요산행에 9명의 학생이 따라나서 주었다. 백록담까지 가보았다는 학생은 몇 안 되었다. 오전 9시, 성판악에서 만나 행장을 체크하고 산행에 나설 때는 다들 기대와 희망에 찬 표정들이었다.

진달래대피소 통과 제한시간오후 12시 30분까지는 넉넉하였다. 해발 1,500m 고지에 있는 대피소를 지나, "고도가 높아질수록 초목의 키가 작아지는 것을 눈여겨보라"는 주문에 학생들은 신기한 발견을 한 듯 눈을 반짝였다.

절정에 가까울수록 빽국채 꽃키가 점점 소모된다. 한 마루 오르면 허리가 슬허지고 다시 한 마루 오르면 우에서 목아지가 없고 나중에는 얼굴만 갸웃 내다본다. 花紋처럼 版박힌다. 바람이 차기가 함경도 끝과 맞서는 데서 빽국채 키는 아조 없어지고 팔월 한철엔 흩어진 星辰처럼 난만하다. 산 그림자가 어둑어둑하면 그러지 않아도 빽국채 꽃밭에서 별들이 켜든다. 제 자리에서 별이 옮긴다. 나는 여기서 기진했다.

첫 문장의 '뻑국채'는 한라산 고산대에 지천으로 피는 엉겅퀴다. 한라산 초목을 이렇게 설정하였다. 고도가 높아질수록 초목의 키가 작아지는 현상의 표현도 재미있다. 얼굴만 '갸웃'하게 남도록 키가 작아지다가, 마지막에는 꽃무늬처럼 판에 박혀 보인다는 뜻이리라. 함경도 끝처럼 바람이 차다는 것은 시인의 경험에서 나온 비유일 것이다. 정상에서 지쳐 쓰러져 뻑국채 꽃밭을 별밭에 비유한 시상도 재미있다.

巖古欄 환약같이 어여쁜 열매로 목을 축이고 살아 일어섰다.

이 연에서는 시로미_{암고란} 열매를 따먹고 기운을 차린 산행의 고달픔이 사실적으로 묘사되었다. 시로미는 정상 부근에 자생하는 키 작은 식물이다. 8~9월에 자줏빛 열매를 맺는데, 맛이 버찌처럼 달고 시다.

白樺 옆에서 白樺가 髑髏가 되기까지 산다. 내가 죽어 백화처럼 흴 것이 숭없지 않다.

백화란 자작나무다. 한라산에서는 보기 어려운 나무를 백화라 한 것은 아마도 구상나무 고사목을 두고 한 말이 아닐까. '살아 백 년 죽어 백 년'이라는 구상나무 고사목은 비바람에 씻기고 시달려 줄기와 가지가 희게 변한다. 그 고사목 군락에서 고고한 자태의 자작나무를 떠올리고, 죽음의 고결함을 거기에 비유한 것이리라. 촉루髑髏란 해골이다.

> 귀신도 살지 않는 한모롱이, 도채비꽃이 낮에도 혼자 무서워 새파랗
> 게 질린다.

도채비 꽃은 산수국이다. 파란 산수국 꽃빛깔을 귀신에 비유하여 새파랗게 질린다고 표현하였으니, 과연 시인의 상상력은 상상을 넘어선다. 귀신도 살지 않는 한낮이라 해 놓고, 귀신이 무서워 새파랗게 질린다는 표현의 대비가 역설적이다.

> 바야흐로 해발 육천척 우에서 마소가 사람을 대수롭게 아니 여기
> 고 산다. 말이 말끼리 소가 소끼리, 망아지가 어미 소를, 송아지가 어
> 미 말을 따르다가 이내 헤어진다.

지금은 볼 수 없는 목가적인 산상풍경이다. 백록담 주변에 방목된 마소의 새끼들이 제 어미를 분간하지 못하고 평화로이 뛰노는 광경이 머릿속에 동화같이 떠오른다. 그것들이 등산객을 보고도 '소가 닭 보

듯' 하는 광경이 평화롭다.

첫 새끼를 낳노라고 암소가 몹시 혼이 났다. 얼결에 산길 백리를 돌아 서귀포로 달어났다. 물도 마르기 전에 어미를 여읜 송아지는 음메-음메- 울었다. 말을 보고도 등산객을 보고도 마고 매여달렸다. 우리 새끼들도 毛色이 다른 어미한틔 맡길 것을 나는 울었다.

물도 마르기 전에 어미를 잃고 우는 송아지가 말과 등산객에게 마구 매달리는 모습, '모색이 다른 어미에게 맡겨질 우리 새끼'가 상징하는 것은 무엇일까. 정지용의 시에 식민통치에의 저항성이 없다는 어떤 평론이 과연 온당할까. 그런 정신이 없다면 어떻게 모색이 다른 어미에게 맡겨질 내 새끼들 생각에 울 수가 있겠는가. 식민지 시대 '모색이 다른 어미'가 누구겠는가.

풍란이 풍기는 향기, 꾀꼬리 서로 부르는 소리, 제주 회파람새 회파람 부는 소리, 돌에 물이 따로 구르는 소리, 먼데서 바다가 구길 때 솨-솨- 솔 소리, 물푸레 동백 떡갈나무 속에서 나는 길을 잘못 들었다가 다시 쥡 넌출 기여간 휜돌박이 고부랑길로 나섰다. 문득 마조친 아롱점말이 피하지 않는다.

고비 고사리 더덕순 도라지꽃 취 삭갓나물 대풀 석이 별과 같은 방울을 달은 고산식물을 색이며 취하며 자며 한다. 백록담 조찰한 물을 그리여 산맥 우에서 짓는 행렬이 구름보다 장엄하다. 소나기 놋낫 맞으며 무지개에 말리우며 궁둥이에 꽃물 익여 붙인채로 살이 붓는다.

가재도 긔지 않는 백록담 푸른 물에 하늘이 돈다. 불구에 가깝도록 고단한 나의 다리를 돌아 소가 갔다. 좇겨온 실구름 일말에도 백록담은 흐리운다. 나의 얼골에 한나잘 포긴 백록담은 쓸쓸하다. 나는

한라산에서 바라본 서부지역 오름군

깨다 졸다 기도조차 잊었더니라.

아름다운 한라산 풍광이 파노라마처럼 머릿속에 펼쳐진다. 길을 잘 못 들었다가 겨우 돌아온 경험에서는 너무도 친절하고 편한 오늘의 등산로와 비교하지 않을 수 없다. 그렇게 길을 잃고 헤매다가 마주친 말이 사람을 보고도 놀라지 않는다는 대목은 '마소가 사람을 대수롭 게 여기지 않는다'는 제5연의 풍경과 일치된다.

산행 중에 소나기를 만나 옷을 흠뻑 적시고 꽃 숲에 넘어져 엉덩이 에 꽃물이 든 경험, 화구벽에서 백록담 물가로 내려서는 등산객 행렬 이 장엄하다고 한 표현은 백록담 출입이 금지된 오늘 우리의 경험으 로는 낯설다.

다만, 불구에 가깝도록 고단한 다리, 쫓겨 온 실구름 한 오리에도 백 록담이 흐려진다는 표현만은 우리의 현실과 정확하게 일치된다. 해발 750m 성판악 휴게소에서 9.7㎞ 거리를 오르는데도 숨이 턱밑에 차 는 고통을 네 시간 가까이 참아야 하거늘, 등산로가 제대로 정비되지 않았을 그때 경사가 가파른 코스야 오죽했으랴!

1930년대 후반 백록담에 올랐던 시인의 등산로는 아마도 관음사 코스, 아니면 어리목 코스였을 것이다. 배편으로 제주에 당도한 시인 이 그 시절에는 없었을 성판악 코스나 영실 코스를 택할 수는 없었을 테니까. 지금처럼 등산로까지 도로가 나지 않았을 때이니 제주시내에서부터 걸었으리라. 나는 여기서 기진했다느니, 시로미로 목을 축이고 일어섰다는 표현에는 산행의 고통이 고스란히 담겼다.

시인은 기행문 「다도해기」에 한라산 오른 이야기를 이렇게 적었다.

"해발 1950米突이요 里數로는 60리가 넘는 산 꼭두에 천고의 신비를 감추고 있는 백록담 푸르고 맑은 물을 곱비도 없이 유유자적하는 牧牛들과 함께 마시며 한 나절을 놀았습니다······ 산행 120리 길에 과도히 피로한 탓이나 아니올지, 나려 와서 하룻밤을 잘도 잤건마는 축항부두를 한낮에 돌아다닐 적에도 여태껏 풍란의 향기가 코에 알른거리는 것이요, 고산식물 암고란 열매시로미의 달고 신맛이 다시 입안이 고이는 것입니다."

제주항에서부터 타박타박 걸어 120리 산길을 다녀온 피로감이 넘쳐난다. 학생들과 함께 걸은 산길은 슬리퍼를 신고도 걸을 수 있을 만큼 편하였다. 20㎞도 못 되는 산행거리는 50리가 채 못 되었다. 그래서 아무도 다리가 아프다는 말을 하지 못하였다.

한라산을 말하면서 그 자식들인 오름을 빼놓으면 한라산을 말하지 않은 것이 된다. 한 집안을 말하면서 조상만 언급하고 마는 것과 무엇이 다를 것인가.

제주도는 오름 왕국이라 불려왔다. 그만큼 오름이 많다는 이야기인데, 처음 그곳에 가는 사람들 눈에는 그게 잘 안 보인다. 역시 한라산에 올라야 그것들을 제대로 볼 수 있다. 그러나 그것만으로는 충분치 않다. 너무 많아서 아무리 높이 올라도 다 보이지 않기 때문이다.

얼마나 많기에 오름 왕국이라 하느냐? 이 질문에는 아무도 정답을 말할 수 없다. 봉긋이 솟은 어떤 개체를 오름으로 볼 것인가, 말 것인가, 이 문제가 해결되지 않은 탓이다. 어떤 이는 368개라고 하고, 어떤 이는 330여 개라고 말한다. 오름으로 볼 수 있는 모든 봉우리를 타박타박 밟아 올라 높이를 실측하고, 지도를 그리고, 이름과 전설을 수집하고, 자생 동식물까지 조사해 신문에 180여 회 연재한 언론인 고 김종철은 "330개가 넘는다"고만 말했을 뿐, 끝자리는 언급하지 않았다.

그는 1994년 출간한 『오름 나그네』 서문에서 "한 섬이 갖는 기생화산 수로는 제주도가 세계최다"라고 단언했다. 지중해 시실리 섬의 오름 260개가 세계최다로 알려져 있지만, 활화산이냐 휴화산이냐, 이런 차이를 고려하지 않는다면 제주도 오름이 세계최다인 것은 부인할 수 없는 사실이라는 것이다.

그의 공로로 제주 오름은 이제 중요한 관광자원이 되었다. 뒤늦게 오름의 가치를 알게 된 사람들 가운데는 오름 마니아들도 많이 생겨났다. 김종철의 염려가 현실이 되어 이제는 오름 보호가 시급해졌다.

그 많은 오름은 모두 화산활동의 산물이다. 한라산의 분화와 함께

도처에서 끓어오르다가 굳어지기도 하고, 폭발하여 화구호를 갖기도 하였다. 그래서 위치와 모양이 제각각이다. 한라산에서 차지한 서열과 역할도 그렇다. 새끼화산이면서도 어미인 한라산 백록담보다 넓은 분화구를 가진 놈도 있고, 성산 일출봉같이 한라산과는 무관하다며 멀찍이 떨어져 앉은 놈도 있다.

오름 가운데 가장 높은 것은 백록담 북벽 가까이 있는 장구목오름이다. 높이가 해발 1,810m이다. 높은 데서 보면 거대한 장구가 가로 누운 모습이라 하여 장구목이라 하는데, 지금은 일반 등산객이 접근할 수 없는 곳이다. 윗세오름 대피소 광장이나, 어리목 코스 만세동산 등산로 상부에서 바라만 볼 수 있을 뿐이다.

오름 가운데 세인의 입에 제일 많이 오르는 것은 단연 윗세오름이다. 한라산 횡단도로 1,100 고지에 있는 세 오름삼형제 오름 위쪽에 있다 하여 붙여진 이름이다. 영실코스 어리목코스 두 등산로가 만나는 윗세오름 주위에 널찍이 펼쳐진 산상고원 '선작지왓'은 한라산 최고의 명물이다. '작지'는 크고 작은 돌을 뜻하는 화산석이고 '왓'은 밭이다.

돌밭이 서 있다는 뜻이니 높은 데 있는 돌밭이라는 뜻일까. 정상 가까이에 그렇게 드넓은 평원이 있는 산은 흔하지 않을 것이다. 늦은 봄 그 고원을 붉게 물들이는 철쭉도 명물이다. 『오름 나그네』 저자 고 김종철은 "진분홍빛 바다의 넘실거림에 묻혀 앉으면 그만 미쳐버리고 싶어진다."고 표현하였다. 나도 해마다 그 황홀경에 끌려 다니곤 한다.

정월대보름 날마다 억새를 태우는 들불축제로 이름난 새별오름도 이름값이 높다. 제주 유일의 고속화도로평화로 연변에 있어 오름 등산객이 많기로도 유명하다. 여름내 자랄 대로 자란 억새와 잡초를 태워 악귀를 쫓는 불꽃이 밤하늘을 수놓는 모습이 장관이다.

제주관광 필수코스처럼 된 산굼부리도 뺄 수 없다. '굼부리'란 화산체 분화구를 이르는 제주 말이다. 수많은 오름 가운데 굼부리를 가진 오름이 많지만, 이 오름만이 '산굼부리'로 불리는 것은 일찍 관광객을 불러 모은 공로에 대한 특혜일까. 백록담보다 큰 분화구이면서도 물이 고이지 않는 특성이 있다.

다랑쉬 굴 유적지

그 많은 오름을 다 언급할 수는 없다. 그러나 4·3의 비극을 품은 다랑쉬오름만은 피해갈 수 없다. 구좌읍 세화리 동부 평원지대에 우뚝 솟은 다랑쉬오름은 '오름의 여왕'으로 불릴 만큼 기품 있는 자태를 지녔다. 정수리에 널찍한 굼부리를 이고 선 자태가 사발을 비스듬히 엎어놓은 모습이다. 곡선이 부드럽고 우아하여 귀부인 태를 지녔지만 뜻밖에 큰 슬픔을 안고 있다.

4·3의 광풍이 온 제주 산하에 휘몰아칠 때 이 지역에도 화마가 덮쳐들었다. 토벌대 군인들이 중산간 마을 주민을 해변으로 소개시킨다고 집집마다 불을 지른 것이었다. 그 난리를 피해 주민들은 급박하게 몸을 숨겼다. 다랑쉬오름 앞 천연 굴에 숨어들었던 주민들은 1948년 12월 18일 토벌군에게 발각되어 비운의 순간을 맞았다.

4·3사건 진상보고서에 따르면, 굴 밖에 나와 있던 사람들은 사살당하였고, 안에 있던 사람들은 질식사였다. 수류탄을 던져넣어도 투항하지 않자, 토벌대는 굴 안에 불을 지르고 입구를 막아 11명이 모두 숨이 막혀 죽었다. 뒷날 시신을 수습한 대원은 현장조사 때 "죽은 사람들이 모두 땅에 코를 박고 있었으며, 눈과 코와 귀에서 피가 흘러나와 보기에 참혹했다. 어떤 이는 손으로 땅을 팠는지 손톱이 다 닳아 있었다."고 말했다.

시신은 오래 방치되었다가 1991년 12월 발굴조사 때 수습되어 재로 변하였다. 바다에 뿌려진 11구의 유해는 어린이 하나에 여성이 셋,

나머지는 20~40대 젊은 남자들이었다. 발굴 당시 현장에는 솥단지
와 밥그릇, 수저, 요강, 호미, 낫 등 생활용품이 그대로 남아 있었다. 무
쇠 솥에는 무언가를 끓이던 음식이 말라붙은 채였다.

공항에서 성산이나 남원 방면 버스를 타고 가다가, 대천환승센터에
서 내려 810번 순환버스를 갈아타야 한다. 다랑쉬오름 입구*에서 내
려 20여 분 걸으면 길가 고사목 아래 '잃어버린 마을' 표지석을 만난
다. 집들이 있던 곳은 모두 키 큰 산죽 밭으로 변하여 자취도 없다.

거기서 왼쪽으로 꺾어들어 5분쯤 걸으면 다랑쉬 굴 안내판이 나오
지만, 수풀이 우거져 식별이 어렵다. 거기 적힌 이야기로는 다랑쉬 굴
비극의 실체를 짐작할 수 없다. 대하소설로도 다 풀어내지 못할 그 슬
픈 사연을 어찌 돌 하나에 다 새기리오!

다랑쉬 마을 폐허비

■ 천국

"빨리 와, 여기 천국이야!"

허위허위 가파른 계단 길을 올라 턱밑에 찬 숨을 내뿜는다. 한참 고통을 참다가 아픈 다리를 끌며 샘터를 찾아든다. 한 무리의 등산객이 보리수 그늘에 앉아 쉬면서 뒤처진 일행에게 빨리 오라고, 바로 여기가 천국이라고 소리쳤다.

맞다. 천국이 어디 따로 있으랴. 잔뜩 찌푸린 날씨였는데 구름층을 뚫고 오르니, 흰 구름이 떠가는 파란 하늘 아래였다. 드넓은 고원을 제철 철쭉이 진홍빛으로 수놓고, 발아래 구름밭이 깔렸다. 하늘나라에 당도한 기분이 바로 이럴까 싶었다. 삽상한 바람이 피부를 어루만지고, 완만한 경사에 융단처럼 매끄러운 데크 길을 걸으니 콧노래도 나왔다.

옛날부터 한라산은 신령스런 산으로 알려져 왔다. 사마천의 『사기』에는 한라산이 영주산瀛洲山이라 기록되어 있다. 봉래산금강산·방장산지리산과 더불어 삼신산三神山으로 불리어 온 것은 중국인들에게 신이 사는 하늘의 산으로 인식되었던 근거다. 진시황이 서복에게 동남동녀 5천 명을 이끌고 가 영주산 불로초를 구해오라고 보냈다는 기록도 한라산의 신령성을 입증한다.

무엇보다 한라산이라는 이름 자체가 그렇다. 한라산은 '雲漢可拏引也'란 말에 유래한다고 알려져 있다. 운한雲漢은 은하수, 나인拏引은 끌어당긴다는 뜻이니, 은하수와 같은 레벨에 있다는 이야기 아닌가.

여름을 여는 비답게 남부지역을 알맞게 적신 비가 갠 일요일, 전국의 기상예보는 '흐림'이었다. 내 전화기에 등록된 서울·제주·평창·정

만개한 한라산 철쭉

선·순천·부산의 날씨가 모두 그랬다. 벼르고 벼른 철쭉산행을 망치지 않을까 노심초사하였다. 비를 맞지 않으면 다행이겠다 싶었다. 어제 절물 숲길에서 맞은 비로 배낭이 채 마르지 않았는데, 또 비를 맞으면 더 무거워지지 않을까 걱정되었다. 일행 열셋이 모두 비 걱정을 품은 산행이었다.

그런 걱정이 다 기우였다. 사람이 발 딛고 사는 곳과 구름층 위가 이렇게 다르다니!

만세동산 전망대에는 선객이 많았다. 저마다 전화기로 셀카를 찍고, 찍어주기에 바빴다. 그렇게 찍기를 끝낸 이들은 고개 숙여 전화기에 눈길을 박고 자판을 두드린다. 방금 찍은 사진을 지인들에게 전송하는 것이리라.

혼자 보기 아까운 경치를 받아볼 사람은 누굴까. 가족이거나 친구 또는 정인이겠지. 내가 찍어 보낸 사람들도 그런 범주였으니까.

삼각 발 위에 카메라를 설치하고 철쭉고원 경치를 담는 사진가들도 많았다. 이 철이 아니면 보기 어려운 경치를 여러 각도로 담아내고 싶으리라.

철쭉 경치는 오를수록 장관이었다. 해발 1,500m 어름의 것들은 제 빛을 잃어가고 있지만, 고도가 높아질수록 색깔이 선연하였다. 기온의 차이가 만들어내는 자연의 이치일 것이다.

오래지 않아 모습을 드러낸 세 오름의 맏형 봉우리는 온통 진홍이었다. 맞다, 잘 왔다, 예상이 딱 들어맞았다! 지난 달 이맘때 진달래 핀 저 오름을 바라보면서, 한 달 후면 이런 모습이 되리라 예측했었다.

삼형제 오름 대피소에서 화구 남벽으로 접어드는 길을 따라 한참을 오르고 내린 끝에 당도한 봉우리 아래, 그 동쪽 사면은 예상대로 진홍빛 철쭉잔치 무대였다.

"저걸 보고 울고 싶지 않으면 사람일까? 울고 싶지 않은 사람은 손 들기!"

학생들은 아무도 손을 들지 않았다. 갑자기 괴성을 터뜨리며 노루처럼 뛰는 학생이 있었다. 그는 등산로를 벗어나 출입이 금지된 철쭉밭으로 뛰어다녔다. 그의 괴성이 노루 울음소리에 섞여 들었다. 새끼를 낳고 적의 근접을 막으려는 노루의 경계성에 녹아든 것이다. 사람과 짐승의 소리, 기쁨과 걱정의 소리가 닮았다는 것은 우주만물이 자연의 소산임을 증명하는 것이리라.

산행의 즐거움은 역시 정상주를 곁들인 점심식사다. 대피소 앞 너른 데크 마당에 자리를 펴고 각자의 배낭을 풀었다. 김밥과 맥주, 과자류와 빈약한 과채로 차려진 점심상이었다. 여럿이 먹으면서 떠들고 웃는 화제가 더 푸짐한 메뉴가 되었다.

하산 길은 영실 방향으로 잡았다. 노루 샘에서 빈 물병을 채우고 '족은오름' 전망대에 오른다. 세 오름의 막내인 그 봉우리에 서면 정면으로 화구벽, 왼쪽으로 만세동산 고원, 오른쪽에 선작지왓, 뒤편으로 병

풍바위 구상나무숲 고원이 펼쳐진다. 어디를 둘러보아도 철쭉, 또 철
쭉 빛이다.

　제주행 막차 시간에 맞추려고 발걸음을 재촉한다. 한참을 걷다보니
어느새 안개 속이었다. 고도가 낮아지면서 어느덧 구름층 속으로 접
어든 것이다.

　"그래! 다시 진세로 내려가는 거야. 우리 서로 부대끼고 울고 웃으
며 살 곳으로 가야 하는 거야."

　오백장군 휴게소에서 하산주 막걸리를 나누어 마시며, 우리는 모두
티끌세상으로 돌아온 현실에 맞닥뜨렸다. 이제는 흩어져 각자의 생활
전선으로 돌아가야 할 시간이었다. 산행 5시간 동안 70여 년 전 한라
산의 슬픔을 입에 담는 학생은 없었다. 천국과 지옥의 차이는 단지 종
이 한 장 틈새일 뿐이다.

한라산 철쭉 고원을 걷는 저자와 학생들

선작지왓 산상고원의 설경

■ 추사적거지秋史謫居地

미술에 무지한 탓에 추사秋史 김정희金正喜를 잘 몰랐고, 더더욱 세한
도의 가치를 몰랐다. 부끄러운 일이지만 '추사체 글씨로 유명한 서예
가, 국보의 하나인 추사의 그림' 정도의 지식이었다. 추사체 병풍 앞에
제물을 진설하고 평생 조상제사를 올리면서도 그랬으니, 얼굴이 뜨거
울 뿐이다.

세한도歲寒圖에 관한 일은 더 부끄럽다. 그것을 처음 보았을 때 왜 이
것이 국보인가 하는 생각까지 들었으니 말이다. 복사본으로 본 것
이었지만 밋밋하고 단조로운 그림에 별다른 감동을 받지 못하였다.
2012년 유홍준 교수의 『나의 문화유산답사기』 7권제주편이 나오기 전
까지 내 지식수준이 이러하였다.

서귀포시 대정읍에 있는 추사적거지는 제주도 남서쪽 해안선에서

살짝 비켜서 있다. 올레 길에서도 그렇다. 산방산, 송악산, 용머리 해안, 모슬포 등지를 뻔질나게 드나들면서도 여태 걸음을 하지 못한 변명이기도 하다.

올해 첫 제주도 나들이 때에는 작심하고 찾아 나섰다. 제주대 HR 아카데미 겨울학습 첫 수업을 마치고, 서부 해안도로를 굽이굽이 돌아가는 시외버스에 몸을 실었다. 나이 든 사람들이 대다수인 낮 시간 승객들은 아직 두껍고 둔한 외투 차림이었다. 나 혼자 등산복 차림으로 이방인 같았다.

애월, 협재, 한림, 고산, 대정을 지나고 조금 더 달려 인성리 정류장

대정읍에 복원된 추사적거지

에서 버스를 내리니 추사적거지가 지척이었다. 정류장 바로 앞에 높다랗게 붙은 표지판을 따라 100m쯤 걸어 들어가자, 네거리 녹지대의 돌하르방이 맞아 주었다. 그 너머로 특유의 제주 곰보 돌로 복원한 대정읍성이 길게 늘어섰고, 돌담 아래 수선화가 바람에 하늘거리고 있었다. 추사가 그토록 사랑했다는 꽃이다.

추위에 잔뜩 움츠렸던 육지손님을 놀래주려는 듯, 주차장 녹지에 매화도 만발하였다. 한국이 이렇게 큰 나라였던가! 불과 500㎞ 사이로 이렇게 계절이 다르다니…….

제일 먼저 눈길을 끈 건물은 현지인들이 감자창고라 부른다는 추사관이었다. 궁벽한 산골 분교 건물을 연상시키는 나지막한 건물 앞에 이르러서야 까닭을 알았다. 추사적거지보다 더 큰 건물이 들어서면 주객이 바뀌어 유적지 분위기가 훼손될 것을 우려한 건축의도라 하였다.

감자창고 정도의 공간에 어떻게 기념물 전시가 소화될까 했더니 역시 기우였다. 전시 공간은 지하에 있었다. 단체 관람 온 젊은이들 기념사진 촬영을 방해하지 않으려고 구석계단으로 내려선 지하 전시실에서 그 까닭을 알았다. 아! 추사 김정희가 거기 살아 있었다.

관람객을 처음 맞아준 작품은 세한도였다. 그 작품이 왜 유명한지 한 번 더 확인할 수 있었다. 감자창고를 닮은 허술한 건물 좌우로 소나무인지 잣나무인지 모를 다섯 그루 나무가 전부인 그 그림이 왜 그리 유명한가? 초가지붕인지 기와지붕인지 알 수 없는 건물의 벽면에 난 둥근 창이 눈길을 끄는 쓸쓸한 풍경일 뿐인데……!

그 연유를 설명하는 안내인의 열변에 다들 고개를 끄덕였다. 유배인의 심정을 모르고는 그 값을 알 수 없는 일이다. 아는 만큼 보이고 아는 만큼 들린다는 말을 한 이가 누구였던가…….

"이 단아한 그림이 우리를 감격시키는 것은 아름답고 강인한 추사체의 말문과 그 내용에 있다."고 유홍준 교수는 답사기에 썼다. 그러면 그렇지! 거기 얽힌 사연이 아니고서야 국보가 될 턱이 없다는 생각에 잠시 위안을 받았다.

> (세상인심은 권세를 좇는 법인데) 어찌 그대는 고생 끝에 얻은 책들을 초췌하고 초라한 내게 보내주는가. 공자께서는 날이 차가워진 뒤에야 송백이 시들지 않는다는 걸 안다고 했는데歲寒然後 知松柏之後凋 그대와 나의 관계는 전에 더한 것도 아니고 후에 덜한 것도 아니거늘…….

추사는 제자 이상적李尙迪에게 감사의 뜻으로 보낸 이 그림에 작품제작 동기를 이렇게 밝혀 놓았다. 유배객에게 베푸는 인정에 대한 뜨거운 감사의 마음이다. 날이 추워진 뒤에야 송백의 잎이 지지 않는 것을 안다는 공자 말씀을 인용하여, 별볼일 없어진 사람은 쉽사리 잊혀지는 세태에 어찌 나에게 이런 친절을 베푸느냐는 고마움을 표현한 것이다.

추사의 제자인 이상적은 스승이 필요하다고 한 책은 청나라 수도 연경北京에 가서라도 구해 보내주었다 한다. 역관이었던 그는 인편에 부탁하기도 하고, 직접 가서 사 온 책과 화첩을 천리타향에 유배된 스승에게 보낸 것이다. 위리안치圍籬安置 유배객에게 책보다 반가운 선물이 또 있으리오!

추사는 그 고마움을 세한도라는 화제 밑에 '우선시상藕船是賞'이라고 쓰고 자신의 호 '阮堂'을 써넣었다. '우선, 이걸 감상해 보게'라는 뜻이다. '藕船'은 제자 이상적의 호다. 잊혀진 유배객에게 귀한 읽을거리 심부름을 마다하지 않는 제자가 너무 고마웠을 것이다. 우직한 필치로 그려진 두 그루 송백은 겨울에도 시들지 않는 두 사람의 우정을 표현한 것이리라.

거기서 끝이라면 그림 값이 그럴 리가 없다. 천하명필에게서 그런 선물을 받은 이상적은 혼자 보기 아까웠을 것이다. 그걸 가지고 중국에 들어가 스승과 교류가 있던 당대의 문인필객 16명에게 내밀고 코멘트를 한 줄씩 부탁하였다. 이게 바로 작품 왼쪽에 길게 붙은 청유십육가淸儒十六家의 제題와 찬贊이다. 이 글 때문에 작품 값이 치솟은 것은 말할 나위도 없다. 거기에 오세창吳世昌·정인보鄭寅普·이시영李始榮 같은 당대 석학들의 글이 덧붙었으니!

이 그림이 한국과 일본을 떠돈 끝에 국보가 된 사연은 더 기구하다. 평생을 추사 연구에 몸 바친 유홍준 교수는 문화유산답사기에 "추사 연구의 결정판『완당평전』에서 줄이고 줄여 그 경위를 답사기에 옮겨 놓았다."고 밝혀 놓았다.

세한도는 이상적 사후 제자 김병선에게 넘어갔다가 휘문의숙 설립 자 민영휘閔泳徽 소유가 되었다. 그 아들 민규식은 유명한 중국철학 연구가 후지쓰카 치카시藤塚鄰에게 그것을 팔았다. 조선 선비들과 중국학 자들의 세교에 놀란 후지쓰카가 경성제국대학 교수로 와서 추사 연구에 몰두할 때였다.

그는 경성대학 재임 중 인사동 고서점가를 누비며 실학자들 작품을 긁어모으다시피 하였다. 특히 "추사 글씨 값은 후지쓰카가 다 올려놓았다."는 평판을 들었을 정도다.

세한도를 그의 손에서 한국에 가져온 것은 서예가 소전素田 손재형孫在馨이었다. 태평양전쟁 말기 그는 관부연락선을 타고 무작정 도쿄로 건너갔다. 노환으로 누웠던 후지쓰카는 첫 마디에 콧방귀도 안 뀌었다. 그러다가 두 달을 여관에 묵으며 매일 찾아와 조르는 열성에 감복, 돈 한 푼 받지 않고 소전에게 그것을 넘겨주었다.

이렇게 돌아온 세한도는 소전의 정치바람 탓에 다른 이 손에 넘어가 국보가 되었다. 자유당 시절 정치판에 발을 들인 소전은 그걸 저당 잡히고 선거비용을 마련했는데, 끝내 빚을 갚지 못하여 미술품 수장가 손에 넘어가고 말았다. 누구 손에 있든 팔려갔던 국보가 돌아온 것만은 천만다행이다.

추사가 살았던 대정 적거지는 제주 4·3사건 때 불타 없어졌다가 근래에 복원되었다. 지금 일부만 복원된 읍성 동문 바로 안에 있던 대정 부자 강도순姜道淳의 집에서 추사는 오랜 유배생활을 보냈다. 명문대가 출신에 머리 좋고 관직 높았던 귀공자 추사는 이 집에 갇힌 위리안치 신세였다. 그러나 임금의 총애가 있고 권세 있는 친지가 많았던 덕에 비교적 자유로운 유배생활이 보장되었다.

복원된 강도순 가옥의 추사 거처는 본채와 크게 다를 바 없어 보였다. 그가 살았던 방안에는 친구 초의선사草衣禪師 방문을 받아 차를 대접하는 모습이 밀랍인형으로 재현되어 있다. 초상화상의 어질고 총명해 보이는 얼굴이 잘 표현되어 방문객들의 가슴을 아프게 한다.

사랑채에는 대정읍 어린이들에게 글을 가르치는 모습이 재현되었다. 천리 길을 찾아온 친구와 차를 마시고, 동네 어린이들에게 글을 가르치는 생활이 여유작작해 보이지만, 실은 외로움과 질병, 세상을 향한 원망과 고통스런 기다림의 세월이었음은 말할 나위도 없다.

모두가 가난했던 시대 척박한 섬 마을 음식이 입에 맞을 리 없었다. 그는 가족에게 보낸 수많은 편지에서 그 괴로움을 호소하였다. 장醬을 보내라, 말린 민어를 보내라, 어란魚卵을 보내라고 보챘다. 받은 식재료가 상하고 변질되어 먹을 수가 없다는 답서를 보면 안쓰럽기도 하다.

감자창고 추사관 건립 이야기도 뺄 수 없는 화제다. 문화재청장이 되기 전 시절 유 교수는 현지에 있던 추사기념관에 대하여 맹렬한 비판을 퍼부었다 한다. 그러다가 청장이 되어 손을 대 보려 하였으나 무엇 하나 뜻대로 되는 게 없었다. 그때의 일을 그는 이렇게 썼다.

"행정상 문화재청에서는 이 기념관을 헐고 추사관을 새로 지을 권한이 없었다. 문화재청은 국보·보물·사적 등 국가 지정문화재에 한해서만 예산을 세우고, 집행은 지방자치단체에 위임한다. 추사관 유배시설 건물 어느 것도 지방문화재도 아니었다……. 법을 고치지 않는 한 허물 수가 없었다."

밀랍으로 재현된 유배생활 편린

비판은 쉽지만 실행이 어렵다는 것을·관리가 되어서야 알게 된 사례일 것이다. 그렇게 주저 앉아버렸다면 이런 글을 쓸 이유도 없다. 그러나 그는 소원을 성취하였다. 보물로 지정된 추사의 초상화와 붓·벼루 등 유물을 전시할 수 있도록 주선하고, 개인적으로 소장하였던 간찰과 탁본 등 30여 점을 기증하여 새 기념관을 지을 수 있는 예산을 확보해 주었다.

그 공로로 새 기념관은 설계와 내용물 등 모든 면에 그의 입김이 강하게 작용하게 되었다. 지금도 그는 명예관장이라는 신분으로 추사관 운영과 유지에 관여하고 있다. 시, 서, 학문 등 여러 분야의 천재를 알아본 후학에 의하여 추사가 다시 태어나게 된 경위를 알고 나면, 추사관 관람은 더욱 흥미롭고 유익한 공부가 된다.

■ 호기심 사절 제주해녀

제주해녀가 갑자기 관심의 수면에 솟아올랐다. 참을 대로 참았던 숨을 몰아쉬려고 힘차게 물밑을 박차고 오르듯이. '해녀의 날'이 생기고 '숨비소리 길'이 생겼다. 제주해녀가 국가무형문화재로 지정된 데 이어, 2016년 유네스코 인류무형문화유산으로 지정된 것이 계기였다.

2018년 문재인 대통령이 광복절 경축사에서 5명의 이름을 한 사람씩 불러가며 제주해녀의 항일운동을 언급한 것도 큰 몫을 하였다. 제주특별자치도가 해녀의 날을 제정, 그해 9월 22일 제주시 구좌읍 해녀박물관에서 제1회 기념식을 가진 것도 그렇다.

이를 계기로 박물관 주변 해안 올레 길이 숨비소리 길이란 이름을 얻었다. 관광객들은 해녀의 마을에 찾아들어 막 채취된 소라 전복 회

수면에 올라 숨비소리 내는 해녀

를 즐기고, 해녀의 일상과 노동과 생계에 관심을 표한다. 그들의 작업 현장을 찾아다니는 사람들도 늘었다. 물속에서 떠올라 오렌지 빛깔 태왁을 안고 내뱉는 휘파람 같은 숨소리를 '신비의 소리'라고 신기해한다.

해외에도 소문이 퍼져 국제적으로 관심을 끌고 있다. 2018년 11월 27일 독일 로렐라이 시 예거호프 호텔 상설공연장에서 제주해녀 초청공연이 열렸다. 해녀 노동요와 제주민요, 노 젓기 공연몸짓이 이방인들의 귀와 눈을 사로잡았다. 현지 교민들의 눈물샘도 자극하였다.

'숨비소리'란 말이 유명해진 뒤로는 그 말을 딴 음식점과 상호들이 전국에 우후죽순처럼 생겨났다. 문학·연극·영화 등의 소재로 채택되기도 한다. 그 아름다운 말로 세인의 관심을 끌어보려는 사회현상이다.

옛날부터 있어온 제주해녀에 관심이 이렇게 폭발한 것은 제주관광의 보편화, 그리고 사라져가는 민족문화 보전욕구와 무관치 않을 것이다. 물질하여 번 돈이 남편 술값이 되고, 아이들 월사금과 연필·공책이 되고, 가사 에너지가 되는 것이 신기해 보이는 것이리라. 더구나 뭍에서는 좀처럼 목격하기 어려운 독특한 여성주도 생활문화임에랴!

그러나 해녀들은 피아간에 낭만적인 시선이나 지나친 상업성을 경계한다. 해녀는 문화이기 이전에 엄숙한 노동이고, 없어서는 안 될 생계수단이었다. 그래서 그들은 관광객의 호기심이나 기념촬영의 대상이 되기를 거부하는 것이다.

국립제주박물관에 가면 제주해녀의 기원을 짐작할 수 있는 전시물을 볼 수 있다. 전복 채취 노동의 변천사다. 전복 같은 해산물 채취는 본래 남자의 몫이었다 한다. 그 일을 하는 사람을 포작鮑作, 보자기이라 하였다. 그들이 채취하는 해산물 가운데 전복의 인기가 높았던 것은 당연한 일이었다. 그것으로 그들이 좋았으면 그만이었으련만, 전복에 대한 세인의 관심이 불행을 촉발하였다.

높은 데 잘 보이기 좋아하는 관리들이 전복을 진상품으로 궁궐에 바치기 시작하면서 일이 커졌다. 지방관속들이 제몫을 제하고 뭍으로 보내면, 그곳 관원이 또 손을 댔다. 조정에서도 손을 타 임금 수라상에 오르는 것은 많지 않았을 것이다. "임금님이 좋아하시니 더 보내라"고 하였을 것이다.

그렇게 하여 진상품 할당량이 자꾸 늘어났다. 견딜 수 없는 지경에 이른 보자기들이 도망치기 시작하였다. 뭍으로 달아나는 사람이 많아지자 보자기 출륙금지령이 떨어졌다. 그 일을 여자들이 떠맡지 않을 수 없었다. 빗발치는 관의 독촉을 피하려면 그길밖에 없었다.

그것이 제주해녀의 기원이라 한다. 시장의 수요도 늘어 노동 강도가 높아지자 이도離島 현상이 생겼다. 그것을 막으려고 조정에서는 제주여자의 출륙을 금지시켰다. 잔소리 말고 많이 따서 바치라는 법령이 폐지된 조선 말기까지 그 세월이 200년이었다. 18세기 초 제주목사 이형상李衡祥의 『탐라순력도』 가운데 용두암 일대를 그린 「병담범주

屛潭泛舟」가 있다. 용두암 바다에서 해녀가 물질하는 모습이 제주도 풍물을 대표하게 되었다.

그 전에도 진상품 기록이 있다. 김부식金富軾의 『삼국사기』 중 고구려 본기에 나오는 야명주 진상 이야기다. 깊은 바다 조개에서 나오는 진주를 임금에게 바쳤다는 기록이다. 탐라국 시대에도 종주국에 귀한 물건을 바쳤으니, 약자는 강자의 비위를 맞추고 살아야만 했던가.

"진상 추인복말린 전복을 잠녀 90명에게 책임 지웠으나 모두 병들고 늙어 담당할 수 없게 되었다. 미역잠녀 800명에게 맡기게 했더니 그들은 익숙하지 못하다고 회피하기만 하여 속히 전복채취를 익히도록 권장하였다."

17세기 말 제주목사 이익태李益泰의 복무기록 『지영록知瀛錄』에 나오는 이 이야기는 그 시절 제주 사람들의 고단한 삶을 대변하고 있다.

물질이 제주여자들 전유물이 되자 남자들은 먼 바다에 나가 고기 잡는 일에 전념하게 되었다. 풍랑이 사나운 바다에서 사고를 당하는 어부가 늘었다. 거기에 4·3사건이라는 폭풍이 들이닥쳐 남자가 더욱 귀해졌다. 어떻게든 여자들이 가정경제를 끌어가지 않을 수 없었다. 밭일 물일이 모두 여자들 차지가 되었다.

"뱃속에 아이 가졌을 때도, 낳고난 뒤에도 사흘만 지나면 물질 갔지. 헝겊 띠로 단단히 묶고 나가면 괜찮아."

해녀박물관 모니터 영상에 등장한 대상군최상급 해녀 고창현 할머니는 임신 중에도 출산 직후에도 물질한 것을 아무렇지도 않은 듯 자랑처럼 털어놓았다.

"나는 물속에 들어가면 구멍 속에 소라가 수북하게 들어 있는 게 잘 보여. 들락거리면서 캐기 바쁘지. 망사리가 무거워 들고 나오느라고 애먹었어."

그렇게 하루에 몇백 kg씩 소라 딴 일을 자랑하는 해녀도 있다. 실제로 공동작업장에서는 간이 기중기로 그것을 양륙하는 모습을 볼 수 있다. 한 사람이 보통 200~300kg 채취하는 소라를 작은 망사리에 나누어 담아 올리는 일이 번거로워 묶어서 기중기로 올리는 것이다.

채취 시기는 정해져 있지 않으나 계절과 물때에 따라 성어기와 휴어기가 있다. 해삼과 우뭇가사리는 봄 가을, 전복과 톳은 봄부터 여름, 미역이나 감태류는 가을이 제철이다. 바닷물이 잘 빠지는 7월 백중날에는 소라 보말 오분자기 등이 풍어여서, 밤에 횃불을 들고 얕은 바다에서 채취하는 진풍경이 벌어지기도 한다.

추운 겨울이 지나고 어로가 시작되는 음력 정초에 연중풍어를 기원하는 뱃고사를 지내고, 음력 2월에는 마을마다 영등굿을 한다. 이때 해녀들은 용왕 신에게 무사조업을 비는 '지드림'을 바친다. 한지에 쌀을 꽁꽁 싸서 바다에 던지는 기도의식이다. 논이 없는 제주에서 보물같이 여기는 쌀을 바다에 던지는 일은 의미심장하다. 그들의 소망이 얼마나 간절한지 짐작케 하는 정성 아닌가.

물에 들면 보통은 한번 작업시간이 1분 30초 안팎이다. 경력이 오랜 대상군 가운데는 3분을 견디는 사람도 있다지만, 그렇게 무리하지 않는 것이 지혜다. 바로 눈앞에 보이는 전복이나 문어를 보고 욕심을 내면 물숨을 쉬게 된다. 해녀들에게 물숨이란 곧 죽음이다. 물속에서 평시에 호흡하듯 물을 삼키면 어떻게 되겠는가.

아무리 보배 같은 물건이 눈앞에 있어도 유혹에 지는 날이면 끝장이다. 한 마리에 몇 만원 나가는 커다란 전복, 또는 바위틈에 숨은 한 마리 문어가 저승사자다. 물건을 줍듯 하는 게 아니라, 빗창으로 찌르고 까꾸리로 찍어내야 떨어지니 생각보다 시간이 걸린다. 물숨과 숨비의 한계는 종이 한 장 차이보다 짧은 찰나다.

그래서 상군 해녀들은 딸이나 조카에게 물질을 가르칠 때 제일 먼저 물숨을 쉬지 말라는 것을 귀가 아프도록 강조한다. 경험이 없는 초짜일수록 물욕에 눈이 멀기 마련이니까. 또 조심할 것은 미역밭이다. 자랄 대로 자란 미역밭에서 조류에 흔들리는 미역 숲에 다리나 몸통이 감기면 헤어 나오기 어렵다. 상어도 조심해야 할 대상이다. 동료가 상어에 물려 변을 당하는 것을 목격한 해녀도 적지 않다.

수압에 적응하는 것은 해녀의 계급을 말해 주는 척도다. 하군 해녀는 5~6m 물속에서도 코피가 터지는 일이 있다. 수심이 얕은 곳에는 물건이 많지 않아 더 깊은 작업장을 탐하게 된다. 조금만 깊이 들어가면 일을 당한다. 코피를 극복하여도 두통은 대다수 해녀들을 괴롭히는 직업병이다. 그래서 '뇌선' 같은 두통약을 상용하게 된다는 것이다.

그렇게 몇 시간씩 작업을 하고 나면 제일 괴로운 것이 추위다. 겨울철 물속에서 오래 견디고 나면 매운 바닷바람에 온몸이 오그라질 듯하다. 그 괴로움을 달래는 곳이 불턱이다. 바닷가에 둥그렇게 돌로 담을 쌓아 바람을 막고 불을 피워 몸을 녹이는 공간이다. 어획물을 정리하면서 쉬는 휴식공간이기도 하다. 해녀생활의 애환과 동네 대소사가 화제의 주류다. 하군 해녀들에게 물질요령을 가르치는 교육장이기도 하다.

해녀들이 작업 중 참을 만큼 참다가 물을 박차고 수면에 떠올라 "호이-" 하고 길게 숨을 내쉬는 소리가 숨비소리다. 꼭 휘파람 소리 같아 듣는 이에게는 아름답게 들리지만, 그 숨을 쉬는 사람에게는 고통의 몸 소리다. 숨비소리 한 번 내보라고 주문해서는 안 될 이유다. 그들이 뭍사람을 기피하는 까닭이기도 하다.

다큐멘터리 영화 '물숨'의 고희영 감독은 해녀들의 삶을 필름에 담으려고 우도에 들어갔다가 2년을 허송세월하였다. 제주 출신이라 해도 그들이 가슴을 열어주지 않더라는 것이다. 카메라로 돌이 날아오기도 하였다. 허기진 그들에게 빵을 사다 날랐다. 그렇게 오래 신뢰가 쌓인 뒤에야 작업이 가능하였다.

그 영화를 찍은 우도는 해녀의 고장으로 유명하다. 건너편 세화리 종달리 하도리 등 제주 동쪽 해안지방은 일찍부터 해녀고장으로 소문난 곳들이다. 작년 8월 문 대통령이 광복절 경축사에서 거론한 해녀 항일운동의 본거지이기도 하다.

해녀들은 스스로의 권익보호를 위해 잠녀潛女 조합을 꾸려 운영해 왔다. 그런데 1932년 일본인 도사島司가 일본상인들과 결탁하고 농간을 부려 생존권마저 위협 당하게 되었다. 견디다 못한 잠녀들이 불합리한 간섭 배제를 요구하면 일본 경찰은 불령한 행동이라고 탄압하였다. 이것이 독립운동의 도화선이 되었다.

부춘화夫春花·김옥련金玉連·부덕량夫德良 등이 주동이 되어 조직적으로 저항하는 동안, 남자들도 움직여 거대한 항일 만세운동으로 번져갔다. 검거선풍이 불었다. 이를 피하려고 일본에 밀항하는 사람이 많았다. 일본에 제주도 출신 교민이 많아진 계기의 하나이기도 하다.

해녀박물관 방문객을 제일 먼저 맞아준 것은 이 세 사람의 흉상이었다. 올해 첫 수업을 마치고 찾아 나선 날 바닷바람이 사나웠다. 정류장에 내리니 길 건너편에 나지막한 동산이 먼저 눈에 띄었다. 그 위에 제주해녀 항일운동기념탑이 하늘을 찌를 듯 자랑스레 솟아있고, 그 옆에 부춘화·김옥련·부덕량 세 해녀의 흉상이 서 있었다. 아직 새것처럼 보여 박물관 직원에게 물으니 2017년 9월 제1회 해녀의 날 제막된 것이라 하였다.

일제의 수탈에 맞서 생존권 투쟁에 나선 일이 항일 독립운동으로 인정되어 고향 마을 동산에 흉상으로 살아나고, 열사 칭호까지 받았으니 한이 풀렸을까. 이제 3·1운동 100주년 날이면 그곳에서 또 그날의 함성이 재현되고, 그 업적이 다시 기려질 것이다. 늦었지만 작은 위안이 되기를!

■ '신병공장' 모슬포훈련소

"제주도 넓은 벌에 바람 소리 군세이니 / 한 나라 젊은이의 호령 소리 우렁차다."

모슬포에 가면 어려서 친척 형이 부르던 이 노랫말과 멜로디가 떠오른다. 지게 작대기나 장작개비 같은 게 있으면, 그것을 어깨에 메고 제식훈련 행진동작을 거듭하면서, 형은 이 훈련소 노래를 불렀다. 일제 때 소학교 졸업 학력이 모두였던 그는 6·25전쟁 초기 군에 징집되어 모슬포 육군 제1훈련소를 거쳐 전선에 투입되었다. 그러나 훈련과 복무중의 쇼크로 인한 정신질환을 극복하지 못하고 의병제대하였다.

동네 어른들은 그가 군대에서 너무 맞아 정신병에 걸렸다고 하였다. 배가 고파 취사장에 숨어들어 밥을 훔쳐 먹다가 맞기도 하고, 훈련

중 기합을 많이 받아 그렇게 되었다는 것이었다. 아이들이 놀리거나 반말을 해도 그는 히죽이 웃기만 하는 사람이었다.

섬답지 않게 벌이 넓은 모슬포에 갈 때마다 제 명을 살지 못한 그 형이 가엾어 마음이 아프다. 대체 훈련소에서 어떤 일이 있었기에 순진하고 건강한 청년이 그렇게 되었을까.

이번 여행에서 그 실상의 일말을 짐작할 단서들을 얻었다. 옛 육군 제1훈련소 정문 자리에 모슬포 옛 모습의 편린이 안내판에 흐린 도판 사진으로 남아 있었다.

6·25전쟁 발발 한 달 뒤인 1950년 7월 대구에서 창설된 제1훈련소

단산에서 바라본 알뜨르 평야

오늘날의 모슬포 제1훈련소 정문

를 시작으로, 전국 곳곳에 신병훈련소가 급조되어 병력 '생산'이 시작
되었다. 제주에서도 4·3 귀순자들을 집단수용했던 사라봉 아래 주정
공장에 제5훈련소가 창설되었다. 여기서 급조된 것이 학도돌격대였
다. 이 조직이 중심이 된 제주청소년 3천 명은 얼마 후 해병대 3~4기
훈련병으로 입소, 인천상륙작전 주력이 된다.

　1·4후퇴 이후 안정적이고 체계적인 신병양성 필요성을 통감한 정
부는 1951년 3월 21일 대구 제1훈련소, 부산 제3훈련소, 제주 제5훈
련소 등을 모두 합쳐 대정읍 상모리 알뜨르 벌판에 제1훈련소를 설치

하였다. 이때부터 1955년 4월 논산으로 옮겨가기까지 4년 남짓한 기간에 연 50만 명의 신병이 모슬포에서 배출되었다.

쫓기듯이 제주도로 건너와 급조된 훈련소 사정이 어떠했을지는 짐작하기 어렵지 않다. 제1훈련소 도판사진을 보면 모슬포는 거대한 천막도시였다. 드넓은 벌판에 빼곡하게 들어선 비닐하우스를 연상하면 좋으리라.

군 관계 상주인구가 10만 명에 이르렀다. 훈련병 숙소로 쓰인 천막과 바라크 건물이 겹겹이 줄지어 선 빛바랜 사진 속의 훈련병 생활상을 경험자들 회고담으로 다시 본다.

"밥그릇과 수저가 없어 그릇 하나에 밥과 국에 반찬까지 한꺼번에 받아 군번표로 밥을 떠먹었습니다. 국물은 마셔야 했습니다."

"몸을 씻고 싶은 것은 사치스런 생각이었습니다. 먹을 물도 모자라는데 목욕물이 어디 있어요? 훈련 받을 때 늘 목이 말랐던 기억이 생생합니다."

"목욕을 못하니까 땀에 전 몸이 얼마나 더럽습니까. 내복 속에 굵은 이가 들끓어 짬만 나면 이 잡는 게 일과였어요. 누구 이가 더 큰지 내기를 했다니까요. 그런 날이면 중대본부에서 DDT 살충제를 온몸에 뿌려 주었습니다."

"총이 부족해 훈련병 다섯에 M1 소총이 한 자루씩이었어요. 피복도 부족해 작업복에 운동화 차림으로 훈련을 받았습니다."

"태풍 철이었던 모양입니다. 바람에 천막이 날아가지 않도록 밤새 천막자락을 붙잡고 앉아 밤을 샌 날도 있었습니다."

"천막 내무반은 흙바닥이었어요. 거기에 가마니를 깔아 먼지가 풀풀 났지요. 전등불이 어두워 밤에는 고향에서 온 편지도 읽지 못했습니다."

"장인과 사위가 같은 내무반에 사는 것도 봤습니다. 장인의 출생 신고가 잘못 되었는지, 같은 날 징집이 되어 같은 중대로 편성이 된 것이지요."

훈련소 환경과 징집행정이 이랬다. 통행인이 많은 길목이나 네거리, 또는 역 광장이나 버스터미널 대합실 같은 곳에서 헌병들이 젊은 사람들을 연행하듯 끌어다 트럭에 태웠다. 중학교 저학년 때 그렇게 끌려갔던 친척 한 사람은 제주도로 끌려간 이야기보따리를 풀면 언제나 시간이 부족하다.

"서울에서 붙잡혀 걸어서 인천으로 끌려갔어. 화물선에 태워졌는데, 어디로 가는지도 몰랐어. 가 보니 제주도인데, 도착하기까지 사흘을 꼬박 굶었어."

그런 와중에도 미수가루를 준비해 온 사람이 선내에서 그걸 팔다가, 배고프고 돈 없는 사람들에게 맞아 죽을 뻔하였다. 제주에서는 훈련소까지도 걸어갔다. 너무 굶주려 보급품을 져 나르는 노동을 지원해 밥 한 덩이를 얻어먹기도 하였다.

그때 사진을 보면 허허벌판에 줄지어 늘어선 천막도시는 다시 못볼 장관이었다. '강병대強兵臺'라는 기지 이름이 새겨진 정문 위병소를 들어서면, 어느 천막이 어느 부대인지 구별이 어려웠다. 강병대 본부, 교도연대, 경비대, 공병대, 헌병대, 군악대, 보육대 등 여러 단위부대에 수송학교, 하사관학교 같은 교육기관, 제5~9연대본부와 막사, 제1~5신병숙영지, 제1, 2하사관교육대 숙영지 등등……. 그 많은 천막을 어떻게 다 찾아다녔을지 의심스러울 정도다.

드넓은 모슬포 벌판이 천막으로 꽉 차게 되자 가까운 안덕 중문 서귀포, 멀리 제주시 구역까지 천막촌이 들어섰다. 각급 부대 정문과 철조망 주변에는 배고픈 훈련병들에게 찐 고구마며 보리개떡 같은 것을 파는 행상들이 장을 이루었다.

부대에서 나오는 잔반 수집자들과 군납업자들이 수시로 정문을 들락거렸다. 뭍에서 온 면회객들의 인사 청탁, 상인들과 훈련소 간부들의 은밀한 거래가 이루어지는 장소는 정문 부근 판잣집 건물마다 빼곡한 음식점과 다방들이었다.

매일 2천 명의 신병이 배출되고 입소하는 모슬포는 잠들 틈이 없는 도시였다. 밤늦게 도착한 신병들이 대오를 지어 숙영지에 드는 떠들썩한 소음, 한밤중에 야간 각개전투 출정하는 부대들의 구령과 군화 소리……. 출소 장병과 입소 장병들이 교육장을 오가며 부르는 군가

소리가 그칠 날이 없었다.

　그 많은 인원이 모두 해군 LST 편으로 수송되었다. 산방산 아래 화순 항에는 목포에서 오는 대형 LST가 접안할 수 있는 시설이 급조되었다. 하루에도 몇 차례씩 오고 가는 해군 배편으로 육지 문물과 전쟁 소식도 묻어 왔다. 비바람이 심한 날은 배가 뜨지 못해 큰 혼란이 빚어졌다.

　병력 소모가 심한 전선에서는 빨리 신병을 보내라는 독촉이 불같은데, 며칠씩 배가 묶이어 훈련소 지휘관들은 안팎으로 시달렸다. 신병 수송에만 차질이 생기는 것이 아니었다. 양곡과 부식, 피복·총탄 같은 군수품이 들어오지 못해 온 훈련소가 아우성이었다.

　습하고 그늘진 곳에 버섯이 자라나듯, 물자가 모자라는 곳에 부정과 부패가 싹트기 마련이었다. 훈련소에서 밀반출되는 군복·내복·양말·장갑 같은 군수품들이 부대 주변에서 버젓이 밀거래되었다.

　훈련소장과 중요 간부, 말단 지휘관들이 연루된 보급품 부정은 훈련병들의 배를 곯렸다. 정부와 군 수뇌부는 그것을 막기 위해 머리를 싸맸다. 국민방위군 사건이 터져 아들을 군에 보낸 사람들은 정규군대에서도 그 꼴이 나지 않을까 노심초사하던 때였다.

　당시 육군참모총장이었던 백선엽 장군 회고록을 「국방일보」에 연재할 때, 청렴하기로 유명한 이응준 장군에게 훈련소장을 맡아달라고 조른 삼고초려 이야기를 들었다.

"어려우시겠지만 훈련소장직을 맡아주실 수 없겠습니까."

창군원로 이 장군은 소장으로서 육군대학 총장 자리에 있었다. 대선배에게 그런 자리를 맡아달라고 부탁하는 게 도리가 아니었지만, 부정부패를 해결하는 길은 그것뿐이라고 생각했다는 것이다.

"나라를 위해 필요하다면 노골老骨이나마 헌신해야 하겠지요."

선뜻 부탁을 들어준 데 대한 고마움에 보답하는 뜻으로, 즉시 대통령에게 이 장군의 중장진급을 상신해 별 하나를 더 달아 주었다고 하였다.

신병훈련은 16주 과정이었다. 미군 신병훈련 커리큘럼을 본받은 것이지만 전황이 다급해지면 사격술과 총검술 총기조작법 정도만

모슬포 훈련소 체육대회 광경

3~4주 가르쳐 전선에 투입하였다. 그런 일이 생길 때마다 제일 골치 아픈 것이 빨래였다. 모슬포에는 냇물이 없어 물이 귀하다. 훈련이 없는 일요일에 지하수가 솟는 물가에 몰려가 벼락치기로 옷을 빨아 입었다. 3~4주만에 훈련이 끝나 급히 전선 투입되는 훈련병들은 땟국에 전 묵은 빨래를 더블 백에 넣고 갈 수밖에 없었다. 그래서 '못살포', '몹쓸포' 같은 말들이 생겨났다.

훈련병들과 신병들 입에서 그런 말이 오르내리는데 주민들이 모른 척 할 수는 없었다. 마을별로 부녀회원들이 팔을 걷고 나섰다. 남자들의 서툰 동작에 비할 바가 아니었다. 그렇게 급히 빨아 말린 옷을 입고 그들은 전선으로 떠나갔다.

아무리 고생이었어도 지나간 날은 다 그리운 법인가. 그 시절을 기억하고 싶어 모슬포를 찾아오는 사람들도 있다. 모슬포 방문자들은 가파도 마라도 관광이나 방어축제, 또는 어시장 횟집들이 목표라지만, 지난날의 추억에 이끌려 옛 정문 자리를 찾아보는 사람도 많다.

더러는 일요일마다 예배를 보러 다니던 강병대 교회를 찾는 이들도 있다. 대정읍 상모리 정문 터 바깥 대로변에 있는 강병대 교회는 아직 옛 모습 그대로다. 현무암 돌을 다듬어 쌓아 올리면서 시멘트를 입힌 벽면에 세월의 무게가 더해간다. 지금은 현지 공군부대 교회가 되어 공군이 관리하고 있는데, 그 덕분에 깨끗한 외양을 유지하여 추억을 안고 찾아오는 방문자들을 반갑게 맞아준다.

■ 모슬포는 전시 '연예수도'

정신병으로 천명을 살지 못한 사람만이 군대에서 배가 고팠던 건 아니다. 전시에는 말할 것도 없고, 수십 년 후에 병영생활을 한 사람들 뇌리에도 그것은 똑같이 박힌 공통의 경험이다. 군대가 아니어도 그렇다. 하숙집 아주머니만 보아도 배가 고팠던 경험을 가진 이들도 있을 것이다. 그러니 도망치듯 쫓겨 간 급조훈련소 훈련병 사정은 말할 나위도 없는 일 아닌가.

날씨 탓으로 뱃길이 끊기는 것만이 급식난의 원인은 아니었다. 군량의 절대량이 모자랐다. 초기에는 하루 500명 정도가 입소하고 그만한 인원이 신병이 되어 전선으로 떠나갔다. 그러나 전선에서 죽거나 다치는 병사가 급격히 늘어나 입소 장병 수가 하루 2천 명으로 늘었지만, 식량 조달은 거기에 따르지 못하였다. 아무리 국방부 육군본부에 하소연해도 개선되지 않았다.

훈련소장 이응준 장군은 궁리 끝에 자급자족의 길을 찾았다. 훈련소 주변 공터마다 구덩이를 파고 호박을 심었다. 물보다 흔한 인분거름을 주어 뜻밖에 호박풍년을 맞았다. 그것으로 죽을 쑤어 장병들을 먹였다. 죽이라도 배불리 먹은 훈련병들 얼굴에 웃음기가 살아났다.

입성과 신발 사정도 비슷하였다. 훈련복이 제대로 보급되지 않아 초기 훈련병들에게는 미군작업복이 지급되었다. 몸에 맞을 리가 없었다. 서로 사이즈를 바꾸어 보아도 체격이 작은 사람은 바짓단과 소매를 걷어 입는 수밖에 없었다. 그것이나마 여벌이 없어 곧 해어졌다. 기

모슬포 삼다도 소식 노래비

위 입는 재주를 가진 사람도 있었지만, 헐렁한 누더기 차림이 더 많았다. 신발도 마찬가지였다. 큰 신발에 헝겊조각을 뭉쳐 넣어야 하였다. 출소 때 지급되는 군화도 발에 맞는 것은 많지 않았다.

간데없는 포로 행색이었지만 건빵이 나오는 날만은 즐거웠다. 먹을 것이라는 게 사람의 기분을 그렇게 좌지우지할 수 있다는 것을 모두가 실감하였다. 건빵 봉지 속에 별사탕이 들어가기 시작한 뒤로는 그걸 기다리는 즐거움이 생겼다. 단 것을 요구하는 인체생리에 착안한 백선엽 참모총장 아이디어였다.

물 부족으로 인한 고통은 제1훈련소 출신 모두가 겪은 일이다. 화산섬 제주에는 강도 내도 없어 물 구경이 어렵다. 심할 때는 며칠씩 세수를 못하였다. 그러다가 한바탕 소나기가 내리는 날이나 장마철에는 웅덩이 물과 도랑물에 몸을 씻었다. 태풍이나 폭풍우가 지나가면 빗물을 받아 묵은 빨래도 하고 벼락치기 목욕도 하였다.

훈련병들을 괴롭히는 또 하나의 적은 전염병과 영양부족이었다. 먹는 게 부실하고 위생이 불결해 식중독 사고가 많았다. 영양실조가 심한 사람들이 주로 피해를 입었다. 장질부사 이질 같은 돌림병에 걸려 병원에 실려 갔다가 돌아오지 못하는 사람도 많았다.

춥고 배고프고, 고달프고 불편해도 모여서 노는 일은 언제나 기다려지기 마련이다. 특히 상품과 상금이 두둑이 걸린 체육대회나 영내 오락회 같은 행사 입상자는 생일 만난 기분이었다. 모두가 골고루 즐거운 시간은 역시 위문공연이었다. 좋아하는 가수가 사회에서 즐겨 부르던 노래를 부를 때면 다들 몸뚱이가 들썩거렸다.

제1훈련소는 뒷날 유행가 명곡이 된 '삼다도 소식'의 산실이다. 당시 국방부 정훈국 직속 문예중대 2중대장이었던 작곡가 박시춘朴是春 선생이 제1훈련소 군예대장이 되어 모슬포에 머물 때, 작사가 유호俞湖 선생도 함께 있었다. 1947년 럭키레코드사를 운영하던 박시춘이 문예부장 유호의 가사에 곡을 붙여 크게 히트한 '신라의 달밤' 이래, 두 사람은 늘 붙어 다니는 콤비였다.

유호는 서울 중앙방송국지금의 KBS 편성과 직원 신분으로 극본을 쓰다가 「경향신문」 문화부 기자가 되었던 사람이다. 그것이 박시춘 경음악단과의 인연이었다.

"제주도 온 기념으로 노래 한 곡 떨어뜨리고 가자."

박시춘의 제안을 유호가 흔쾌히 받아들여 탄생한 것이 '삼다도 소식'이다. 당시의 국민가수 황금심이 불렀으니 히트는 물어볼 것도 없는 일이었다.

삼다도라 제주에는 아가씨도 많은데
바닷물에 씻은 살결 옥같이 귀엽구나
미역을 따오리까 소라를 딸까
비바리 하소연에 물결 속에 꺼져가네

음~~~ 물결에 꺼져가네

　모슬포 바다에서 물질하는 처녀를 소재로 한 이 노래는 제주도를 본격적으로 세상에 알린 노래였다. 대정읍 하모리 1046 돈지동 목조건물 2층에 있던 제1훈련소 군예대 사무실에서 작사·작곡되었고, 같은 건물에 거주하던 황금심이 부른 순수 모슬포 산 가요다.

　목조건물 2층은 군예대 사무실, 아래층은 군예대 사랑방처럼 쓰였다. 작사·작곡자 외에 황금심·고복수 부부, 남인수·신카나리아 등 정상급 가수, 주선태·황해·구봉서 등 인기배우들도 소속되어 있었다. 장병 위문공연 때 가수들은 노래하고 배우들은 연기로 장병들의 사기를 충전시켰다. 모슬포는 한국 연예의 수도였던 셈이다.

　근년 대정읍 산이물 공원에 건립된 삼다도소식 노래비에는 1952년 1월 제1훈련소 개소1주년 기념 군민위로공연 이야기가 새겨져 있다. 관중이 너무 많이 밀려닥쳐 사고가 날까봐 부랴부랴 장소를 인근 인성리 넓은 공터로 옮겨야 했다는 이야기다.

　"제주도 넓은 벌에 / 바람소리 굳세이니"로 시작되는 제1훈련소 노래는 군 당국의 요청에 따른 것이었다.

　모슬포에서 태어난 최고의 노래는 금사향의 '님 계신 전선'이 아닐까. 역시 박시춘 곡 손로원 작사의 1952년 작품이다. 산실도 모슬포 군예대 사무실이었다. 다만 가수만 부산에서 모슬포로 취입하러 온 국민가수 금사향이었다.

> 태극기 흔들며 임이 떠난 새벽정거장 기적이 울었소
> 만세 소리 하늘높이 들려오던 날
> 지금은 어느 전선 어느 곳에서
> 지금은 어느 전선 어느 곳에서
> 용감하게 싸우시나 임이여 건강하소서

공전의 히트였다. 사랑하는 사람을 전선으로 보내는 사람들의 심금을 대변한 이 노래가 울려퍼질 때면, 태극기를 흔들며 따라 부르는 사람이 많았다. 가수 자신이 태극기를 흔들며 불러 연쇄반응을 일으킨 것이다. 금사향은 제1훈련소 군예대 소속이었지만 거주지는 부산이었다. 이 노래를 취입하기 위하여 부산에서 10시간 배를 타고 제주도에 왔었다.

이 노래가 강산을 휩쓸자 전선에서 위문공연 요청이 쇄도하였다. 병사들이 요청하는데 가수가 안 갈 수가 없다. 총알이 빗발치는 최전선에 위문공연 갈 때 찍은 '먹물도장'이 유명한 일화로 남았다. 공연하다가 죽더라도 국가에 책임을 묻지 않겠다는 서약서인데, 인주가 없었던지, 도장에 먹물을 묻혀 찍었다는 것이다.

모슬포 산 가요로 빠질 수 없는 것이 '전선야곡'이다.

"가랑잎이 휘날리는 전선의 달밤 / 소리 없이 내리는 이슬도 차가운 밤……."

고향집 어머니를 그리는 병사의 심정을 이보다 절실하게 노래한 곡과 노랫말은 없을 것이다. 역시 박시춘·유호 콤비의 작품으로, 장훈 감독의 영화 〈고지전〉 테마음악으로 작곡되어 크게 히트한 가요의 고전이다.

박시춘이 제주도에 오기 전인 1950년 대구에서 작곡한 '전우야 잘 자라', 1953년 부산에서 작곡한 '굳세어라 금순아'는 6·25를 대표하는 노래다. 내가 세상에 나와 처음 배운 노래가 '전우야 잘 자라'였다.

"전우의 시체를 넘고 넘어 / 앞으로 앞으로……."

낙동강 전선에서 적을 물리치고 북진하면서 전우의 시체를 넘고 넘어 진군한다는 노랫말이 무슨 뜻인지는 몰랐다. TV도 라디오도 집에 없던 시대에 어떻게 그 노래를 배워 밤낮 흥얼거리게 되었는지, 지금도 의문이다.

군가도 아닌 이 노래가 국민가요처럼 애창되어 금지곡이 될 뻔했다는 이야기가 전해온다. 국군의 사기에 좋지 않은 영향을 끼친다는 게 이유였다. 작사 작곡자 사상이 의심을 받는 해프닝도 있었다 한다.

"달빛 어린 고개에서 마지막 나누어 먹던 화랑담배 연기 속에 전우야 잘 자라."

이보다 진한 전우애와 전별사가 있을 수 있을까. 전시에는 사상문제를 일으켜 자신의 존재감을 부각시키려는 무리가 항상 있는 법이다.

1953년 휴전협정으로 전쟁이 끝나고 환도할 때 불린 '이별의 부산 정거장'은 휴전을 대표하는 노래였다.

이런 국민 작곡가와 최고의 작사가 유호가 콤비를 이루었던 1950년대 전반기 모슬포는 우리나라 대중문화의 수도였다 해도 이의를 달 사람이 없을 것이다. 우리나라 코미디계의 대부 고故 구봉서가 모슬포 시절 군예대 아코디온 연주자였다는 사실, 남인수·황금심·고복수·신카나리아 같은 특급가수들이 제1훈련소 장병위문 공연 때마다 무대에 섰던 사실은 그 주장에 토를 달 수 없도록 증거하고 있다.

■ 서귀포에 환생한 이중섭

한 도시와 예술가의 관계를 보여주는 사례는 많다. 그런 도시들은 해당 예술가와 불가분의 관계를 맺고 있어, 그 지명 자체가 특정 예술가를 연상시킨다. 태생지라든지, 오래 오래 살았던 곳이라든지, 명작의 산실이라든지, 그런 연고의 작용이다.

화가 이중섭李仲燮과 서귀포는 그 어떤 경우에도 해당되지 않는다. 6·25 때 원산에서 피란 내려와 처음 정착한 곳이지만, 그가 서귀포에 산 것은 1년도 채 못 된다. 그런데도 서귀포가 이중섭의 도시가 된 것은 왜일까. 그와의 인연을 소중하게 여긴 서귀포시가 제일 먼저 그의 이름을 딴 거리를 조성하고, 미술관을 짓고, 매년 축제를 열고, 학생 미술실기대회를 개최해 온 탓일 것이다. 짧은 연고를 소중히 여긴 노력의 결실인 셈이다.

어떤 미술평론가는 이중섭이 7년간의 결혼생활 중에서 온 가족이 함께 행복하게 산 곳이었다는 사실을 강조한다. 연고는 없지만 작가 생활에 큰 의미가 있는 곳이니 그럴 만하다는 것이다. 어린이와 게와 물고기, 행복한 가정생활을 주제로 한 작품을 많이 생산한 곳이라는 의미다.

'길 떠나는 가족'이라는 그림은 서귀포가 그들의 유토피아였음을 보여준다. 전쟁 중 가족을 일본으로 떠나보낸 뒤 맏아들태현에게 쓴 편지지 그림에 '유토피아로 가는 즐거움'이 넘쳐난다. 아내와 두 아들을 달구지에 태우고 아버지가 소를 몰고 가는데, 두 아이는 꽃과 비둘기

서귀포 이중섭 거리

를 안고 있다. 화관을 쓴 엄마는 활짝 웃으며 아이들을 어루만지고, 달구지를 끄는 소 등에도 꽃다발이 걸렸다. 소를 모는 작가는 환호작약하고, 하늘에는 상서로운 구름이 두둥실 떴다.

편지글에다 그는 "수레에 가족을 태우고 따뜻한 남쪽나라로 가고 있다."고 썼다. 아이들이 백조를 타고 놀고, 남국 과일이 지천으로 널린 '서귀포의 환상'도 그렇다. 북녘에서는 꿈도 꾸지 못할 이상향이었을 것이다.

생면부지의 땅 서귀포에 떨어진 그는 항구가 내려다보이는 언덕마을 초가집에 방 한 칸을 얻어 들었다. 지금은 '이중섭로 27의 3'이란 주소를 가진 집이다. 봉당에서 부엌으로 들어서면 왼편 벽 밑에 장난감 같은 양은솥이 걸린 좁다란 취사장, 거기서 두어 걸음 안쪽에 골방이 있다. 그 옹색한 공간이 네 식구 거처였다. 방 넓이가 1.3평이다.

창도 없는 골방에서 화가는 처와 두 아들과 살을 부비고 살았다. 옛 모습 그대로 복원된 방을 들여다보는 관광객들은 "이 좁은 방에 네 식구가 어떻게 누웠을까?", "키 큰 남자가 누우면 발이 벽에 닿았을 텐데……." 제각각 한 마디씩 한다. 벽에 걸린 '소의 눈'이란 제목의 시 한 편이 눈길을 잡아당긴다.

높고 뚜렷하고 참된 숨결 / 나려 나려 이제 여기에 고웁게 나려 / 두
북두북 쌓이고 철철 넘치소서 / 삶은 외롭고 서글프고 그리운 것 /

아름답도다 여기에 맑게 두 눈 열고 / 가슴 환히 헤치다

이 시는 그 방에 붙어 있던 것을 조카 이영진이 암송하여 전해진 것
이다. 소의 숨결이 수북이 내려 쌓여 넘치기를 염원하고, 소의 눈이 맑
고 아름답다는 표현에 소에 대한 그의 인식이 드러난다.

생활공간이 옹색하여도 그들은 행복하였다. 그러나 배고픈 천국이
었다. 그때 서귀포에는 '경제'라는 것이 없었다. 일자리는 언감생심,
날품을 팔 곳도 없었다. 유일한 수입원은 배급으로 나오는 보리쌀과
고구마였다. 그것이 얼마나 알량했던지, 아끼고 아껴 먹어도 보름이
면 바닥이 났다. 간장 된장은 착한 이웃들 신세를 졌지만, 넣고 끓일
것이 없었다. 그래서 게 반찬을 많이 먹었다. 바닷가에는 게와 해초가
지천이었다. "너무 많이 잡아먹어 게에게 미안했다."고 고백했을 정도
다. 제사를 지내주는 뜻으로 게 그림을 많이 그렸다 한다.

그는 가난했지만 호구지책으로 그림을 그리지는 않았다. 원래 초
상화 그리기를 싫어하였는데, 마음착한 집주인송태주의 부탁을 거절할
수 없어 그의 얼굴을 그려주었다. 그림 잘 그리는 화가가 왔다는 소문
에 동네사람들이 찾아와 조그만 흑백사진을 내밀었다. "전장에 나가
죽은 아들인데 영정으로 보관하고 싶다."는 부탁을 거절할 수 없었다.
집주인 소개로 딱 세 사람 초상화를 그려 주었다. 그 값으로 보리쌀 한
됫박도 얻고, 고구마 한 소쿠리도 받았다.

젊은 날의 이중섭

1951년 1·4후퇴 때 원산에서 황급히 피란 온 그의 가족은 부산에서 한 달쯤 수용소 생활 끝에 서귀포로 건너오게 되었다. 남한 피란민도 감당 못할 곳에 북한사람들까지 밀려닥치니 부산은 미어터질 지경이었다. 그래서 당국은 거제도와 제주도로 북한 피란민을 분산시켰다.

　미술관 안내원에 따르면, 전쟁기간 제주도에 들어온 피란민이 무려 15만 명이었다. 많을 때는 하루 3만 명이 들어온 때도 있었다. 서귀포 정착은 그 혼란 속에서 건진 행운이었다. 전쟁의 공포를 피한 것만도 고마운 일이었다. 피란민이 바글거리는 대도시보다 심심하도록 조용하고 따뜻한 곳에 둥지를 틀었으니 얼마나 소중한 나날이었겠는가.

　단란한 생활은 길지 않았다. 무엇보다 창작욕을 채울 길 없는 환경이 견디기 어려웠다. 캔버스도 없고 도화지도 없었다. 그래서 탄생한 것이 은박지 그림이다. 담뱃갑마다 들어 있는 은박지에 못 같은 것으로 드로잉하고, 물감이나 담뱃진 같은 것을 바르고 문질러 마르기 전에 닦아내면 선에 색이 입혀졌다. 아이들과 게를 잡는 모습, 물장구치며 물놀이하는 모습, 게가 기어가는 모습 등을 담은 은박지 그림이 유명해진 사연이 이렇게 슬프다.

　그 해 12월 부산으로 옮겨가고부터는 그런 행복과 영원히 멀어지게 되었다. 먹고 사는 문제가 당장의 고통이었다. 아귀다툼 없이는 먹고 살 방도가 없는 피란지에서, 그런 성정과 거리가 멀었던 화가는 무능을 탓할 수밖에 없었다. 도리 없이 일본인 아내는 두 아들을 데리고 일본인 수용소로 들어갔다.

오래지 않아 아내가 부친상을 당하였다. 재산 상속문제가 있으니 다녀가라는 연락에 아이들을 데리고 일본인 귀환선 편으로 친정에 간 아내는 다시 오지 못하였다. 수교가 없는 두 나라 사이에 정기 교통편이 있을 수 없었고, 여권이라는 것도 모르던 시대다. 그것이 불행의 씨앗이었다. 견디기 어려운 그리움과 고독의 세월의 시작이었다.

통영시절인 1953년, 이중섭은 친구 구상具常 시인의 도움으로 외항선원증을 얻어 일본에 건너갔다. 히로시마廣島로 달려온 아내와 두 아이를 오랜만에 해후하였지만, 그 행복은 딱 일주일간이었다. 그 뒤로는 더욱 외롭고 괴로운 세월이었다.

고독을 달래는 방법이 창작에 몰두하기와 가족에게 편지쓰기였다. 많은 작품이 탄생하였다. 그것을 모아 미도파 백화점에서 전시회를 열었다. 은박지에 그린 그림 몇 점에 음화시비가 일어 전시작품이 철거되었다. 그때 문화 수준이 그 정도였다. 대구에서도 전시회를 열어보았지만 결과는 마찬가지였다. 정신이 이상한 작가로 알려진 것이었다.

풀지 못할 울분과 견디기 어려운 고독을 달래려고 마시는 술이 간을 해쳐 고질병이 되었다. 세상이 싫어졌다. 가족에게 편지쓰기까지 집어치웠을 만큼 그의 절망은 깊었다. 거식증이 생겨 이 병원 저 병원을 전전하다가, 청량리 뇌병원에까지 가게 되었다. 그러다가 적십자병원에서 행려병자처럼 혼자 죽었다. 새파란 나이 40세였다.

이중섭 미술관에는 참 많은 편지가 전시되어 있다. 아내에게, 혹은 두 아이에게 일본어로 쓴 그의 편지글은 짧고 투박하지만 심금을 울리는 힘이 있다. 편지지 여백마다 그리움이 가득한 그림이 있고, 문장마다 사랑이 철철 넘쳐난다. '당신이 사랑하는 유일의 아고리'라는 말로 시작된 편지글에서 그는 아내를 '한없이 멋지고 상냥한 나의 천사' '최애最愛의 현처 남덕 군'이라 불렀다.

그러면서 자신을 '화공 이중섭'이라 하였다. 예술가가 아니라 품팔이로 그림을 그리는 사람이라는 뜻이겠다. 창작욕을 풀길 없는 불우한 화가의 이미지가 물씬하다.

아내 남덕이 남편에게 쓴 편지글 제목은 언제나 '나의 사랑 아고리'였다. 도쿄 문화학원 유학 시절 이중섭의 별명이 '아고あこ 리'였다. 그때 이씨 성을 가진 조선인 유학생이 셋이었는데, 멋진 턱あご을 가진 미남자 이중섭은 여학생들 사이에 그런 별명으로 불렸다. 그림 잘 그리고, 운동 잘 하고, 인물 좋고, 키가 커 여학생들 사이에 늘 화제였다.

그들의 사랑 이야기는 소설보다 극적이다. 대학시절 2년 후배 야마모토 마사코山本方子가 계단을 내려오다가 발을 삐었다. 지나가던 그가 기사도 정신을 발휘한 게 인연이 되었다. 신발을 벗기고 발목과 발가락을 주물러 걸을 수 있게 해 준 것이다. 편지글에 나오는 '발가락 군'은 그런 사연을 담고 있다. 식민지 청년과 종주국 양갓집 규수가 맺어지는 데 어떤 난관이 있었을지는 쉽게 짐작이 갈 것이다.

대학 졸업 후 한동안 일본에서 작품 활동에 열중하던 이중섭은 태평양전쟁 막바지인 1944년 징집을 피해 원산으로 돌아왔다. 집안에서는 결혼이 늦었다고 야단이었으나 그는 꿈쩍도 않았다. 그러다가 어느 날 마사코에게 전보를 쳤다.

"결혼해야 하겠으니 빨리 건너오시기 바라오."

마사코는 1945년 봄 일본을 떠나는 마지막 배편으로 연인을 찾아왔다.

밤낮 없는 미군기 공습에서 딸 하나라도 건지고 싶어서였을까. 대기업 사장이었던 마사코의 아버지는 구하기 어려운 배표까지 구해 주어 딸을 조선으로 보냈다. 둘은 원산에서 결혼식을 올렸다. 남쪽나라에서 온 덕 있는 사람이란 뜻으로 남덕南德이란 우리 이름을 지어 주었다.

국경을 초월한 그들의 사랑은 동족상잔의 전쟁으로 또 시련을 겪게 된다. 한국전쟁에 참전한 중국 공산군이 물밀 듯 밀고 내려오자, 유학생 출신에 일본인 처를 가진 '부르주아'는 거기서 살 길이 없었다.

그가 살던 서귀포 집은 바다가 내려다 바라보이는 비탈길에 있는 초가집이다. 1997년 '이중섭 거리'로 명명되어 기념미술관이 서고, 기념공원이 조성되었다. 옛집이 복원되어 마을길 주변이 독특한 문화특구가 되었다. 2016년 이중섭 탄생 100년을 맞아 덕수궁미술관에서 열린 특별전시회가 큰 성황을 이룬 탓인지, 10월의 서귀포는 관광객으로 넘쳐난다.

　종일 가을비가 추적거린 8일에도 그랬다. 서양인 화가 지망생들까지 이중섭 거리에 작업코너를 차지하고 그의 그림을 모사해 팔고 있었다. 이중섭 애호가와 관광객이 찾아들어 종일 북적였다.

　그가 평안남도 평원군 태생이라는 사실을 알게 된 뒤로 새로운 관심이 쏠리기 시작하였다. 미술관을 둘러보는 동안 내 눈길이 자주 머문 곳은 그림보다는 편지들이었다. 편지글을 읽으며 전신에 전류가

이중섭 부부 결혼사진

흐르는 것 같은 감동을 느꼈다.

무딘 펜에 잉크를 듬뿍 찍어 꾹꾹 눌러 쓴 손 편지를 써 본 일도, 받아본 일도 없는 사람은 느낄 수 없는 기분이다. 그렇고 그런 전달문과 영상들로 흘러넘치는 SNS 시대의 젊은이들이 평생 그런 감동을 느껴보거나 할는지, 괜한 걱정도 들었다.

그런 생각과 함께, 일본을 자주 들락거린 일이 미안하였다. 그가 그토록 가고 싶었어도 갈 수 없었던 일본을 나는 관광이다, 취재다 하면서 제주도처럼 드나들었다. 그 시절 나는 초등학생이고 그는 가장이었을 뿐이었는데, 이런 차이가 나는 것은 역시 세월 탓인가. 부산 가서 일 보고 오후 비행기로 규슈에 건너갔다가, 하룻밤 묵어 서울에 돌아온 일이 생각의 꼬리가 되어 내내 미안함으로 밟혔다.

올해 96세인 이남덕 여사는 지금 도쿄에서 두 아들의 보살핌 속에 편안한 노년을 보내고 있다. 남편의 재능이 아들과 손자에게까지 이어진 데 감사하며 사는 영상이 최근에 보도되었다. 이승에서 헤어져 산 세월이 60년이 넘었다. 아직도 '아고 리'를 그리며 늙어가는 '발가락 군' 얼굴의 검버섯이 아름다워 보였다.

■ 피안의 섬 이어도

　이청준의 소설 『이어도』는 파랑도 수색작전을 나갔던 해군함정 귀항 장면으로 시작된다. 하선하는 사람들 무리에 작전 취재차 승선한 남양일보사 천남석 기자는 없었다. 의문의 실종사건이 일어난 것이다. 수색작전이 끝날 무렵 정훈장교 선실에서 술을 마시고 자기 방으로 돌아간 그는 아무도 모르게 배에서 자취를 감추었다.

　함정에서 내린 정훈장교는 남양일보사를 찾아가 편집국장에게 이 사실을 통보하였다. 편집국장은 놀라는 기색도 없이, 태연한 어투로 그가 자살하였을 것이라고 응대하였다.

　그날 저녁 정훈장교는 편집국장에게 이끌려 해변의 선술집 '이어도'에서 술을 마신다. "천 기자와 배에서 술 마시면서 무슨 말을 나누었느냐"는 편집국장의 물음에 장교는 이어도 이야기를 들었다고 대답하였다.

"천 기자는 처음부터 우리가 찾고 있는 섬은 파랑도가 아니라 이어 도라고 말했죠. 무척 절망적인 이야기였습니다."

이렇게 파랑도를 이어도로 바꾼 작가는, 그 섬을 오랜 세월 제주도 사람들 입에서 입으로 전해 내려오는 '전설의 섬'으로 규정하였다. 제 주도 남쪽 바다 천리 밖에 파도를 뚫고 꿈처럼 하얗게 솟아 있다는 그 섬을 '피안의 섬'이라고도 하였다. 아무도 본 사람은 없지만 상상의 눈 에서는 언제나 선명한 수수께끼의 섬, 누구나 이승의 고된 삶이 끝나 면 가서 행복과 안락을 누리게 되는 구원의 섬이기도 하다는 것이다.

술자리에서 장교는 천 기자가 평소 제주도 탈출을 꿈꾸어 왔고, 자 기가 사랑하는 술집 이어도 여자에게 "어서 이 섬을 탈출하라"고 괴롭 혀 온 사실을 알게 되었다. 두 사람이 노래를 청하자 여자는 중얼거리 듯 이어도 타령을 불렀다.

이어도 하라 이어도 하라
이어 이어 이어도 하라
이어 하멘 나 눈물 난다
이어 말은 말낭근 가라

"어떻소? 선생은 아마 이해 못할 거요. 그 빌어먹을 이어도 소리만들어도 눈물이 난다지 않소. 이게 이 섬사람들 생활이었소. 이어도 갈 날만 기다리며 살아온 섬사람들이란 말이오."

천 기자도 결국 자살로 이어도 탈출을 실행하였을 것이라는 게 국장의 생각이었다.

술자리가 끝난 뒤 국장은 돌아가고, 장교는 이어도의 여인과 밤을 보내게 된다. 자신의 실종소식을 가져오는 사람과 같이 밤을 보내게 해달라는 천 기자의 말버릇 같았던 유언이 실행된 것이었다.

실종 전 천 기자는 장교에게 어린 시절 이야기를 하였다. 배를 타고 나가 돌아오지 않은 아버지와, 남편을 기다리며 돌밭에 앉아 종일 돌

송악산에서 바라본 제주 남쪽 바다(가는 띠 모양이 가파도, 그 왼쪽이 마라도)

을 추려내며 '이어도 사나' 노래를 흥얼거린 어머니 이야기였다.

"나 이어도를 보았네."

어느 날 바다에서 돌아온 아버지가 어머니에게 이 말을 하고 오래지 않아, 바다에 나간 아버지는 다시 돌아오지 않았다.

그 후로 어머니는 종일 뙈기밭에 앉아 "천가여, 천가여" 하고 남편을 부르며 돌을 추려내는 일로 일상을 삼다가, 밭에서 정신을 잃고 쓰러졌다. 그리고 얼마 후 모진 삶을 마감하였다.

이어도 여자도 그렇게 자란 이야기를 장교에게 털어놓았다. 이어도를 본 사람은 어김없이 거기로 가고 만다는 것이었다.

이어도로 갔다던 천 기자 시신이 어느 날 파도에 밀려 제주도 해변으로 되돌아왔다. 소설은 그렇게 끝난다. 꿈을 찾아 몸을 던져 떠나갔지만 유토피아는 존재하지 않는다는 것을 섬사람들에게 보여주려는 듯, 그는 죽어서 되돌아온 것이었다.

술집여자가 부른 이어도 타령과, 천 기자 어머니가 중얼거리듯 종일 입에 담았다는 이어도 노래는 지금 듣기 어렵다. 축제 때나 해녀 물질공연 같은 때나 불린다. 동력선이 생기고부터는 테우를 노 저어 물질 갈 일이 없어진 것이다.

이엿사나 이어도사나 이엿사나 이어도사나

우리 배는 잘도 간다 솔솔 가는 건 소나무 배요

잘잘 가는 건 잣나무 배요

어서 가자 어서 가자 목적지에 들어나 가자

우리 인생 한번 죽어지면 다시 환생 못하느니라

원의 아들아 원자랑 마라 신의 아들은 신자랑 마라

홋베개를 베고 혼자 잠자는 원도 신도 두렵지 않다

……

임이 없어도 밤이 새더라 닭이 없어도 밤이 새더라

임과 닭은 없어도 산다

시집살이 삼년 첩살이 삼년 몇 삼년을 살았다마는

열두 폭의 도당치마가 눈물로 다 젖는다

……

만조백관이 오시는 길에는 말 발에도 향내가 난다

무적상놈 지나는 길에는 길에서조차 누린내 난다

　해녀들이 먼 바다로 배를 저어가면서 부르던 이 노래는 노 젓는 괴로움을 잊으려는 노동요였다. 가신 임이나 옛사랑을 그리워하는 아리랑이기도 하였다. "이엿사나 이어도 사나", "이어도 하라 이어도 하라"는 선창이고 후렴이기도 하다. 선창이 매기면 후창이 받았다. 가사를 바꾸어가며 무한정 되풀이하였다. 멜로디는 신음 소리처럼 단조로웠다. 잃어버린 사랑에 대한 그리움, 신세타령, 노동의 괴로움, 슬픈 가

정사와 사회고발에 이르기까지 다양하였다.

"원의 아들아 원자랑 마라"에는 원의 위세가 배어 있다. 배 타고 나가 돌아오지 않는 임을 그리며 긴긴 밤을 지새우는 아낙네의 슬픔, 지체 높은 사람들 행차에 길을 비켜선 섬사람들의 자조, 노 젓기의 괴로움을 잊고 싶은 마음은 어서 이어도에 가고픈 원념으로 승화되었다.

이어도는 제주도 사람만 가고 싶은 곳이 아니었다. 뭍에서도 삶이 팍팍했던 사람들 가운데 그곳을 꿈꾼 사람들이 있었다. 문화사학자 신정일은 그의 역저 『새로 쓰는 택리지』 제주도 편에 젊은 날 이어도를 꿈꾸었던 일을 이렇게 고백하였다.

> "아무 가진 것 없이 발을 디딘 곳이 바로 제주도였다. (군 제대 후) 서울에서 며칠 방황하던 중 뇌리를 스치고 지나간 것이 바로 유토피아 이어도였다. 어째서 이청준의 소설 『이어도』가 떠올랐는지 모른다. 그때 나는 절박했고, 달리 돌파구는 없었다. 어쩌면 그 환상의 섬을 찾을 수 있을지 모른다는 막연한 기대를 안고 얼마 안 되는 노자를 갖고 목포행 완행열차에 몸을 실었다. 목포에서 가야호를 타고 도착한 제주의 새벽은 낯설었다 (……) 세상은 냉혹했다. 돈이 다 떨어진 나를 반기는 곳은 일한 만큼 일당을 받을 수 있는 공사판뿐이었다. 2년 반 동안 수많은 공사판을 전전하고야 뭍으로 나갈 수 있었다. 하지만 제주도도 이어도도 기억 속에 까마득히 잊혀졌다."

이어도를 찾아 헤맨 2년 반의 허송생활이 그 결말이었다는 고백이다.

이토록 고달픈 사람들의 피안의 섬이었던 이어도는 이제 더는 이상향이 아니다. 암초에 박힌 쇠기둥 위에 해양과학기지가 선 것이다. 마라도 서남쪽 152㎞ 거리에 떠 있는 이 수중암초에 1900년 무렵 영국상선 소코트라Socotra호가 좌초당하여 '소코트라 암초'로 세상에 알려진 것이 이어도의 첫 '외출'이었다. 1984년 제주대학교 연구팀의 조사로 수심 4.6m 해중암초의 실체가 확인되었다.

해양수산부는 2003년 6월 이 암초에 철주를 박아 해양연구, 기상관측, 어업활동 등에 이용하는 해양과학기지를 준공하였다. 연면적 1천 300평방m 규모의 구조물 옥상에는 헬리포트까지 설치되어 우리 영토가 되었다. 2013년부터는 연구원이 상주하는 유인도가 되었다. 전설의 섬에서 이승의 실체가 된 것이다.

옥상에는 또 1987년 이어도 등대가 가설되어 망망대해를 항해하는 우리 화물선과 어선들의 길잡이가 되었다. 이 바다를 항해하는 수출입 선박만 연간 16만 척, 수출입 물동량의 90%가 넘는다니 그 효용가치가 적지 않다.

이 인공 섬은 중국 영토인 서산타오余山島에서 287㎞, 일본 도리시마鳥島에서는 276㎞나 떨어져 있다. 그러나 중국이 자기네 배타적 경제수역EEZ 안에 포함시켜 외교문제를 일으키고, 최근에는 일본 자위대기가 우리 선박 상공을 비행한 일로 긴장을 일으키기도 하였다.

그런 일 때문은 아니지만 제주도 사람들은 과학기지 탄생을 달가워하는 것 같지 않다. 마치 "산타클로스 같은 건 없다."는 어느 나라 대통령의 폭언으로 꿈을 빼앗긴 어린이들처럼, 사라지는 무지개를 좇던 소녀들처럼, 잃어버린 꿈을 아쉬워하는 것이다.

이어도 등대

■ 돌하르방과 환해장성

임진왜란 때의 일본군 출진기지 나고야 성名護屋城, 사가 현 박물관 입구에 돌하르방 하나가 서 있다. 관람객들마다 진기한 듯 바라보거나, 사진을 찍는 모습을 보고 한국의 상징물로서 적합하다는 생각이 들었다. 한·일 두 나라 국민 상호이해 촉진을 목적으로 건립된 박물관의 전시물로 이만한 것도 없겠다 싶었다.

돌하르방의 한국 대표성에는 시비의 소지가 있을지 모르겠다. 그러나 그것이 제주도의 상징이라는 것을 부정할 사람은 없을 것이다. 제주도 관광객 가방 안에 그 기념품이 하나씩 자리 잡기 시작한 지도 오래다.

높은 벙거지를 쓰고 주먹코에 퉁방울눈을 부라리는 표정이 무서워 보이지만, 남녀노유를 불문하고 친근감을 느끼는 것은 왜일까. 그것이 예술이고 문화일 것이다. 제주의 역사와 문화, 제주인의 정서가 고스란히 녹아 있는 실체로서 그만한 것이 또 있겠는가.

그것을 볼 때마다 혜은이의 노래 '감수광'이 떠오른다.

"감수광 감수광 날 어떡헐랭 감수광……."

뜻 모를 노랫말보다, 예쁜 이름과 얼굴을 가진 신인가수의 감미로운 음성에 빠져들었다. '감수광'이란 말은 자연스레 고故 김광협 시인의 「돌할으방」으로 이어졌다. 제주어로 된 시의 매력 탓이었다.

돌할으방 어디 감수광 / 돌할으방 어딜 감수광 / 어드레 어떵 하연 감수광 / 이레 갔닥 저레 갔닥 / 아멩아멩 하여봅써 / 이디도 기정 저디도 기정 / 저디도 바당 이디도 바당 / 바당드레 감수광 어드레 감수광 / 아무디도 가지 말앙 / 이 섬을 지켜줍써 / 제주섬을 살펴줍써

"돌하르방 어디를 가세요. 어디로 뭐 하러 가세요. 이리 갔다 저리 갔다 아무리 해 보세요. 여기도 벼랑 저기도 벼랑, 저기도 바다 여기도 바다. 아무데도 가지 말고 제주 섬을 보살펴주세요."

해석 없이는 뜻을 모를 말이 한국어의 하나라는 사실이 신기하지 않은가. 제주인의 정서가 이보다 여실하게 응축된 언어가 또 있을지 모르겠다. 제주 섬을 보살펴달라는 시어 그대로 돌하르방은 제주를

지키는 수호신이었다. 제주성곽 동서남문을 비롯하여 대정과 정의 성문 앞에 서 있던 입지가 그것을 증명한다.

제주성곽 동문 앞에 서 있는 돌하르방 옛날사진을 보면 더욱 분명하다. 성문 앞에 우뚝 서서 눈을 부릅뜨고 그가 지킨 것이 외국 침략군이었겠는가. 시시때때로 사람들을 괴롭히는 질병과 잡귀와 사악한 기운, 끊임없이 바다에서 날아오는 액운에서 섬사람들을 지켜달라는 기원에 답하려는 것이 아니었을까.

바다 건너에서 오는 관리들의 탐학에서 주민을 지켜달라는 원념도 들어 있었을 것이다. 아침저녁 들락거리는 성문 앞에 서 있는 돌사람은 어느새 제주인 모두의 식구처럼 되었을 것이다.

여러 제주 풍토기에 따르면 이 석물은 기자祈子 신앙과 밀접한 연관이 있었다. 아들 못 낳는 아낙이 돌하르방 코를 조금 떼어낸 돌가루를 마시면 소원을 이룬다는 속설 탓에, 코 부분이 문드러진 것도 많다.

벙거지를 쓴 석물의 이미지가 남근을 빼닮은 것도 그런 신앙을 뒷받침하는 근거로 운위된다. 실제로 석물의 뒷면 벙거지 부분은 너무나 흡사해 여성 관람객들이 얼굴을 붉히곤 한다.

"제주도 용담리 냇가 사람들이 가기 어려운 궁벽한 곳에 등신대보다 작은 석불이 하나 있고, 그 앞에 남근 모양의 양석이 있다. 아이 없는 부녀자들은 몰래 이곳에 와서 기원하고 이 양석에 자신의 성기를 접촉시킨다는데, 5년간의 조사로도 몰랐을 만큼 극비로 하고 있었다."

일제 때 초대 제주 도사島司 이마무라 도모숙村革丙가 남긴 글이다. 그가 재임 5년간 민속자료를 꼼꼼히 조사했는데도 몰랐다는 이 석물은 용두암 마을제주시 용담동 서자복西資福, 돌미륵 '고추바위'다. 돌미륵 옆에 있는 높이 70cm 크기의 이 석물 생김새가 영락없이 어른의 그것을 닮았다고 해서 붙은 이름이다. 큰 미륵의 모양도 크게 다르지 않다.

제주도 기자 신앙은 섬 탄생설화에 얽혀 있을 만큼 기원이 오래다. 지상에 내려와 치마폭에 흙을 담아다 제주 섬을 만들었다는 옥황상제의 셋째공주 설문대도 서자복 미륵불에 빌어 500명의 아들을 낳았다는 설화가 전해진다. 설문대 하르방을 만나 신방을 차리고 망측하게 생긴 서자복 미륵불에 걸터앉아 아들을 낳게 해달라고 빌었다. 그리고 미륵불의 코를 만지고 돌아와 그 많은 아들을 낳았다는 이야기다.

그 석물을 찾아가면서 겪은 고생담이 급격한 시대의 변화를 웅변한다. 이제는 아들 낳게 해달라고 기도한다는 말에 고개를 갸웃거리는 세상 아닌가. 서자복 위치를 검색해 보니 제주공항 가까운 곳이라서, 공항에서 시내버스를 타고 가다 용담1동에서 내렸다. 동네 할머니와 아주머니들에게 물으니 아무도 몰랐다.

5, 6명에게 물어도 모른다기에 택시운전사는 알겠지 싶어 차를 세웠으나 마찬가지였다. 차내에서 그 마을이 동한두기라는 것을 검색하여 그 마을에서 내렸다. 한참을 찾아 헤매다가 바닷가로 내려가는 길

가에서 겨우 표지판을 찾았다. 건입동에 있는 동자복을 찾아갈 때도 그랬다. 알만한 동네 어른들도 그런 게 있느냐는 표정들이었다. 제주항이 내려다보이는 사라봉 마을 중턱을 이 잡듯 뒤져 겨우 찾고 보니, 큰길에서도 잘 보이는 곳에 있었다.

아들 낳기를 바라는 기자 신앙이야 동서고금에 예외가 없다. 특히 제주도가 심했던 것은 돌·바람·여자가 많은 삼다三多의 섬이라는 환경과 무관치 않을 것이다. 그중에 여자가 많다는 것은 반대로 남자가 귀한 섬이라는 이야기도 된다.

왜 남자가 귀한가 하는 물음은 남자들의 일터인 바다와 관련되고,

제주시 건입동 동자복 미륵상

그것은 또 바람으로 인한 해난사고가 잦은 것과 연관이 될 것이다. 거기에 여러 환난으로 하여 남자들이 더욱 귀해지지 않았던가. 고려시대 미륵신앙의 산물인 서자복, 동자복도 그 모양이나 역할 면에서는 마을 수호자 돌하르방과 조금도 다를 게 없다.

돌하르방의 기원에는 여러 학설이 있어 아직 정설이 서지 않았다. 『제주통사』에 나오는 문헌 속의 첫 기록은 1754년 제주목사 김몽규가 만들어 제주성곽 동문 밖에 8기, 서문 밖에 4기, 남문 밖에 4기를 만들어 세웠다는 것이다. 그때의 이름은 옹중석翁仲石이었다. 옹중이란 진시황시대 거인역사 완옹중阮翁仲을 말한다. 흉노족이 쳐들어올 때마다 적을 밟아 뭉개어 퇴치했을 만큼 거대한 몸집의 역사였다 한다.

그의 사후 진시황은 그를 추념하는 뜻으로 실물대의 옹중 동상을 만들어 아방궁 문밖에 세웠다. 다시 쳐들어온 흉노가 그 모습에 혼비백산 달아났다는 전설이 생겨, 궁궐이나 관아 문전에 수호신으로 만들어 세우는 문화가 탄생하였다. 제주에서는 그것을 돌로 만들었다고 '옹중석'이라 한 것이다.

돌로 사람 형상을 만들어 세운 석상의 기원은 중국 요하문명 출토품에서 보듯이, 그 역사가 기원전 한참 위로 거슬러 올라갈 만큼 오래다. 주목할 것은 제주도 돌하르방의 예술성이다. 제주 것은 한껏 무서운 표정을 짓고 있지만, 무섭기는커녕 정겨운 인상이다.

두 손을 얌전히 배와 가슴께에 모으고 선 모습이 코믹하고 정중하기도 하다. 제주대학교 박물관 앞에 서 있는 것은 가슴께가 여자로 보일만큼 근육질이 강조되었지만, 오히려 귀여운 인상이다.

제주 것보다 훨씬 작은 대정 것은 눈을 아래로 내리감고 있는 모습이 너무 편안한 느낌을 준다. 손의 위치가 대정 것과 반대인 성읍 것은 벙거지가 작고 눈을 둥그렇게 떠 깜짝 놀란 모습에, 유독 코가 강조되었다. 크기는 제주 것이 평균 187cm인데 비하여 대정 정의 것은 136~141cm 정도다. 행정단위 목牧과 현縣의 차등이리라.

김몽규 목사 시대에 제작된 것은 모두 48기였는데 지금 남아 있는

제주대학교에 있는 돌하르방

것은 47기다. 제주 목 돌하르방은 지금 삼성혈 관덕정 제주대학교에 각 4기, 제주시청·제주공항·제주민속자연사박물관·KBS제주방송국에 각 2기, 목석원 서울국립민속박물관에 각 1기가 있다.

이 석물은 '옹중석', '벅수머리', '우성목', '무성목' 등 여러 이름으로 불려오다가, 1971년 제주도 민속자료 제2호로 등록될 때 돌하르방이라는 공식 명칭을 얻었다. 도민들 사이에 친숙하게 불리던 애칭이 어린이들 사이에 널리 퍼져 유명해진 덕이었다.

환해장성은 '제주도의 만리장성'으로 불렸다. 바닷가를 빙 둘러싼 성곽 길이가 300리라고 그런 별칭을 얻었지만, 규모와 쓰임새가 만리장성의 비교대상이 아님은 물론이다. 높이와 폭이 왜소하고, 때로는 이쪽을 막고 때로는 저쪽을 막는데 쓰였는데, 제 구실을 했는지는 의문이다. 그러나 왜구 침입 저지에는 일정한 역할을 한 것이 사실이다.

김상헌金尚憲의 『남사록南槎錄』에는 "왜적이 그렇게 여러 번 쳐들어왔는데도 한 번도 그들 뜻대로 되지 않았던 것은 온 섬을 둘러싼 석벽이 바닷가에 깔려 있는 천연의 요새 때문이었다."고 하였다.

이 장성이 축조된 것은 고려 원종 때였다. 진도에 웅거하였던 삼별초가 여몽연합군에게 토벌 당하여 제주로 오게 될 것을 우려한 고려 조정은 1270년 시랑 고여림高汝霖, 영광부사 김수金須 등을 보내 1천 명 병졸을 거느리고 성을 쌓게 하였다고 『신동국여지승람』 등에 기록되

제주시 해안의 환해장성 유적

었다.

고여림이 그 일에 종사한 것은 불과 3개월이었다. 뒤따라 상륙한 삼별초와의 전투에서 죽었으니 축성과업을 완수하였다고 보기 어렵다. 이원조의 『탐라지』에 "고여림이 삼별초를 막을 때 쌓은 것이지만 지금은 모두 무너졌다."고 나오는 것은 여러 차례 수축이 있었음을 말해준다. "탐라국 때 역시 장성이 있었는데 아직도 남은 터가 있다."는 옛 기록은 장성의 역사가 삼별초 이전부터였다는 근거이기도 하다.

축성의 목적은 삼별초의 상륙을 막기 위한 것이었다. 그러나 삼별초가 들어온 다음에는 여몽연합군 입도방지에 쓰였다. 그러다가 조선시대에는 왜구를 막는 데 쓰였으니 세월에 따라 그 용도도 달랐다. 하나의 성이 시대에 따라 이렇게 쓰임새가 달랐던 것은 외환外患이 많았던 제주역사의 굴곡을 말하고 있다. 『탐라기년』에는 성을 고쳐 쌓은 일이 나온다. 1845년현종 11년 영국선박이 우도에 정박하고 제주도 연안의 수심을 측량한다는 보고에 따라, 목사 권직權稷이 도민을 총동원하여 환해장성을 수축했다는 것이 그것이다.

이름은 멋져 보이지만 실상은 그렇지 않아 약간의 실망감을 주는 게 환해장성이다. 무너지고 퇴락해서가 아니다. 성이라고 보기에는 규모가 너무 왜소하다. 좀 높은 돌담 정도라고나 할까. 성곽문루와 옹성을 가진 한림 명월진성과 비교해 보면 더욱 그렇다. 아마도 너무 급박하게 쌓아서 그럴 것이다. 지금은 흔적도 없지만 목성도 같이 만들었다는 기록으로 보아 돌을 쌓기 어려운 곳은 목제가 아니었을까 싶기도 하다.

환해장성 유허는 제주시 화북동 삼양동 해안, 동북 해안 북촌리 동복리 행원리 월정리, 서북 해안 애월리 한동리 온평리 신산리 고내리, 남해안 일부 지역에 흩어져 있다. 그것의 존재를 알게 된 것은 4·3사건 취재 때 조천읍 북촌리 마을길을 샅샅이 훑어 걸을 때였다. 마을길이정표에서 환해장성이란 화살표를 보고 따라가, 파도소리가 정다운 바닷가에서 허물어져 가는 성벽을 보았다. 마을 앞 갯가에 왜 저런 게 있나 싶었었다.

"우리 어렸을 때만 해도 이렇지는 않았는데……. 모습이 옛것 그대로였어요. 문화재를 복원한다고 고증 없이 반듯반듯하게 쌓아올려 옛맛을 다 잃었습니다."

제주 삼양동 검은 모래 해변에서 해안을 따라 화북동 별도봉 아래까지 올레 길을 걸으며 취재할 때 안내해 준 주민의 말이다. 기계적인 문화재 복원사업에 대한 불만이리라. 해안에 널린 자연석을 주로 이용한 원래의 축성방식과 달리, 기계로 반듯반듯하게 자른 돌을 썼다는 말이었다. 배가 드나드는 포구 마을 인근에 복원된 성은 예외 없이 매끈하다. 그러나 복원이 되지 않은 구간은 허물어지고 잡초에 가려지거나 인가에 먹혀들어 흔적을 알아보기 어렵다. 길가에 성의 내력을 말하는 표지판이 없다면 무너져 가는 돌담이 무엇인지 알 사람이 있겠는가. 한양도성이나 여러 지방의 산성 읍성에 비하여 축조방식과 기술, 자재와 공력의 차이가 큰 탓이었으리라.

그것은 외환이 많았던 제주의 역사와 민중의 고난을 증언하는 유물이다. 그리고 제주도라는 지역공동체 규모와 옹색했던 살림살이를 말해 주는 증표이기도 하다. 그 옆을 지나는 올레 객들은 환해장성이라는 이름만이라도 기억해 둘 일이다.

■ 제주를 바꾼 맥그린치 신부

　제주 한림 이시돌 목장은 참 멀다. 제주 국제공항 관광안내원은 공항 리무진버스를 타고 가다가 동광리 환승센터에서 로컬버스를 갈아타면 금세라고 가르쳐주었다. 거기까지는 좋았다. 동광리에 내려 로컬버스가 하루 네 번밖에 없다는 걸 알았다. 무한정 기다릴 수가 없어 택시를 탔다.

　가면서 승용차 통행량이 제주시내 같다는 느낌을 받았다. 나중에 알고 보니 이시돌 단지 안 성당에 주일미사 보러 가는 사람들이었다. 취재를 마치고 제주공항으로 갈 때도 그랬다. 타야 할 버스를 놓쳐 마음이 급하였다. 이시돌 센터 직원이 불러준 택시로 한림읍으로 가서, 시외버스 편으로 제주에 돌아왔다.

　목장에서는 산방산이 지호지간처럼 내려다보이지만, 옛날 인근 지역 초등학생들에게는 2박3일 견학 코스였다. 그때 벌써 그곳은 인근 주민들에게 '가서 보고 배워야 할 곳'이 되어 있었다. 1961년 가을 대정읍 무릉리 초등학교 5학년 학생들은 선생님의 안내로 종일 걸어 금악국민학교 강당에서 잤다. 다음 날 목장을 견학하고 그 학교에서 또 하룻밤 묵어 돌아갔다. 그만큼 이시돌 목장은 멀고 넓고 볼거리가 많은 곳이었다.

제주도에는 그 목장과의 인연으로 축산업에 종사하게 된 사람들이 많다. 제주대 양영철 교수가 쓴 『제주 한림 이시돌 맥그린치 신부』에 나오는 축산업 성공사례들은 젊은이들에게 마치 태곳적으로 들릴 이

이시돌 목장 풍경

야기들이다.

한림성당 맥 신부가 목장을 개발할 때 품팔이를 했다는 98세 홍군 석 옹은 지금 4천 평 목축농장의 주인이다. 목장개발 초기인 1950년 대 말 군에서 제대 귀향한 홍 청년은 놀기에 지쳐 목장 품팔이를 시작하였다. 목장 둘레에 말뚝을 박고 철조망을 치는 육체노동 일당이 옥 수수 두 되었다. 다른 잡곡을 좀 섞으면 식구들의 일주일치 식량이 되었다. 일당 주는 곳에 그걸 사려는 상인들이 줄을 서던 시절이다.

좋은 체격과 성실한 작업태도 덕에 그는 곧 공사감독이 되었다. 얼마 후에는 목장 측 교육과정을 이수하여 정식 직원이 되었다. 2년차 작업조장 월급이 6천 원이었다. 한림읍장 월급이 4천5백 원이던 시절이다. 20년 지나 사표 내고 나와 양돈업을 시작하였다. 퇴직금이 넉넉한 종잣돈이 되었고, 양돈기술은 그동안 익힌 것으로 충분하였다. 그 덕에 지금도 삼겹살 구이에 소주를 즐기는 유복한 노후를 즐기고 산다.

맥그린치 신부는 자기 목장 일에만 눈이 먼 사람이 아니었다. 오히려 가난한 사람들에게 기회를 만들어 주는 일에 더 열성이었다. 개척 양돈농가 사업이 그것을 증명한다. 목장 주변 일곱 개 마을 주민을 대상으로 그는 가구당 3만 평의 농지를 분양하여 축산업 붐을 일으켰다. '제주 축산업의 아버지'로 불리게 된 일이다.

그가 분양한 땅은 PL 480 미국 잉여농산물 원조물자였던 수만 톤의 옥수수를 현금화하여 사들인 임야였다. 한라산 중산간의 광활한 돌밭이었다. 땅값은 30년 상환, 연리 3%라는 파격적인 조건이었다. 3만 평씩 땅을 분양받아 개척농가로 들어온 18가구에게 특별 목축기술 교육이 실시되었다. 사료는 외상으로 공급받았으니 의욕과 노동력만 있으면 되었다.

생전의 맥그린치 신부

1963년 개척농가의 일원이었던 박영근의 고생담에 제주의 과거사가 사진처럼 담겨 있다. 그는 거의 맨몸으로 그 넓은 땅을 개간했다고 말한다. 아버지와 둘이서 죽도록 일해도 개간된 땅은 하루 5~6평 정도였다. 한라산 중 산간지대라서 거의가 돌밭이었던 것이다. 나중에 외국산 트랙터가 들어왔지만 돌밭에는 무용지물이었다.

"한림읍내에 나가면 사람들이 우리를 '똥세기'라고 놀렸습니다. 똥 먹고 자라는 돼지와 같이 산다는 말이지요.

우리 몸에서 고약한 냄새도 났겠지만 한림보다 추워서 두꺼운 옷을 입은 것을 보면 대뜸 알아보았던 것이지요.”

개척농가 사업은 그 뒤로도 한동안 계속되어 고생 끝에 목장을 갖게 된 사람이 98가구에 이르렀다. 그 사람들이 오늘의 ‘목축 제주’ 공로자들이다. 거슬러 올라가 벽안의 신부를 기억하지 않으면 안 된다. 2018년 4월 타계하여 제주도에 묻힌 맥그린치 신부, 그가 진정한 제주 축산업의 아버지다.

이시돌 목장의 기적은 맥 신부가 1957년 경기도 한미농장에서 몰고 온 새끼 밴 암퇘지 한 마리에서 비롯되었다. 사제복 차림의 신부가 암퇘지를 몰고 기차 타고 여객선 타고 제주까지 와서, 또 한림까지 몰고 온 모습을 상상해 보라. 어떻게 그 일이 가능했을지 의심스럽지 않은가. 사람들이 보고 얼마나 웃었을 것인가!

교회 잘 되게 하려는 일이 아니었다. 절대빈곤에서 헤어나지 못하는 제주도 사람들을 구하는 방법으로 조직한 4-H 운동을 시작하려는 것이었다. 그해 제주도에는 혹심한 가뭄이 들어 절량농가가 3만 가구에 이르렀다. 제주 인구의 반 이상이 끼니를 잇지 못하게 된 해였다.

굶주린 사람들을 구하려는 그의 열정에 교인들은 감복하였고, 이웃 주민들도 놀랐다. 태어난 새끼들은 4-H 열성회원들에게 한 마리씩 나누어 주었다. 분양 조건은 키워서 반드시 새끼 한 마리로 갚는 것이었다. 그렇게 늘어난 돼지가 오래지 않아 170마리가 되었다. 가축은행의 탄생이었다. 돼지와 함께 들여온 레그홍 뉴햄프셔 같은 알 잘 낳는 품종의 달걀에서 부화된 800마리의 병아리는 '닭 은행'의 모체였다.

그 가축들은 4-H 소년소녀들 손으로 정성껏 사육되어 기하급수적으로 숫자가 늘었다. 그들은 돼지와 닭 기르기 책을 구해다 열심히 읽고 실험하여 더 많은 결실을 거두게 되었다. 조개껍질을 이용하여 산화한 땅을 석회질로 바꾸고, 더 연구하고 실험하여 값싼 사료를 개발하였다. 그것을 본 어른들이 '제주도에서는 아무것도 안 된다'던 생각을 고쳐먹게 되고부터 맥 신부의 꿈은 영글기 시작하였다.

그렇게 시작된 목축사업은 차차 소와 면양과 말로 옮겨갔다. 소를 들여온 이야기 한 가지만 해도 장편소설 감이다. 소를 기르려면 넓은 목초지가 필수조건이다. 그런데 그때 우리나라에는 목초지라는 개념조차 없었다. 그런 나라였는데 고 박정희 대통령과 맥 신부 사이에 서로 주고받는 관계가 맺어져 본격적인 목축산업이 태동하였다.

1968년 9월 뉴질랜드를 방문한 박 대통령은 넓은 초지에서 소들이 풀을 뜯는 풍경에 큰 부러움을 느꼈다 한다. 귀국 후 곧 "3년 안에 목초지를 개발하라"는 명령이 떨어졌다. 비상이 걸린 농림부가 연구팀 실습팀을 꾸려 법석을 떨었지만 뾰족한 수가 없었다. 목초전문가는 물론, 목초 씨앗을 구경한 사람도 없었다.

천우신조는 역시 뉴질랜드에서 왔다. 저개발국가 원조계획인 '콜롬보 프로젝트'의 일환으로 유명한 목초전문가 조지 홈스Gorge Holmes를

3개월 동안 한국에 파견한 것이다. 이 사람을 어떻게 활용할지 아이디어가 없었던 농림부는 그를 이시돌 목장으로 보내버렸다.

맥 신부에게 그는 너무 귀중한 손님이었다. 사제관에 머물면서 그는 제주도에 알맞은 목초 재배실험에 착수하였다. 해발 50m 저지대부터 380m 고지대까지 고도에 알맞은 씨앗을 골고루 시험 파종한 결과는 대성공이었다. 5백만 평이 넘는 이시돌 목장 목초지가 그렇게 개발되었으니 정부의 덕, 아니 박 대통령 덕을 톡톡히 본 것이다. 그런데도 이 사실은 정부에 알려지지 않았다. "한국에서는 초지개발이 불가능하다."고 한 허위보고가 들통 날까봐 두려웠던 관리들이 꽁꽁 숨긴 것이었다.

세상에 영원한 비밀이 없다는 것은 만고의 진리다. 정말 우연한 기회에 그것이 알려졌다. 제주 출신 청와대 경호실 간부가 국회위원이 되어 청와대 경제수석을 만난 것이다. 자연스레 이시돌 목장의 성공담을 자랑한 것이 대통령에게 보고되었다.

이시돌 목장을 견학한 경제수석은 수백만 평 광활한 목장에 목초들이 무성하게 자라는 모습을 대통령에게 본대로 보고하였다. 농림부에 다시 비상이 걸리고, 공무원들이 이시돌 목장을 뻔질나게 들락거리며 맥 신부를 지치도록 괴롭힌 끝에, 박 대통령과 그의 대면이 이루어졌다.

이 자리에서 박 대통령이 한 말이 유명한 일화로 남았다. 배석했던

고 김종필 총리가 "이시돌 목장의 소는 큰데 왜 우리나라 소는 볼품이 없느냐"고 물었다. 대통령이 대신 답하였다. "임자! 나를 보면서도 몰라? 난 어릴 때 못 먹어서 이렇게 작잖아." 김 총리가 박장대소하자 좌중이 웃음바다가 되었다. 아무도 웃지 못하다가 총리가 웃으니까 따라 웃었다는 이야기다.

이때부터 이시돌 목장의 해묵은 숙원들이 풀리기 시작하였다. 맥 신부가 대통령 초청으로 청와대에 갔다 온 힘은 대단하였다. 한림항으로 돼지를 실어내는 도로 포장, 양잠단지와 마을 공동목장 조성, 농가의 소 입식 지원사업 등이 그 힘으로 이루어졌다.

그가 1천 마리의 소를 입식한 것도 화젯거리였다. 목초지가 완성되어 소를 들여올 차례였다. 뉴질랜드에서 5백 두를 들여올 입식자금은 독일의 저개발국 원조단체 미제레오르Misereor의 지원으로 해결되었으나 수송이 문제였다. 1천 마리가 안 되면 배를 움직일 수 없다는 운송업체의 횡포, 한림항의 하역시설 미비, 집단검역 체제 불비 등등 산적한 문제들은 다 우리나라 최초의 일이었다. 지독한 통과의례를 치르지 않을 수 없었다.

거기에 비하면 제주 땅에 온 지 한 달도 안 되어 맨주먹으로 시작한 한림성당 건축은 너무 수월하였다. 6·25전쟁 중이던 1953년 4월 한국에 첫발을 디딘 청년사제 맥그린치가 한림성당 주임신부로 부임한 것은 이듬해 4월이었다. 그때 제주도에는 성당이 제주와 서귀포 두

곳뿐이었는데, 서쪽에 또 하나의 성당을 만들라는 교구지시가 떨어졌다. 그 시절 한국의 모든 것이 그랬듯이, 집 지을 땅도 예산도 없이 '맨땅에 헤딩'처럼 시작된 사업이었다.

한림의 가톨릭 신자는 젖먹이까지 포함해 고작 25명이었다. 그에게 주어진 거처는 방 두 칸짜리 오두막이었다. 한 칸은 전교사 부부, 한 칸은 맥 신부 차지였다. 신자들 집집마다 돌아가며 모여 앉지도 못한 채 예배를 보았다. 그런 형편에 천우신조라고밖에 말할 수 없는, 기대하지 않았던 여러 도움을 받아 성당을 지어냈다.

성공의 동력 첫째는 열성적이고 착한 신자들과 주민들이었다. 두번째는 우연과 필연이 결합된 운이었다. 전임신부가 성당 터로 사놓은 1백 평 땅에 350평을 보태 무작정 건립공사를 시작했는데, 천우신조가 찾아든 것이다.

한림 앞바다에 좌초한 미군 수송선 목재를 갖다 쓰게 된 것이 가장 큰 행운이었다. 좌초된 수송선의 아일랜드인 선장이 주일을 맞아 움막성당 미사에 참석하여 즉석에서 내린 결정이었다. 못 쓰게 된 목재를 좋은 일에 쓰라는 선심, 이국땅에서 어렵게 선교사업을 하는 동족 신부에 대한 존경심에서였다.

아무리 좋은 옥이라도 꿰어야 보배다. 운반수단이 없어 신부가 발을 구르고 있다는 소문이 퍼지자 마을 사람들이 내 일처럼 달려들었다. 이웃 한경면 주민들까지 달려왔다. 고기잡이 쪽배에, 달구지에, 마차에, 리어카까지 동원되어 목재를 실어 날랐다.

"눈이 파란 신부님이 배고픈 사람들을 먹이겠다고 옥수수죽 쑤는 고생 다 알고 있었잖아요. 그런 사람이 일손이 없어 애를 태운다는데 어떻게 보고만 있겠어요?"

그때 노력봉사에 나섰던 주민들 입에서 나오는 한결같은 회고담이다.

소문은 무섭다. 그 이야기가 모슬포 주둔 미군부대원들에게 퍼져 모금운동이 시작되었다. 장병의 40%가 가톨릭 신자였다. 군산 주둔 미군부대 장병들도 나섰다. 내는 사람은 1달러, 10달러였지만, 다달이 모인 돈은 적지 않았다. 한림성당은 그렇게 지어졌다. 교육관에 사제관까지 짓고도 목재가 남았다. 1955년 5월 제주 한림에서 일어난 기적이다.

맥 신부는 그 일로 주민들에게 큰 신세를 졌다고 생각하였다. 굶주리고 헐벗은 그들을 어떻게 하면 잘 살게 해 줄 수 있을까, 그 보답의 방법에 골몰해 있던 그에게는 애달픈 일들만 맞닥뜨려졌다.

"1950년대 말이었어요. 어린 여자아이 신자가 신이 나서 사제관으로 찾아왔어요. 부산 공장에 취직이 되었다고 인사하러 온 것이었습니다. 3~4개월 후에는 어떤 사람이 유골함을 들고 찾아왔어요. 그 아이가 자기 공장 물탱크에 빠져죽었다는 것입니다. 다시 그런 슬픈 일이 일어나지 않게 하려면 집을 떠나가지 않도록 여기에 일자리를 만들어 주는 일이 급하다고 생각했습니다. 한림수직은 그렇게 하여 시작한 겁니다."

　맥 신부는 어려서 면양 방목장과 양털물레 돌리는 사람들을 가까이서 보고 자랐다. 그 경험이 그 일을 가능하게 했다는 것이 그의 회고담이었다. 제주도가 면양 목축업의 적지라는 생각에 그는 고국에 편지를 썼다. 종잣돈과 물레가 그렇게 마련되었다. 처음에는 성당 마당에서 키우다가, 새끼가 늘어나자 4-H 회원들에게 골고루 분양하였고, 공터에 축사를 만들어 방목을 시작하였다.

　그렇게 양을 기르고 털을 깎아 직물을 짜는 한림수직 사업은 수많

이시돌 목장 맥그린치 길

은 시행착오와 성공과 실패의 교차 끝에, 1977년 서울 롯데호텔과 제주 KAL 호텔에 직영매장을 열기에 이르렀다. 그 성공 스토리는 유명한 미국 시사주간지 〈TIME〉에 소개되었다. 좀 비싸지만 질과 디자인이 우수한 한림수직 스웨터와 셔츠는 국산 명품의 대명사가 되었다.

"1972년 한림보건소장 시절 아이들에게 사 입힌 한림수직 스웨터를 조카들이 물려받아 입었고, 손자손녀들까지 받아 입었는데도 새것 같아요. 증손자가 태어나면 또 입힐 생각입니다."

제주 한마음병원 원장을 지낸 이유근 위즈덤 시티 이사장의 경험담한 마디가 한림수직 제품의 우수성을 대변한다.

맥 신부의 제주도 사랑은 갈수록 커갔다. 목장 개발사업 중 중상을 입은 인부를 도립병원에 싣고 갔다가 의료시설의 낙후성에 충격을 받은 그는 병원건립에 뛰어들었다. 무일푼에 의욕 하나만으로 시작한 사업은 이시돌 목장 같은 기적을 이루어냈다. 아일랜드 계 골롬반수녀회에 호소한 것이 반향을 일으켜, 이시돌 의원 탄생의 동력이 되었다. 이시돌 농촌개발협회가 병원설립 비용을 책임지고, 운영은 병원설립 운영의 경험이 있는 골롬반수녀회가 맡아 훌륭한 종합병원으로 키워냈다.

주민들에게 싼 이자로 영농자금을 빌려주는 한림 신용협동조합은 계 파탄으로 자살한 신자가정의 비극이 계기였다. 인생의 종점에서 하염없이 세월을 원망하던 노인들의 보금자리가 된 이시돌 양로원,

요양원, 호스피스 병동도 그렇게 생겨났다. 가톨릭 교인들을 위한 피정시설과 두 개의 성당, 교육시설, 마을목장 탄생의 원동력도 크게 다르지 않았다.

제주 유일의 고속화도로인 평화로와 서일주도로 사이 한라산 중 산간 지역에 자리 잡은 '이시돌 공화국'에는 지금 봄이 한창이다. 정수리에 넓은 화구호를 이고 선 금오름金岳 기슭에 자리한 고원에 서면, 산방산과 그 너머 해안선이 손에 잡힐 듯 가깝다.

문득 70여 년 전 4월의 한라산 '산사람'들이 떠오른 것은 왜였을까. 밤마다 해안 마을 불빛을 바라보며 그들이 느꼈을 고독과 절망감이 오늘의 유토피아와 너무 대비가 되어서였을까. 세상이 지옥이 되기도 하고 천국이 되기도 하는 것은 한 사람의 의지에 달렸음을 절감한 하루였다. 이날은 맥 신부 1주년 추모미사 날이었다. 미사객 자동차가 다 떠나가자 이시돌 공화국은 다시 정적에 파묻혔다.

■ 세계지질공원을 아시나요?

　몇 해 전 제주도를 세계7대자연경관으로 선정시키자는 운동이 있
었다. 제주도의 자연경관이 그 자격에 충분하다는 전화를 주최 측에
많이 걸자는 운동이었다. 전화가 많은 순으로 7대자연경관을 결정한
다는 방식에 고개를 갸우뚱거린 사람이 많았다. 행사 주체가 알려지
지 않은 민간단체이고, 중복전화도 카운트에 인정된다는 소리에 '장
삿속 아니야?' 하는 의구심이 있었다.

　선정이 되고 난 뒤에야 그것은 공인받을 수 없는 명예임이 드러났
다. 제주자치도와 산하 자치단체들이 전화걸기에 지원한 적잖은 예산
이 문제가 되기도 하였다. 그러나 세계7대자연경관이라는 '이름'의 효
용성은 컸다. 남미 여러 나라가 걸쳐 있는 아마존 우림, 이구아수 폭포
브라질·아르헨티나, 하롱베이베트남, 테이블 산남아공, 코모도 국립공원인도네시아 같

수월봉 세계지질공원 지층

은 유명 관광지와 어깨를 겨루는 명승지라니 결코 해로운 일이 아니었다.

이 비공인 타이틀을 아는 사람은 많은데, 정작 공인된 타이틀의 영광을 아는 이는 얼마나 될지……. 제주도가 2002년 유네스코 생물권보전지역, 2007년 세계자연유산, 2010년 세계지질공원으로 지정된 경사 말이다. 자연환경 면에서 '3관왕 타이틀'을 가진 곳이 드물다는 사실도 그렇다.

나 자신도 명예 제주도민이 되기 전에는 몰랐던 일이다. 특히 제주섬 서남단 수월봉 해안이 '세계 화산지질학 교과서의 현장'으로 불릴 만큼 유명하다니 놀라운 일이다. 지질학자들이 살아생전 꼭 한번 와 보고 싶어 하는 곳이라는 사실을 알고 나서, 제주도와 맺은 인연이 새삼 귀하고 자랑스럽게 여겨졌다.

명예 제주도민 우정의 날 행사에 참석했다가, 이튿날 친선 관광길에 그곳에 가보았다. 올레 12번 코스인 한경면 수월봉 해안을 걸으면서, 과연 그럴 만하다는 것을 한눈에 알았다. 깎아지른 해안선 단층에 지질과 선이 제각각인 지층이 마치 시루떡처럼 켜켜이 쌓여 있다. 한 층 한 층 그 세월의 두께를 가늠할 수는 없어도, 다 합쳐 몇 십, 몇 만 년 세월이 거기 응축되어 있다는 사실은 큰 놀라움이었다.

화산학 '교과서 현장'을 안내한 전문가 해설에 따르면, "화산이 폭발한 화구 가까운 곳에는 크고 작은 화산탄들이 지층에 촘촘히 박혀 있고, 먼 지역에는 화산재만 쌓인 시루떡 층이 얇고 선이 곱다." 한다. 사화산 지역에 사는 한국인으로서 그 말을 이해할 사람은 많지 않다. 화구는 어디고, 화산탄은 또 무언가?

　이런 의문이 해결되지 않으면 건성으로 둘러볼 수밖에 없다. 그러나 화산활동이 잦은 일본이나 인도네시아의 활화산을 떠올리면 이해에 도움이 될 것이다. 백록담이나 오름 정수리처럼 땅속에서 부글부글 끓던 마그마가 폭발해 움푹 파인 자리가 화구이고, 그때 허공에 치솟아 오른 용암 덩어리가 떨어져 돌로 굳어진 것이 화산탄이며, 가루처럼 부서져 날아가 쌓인 것이 화산재다. 화구 가까이에는 무거운 것이 많이 낙하할 것이고, 먼 곳에는 재만 쌓이게 되니까 단층의 모습이 다를 수밖에 없을 것이다.

　그런데 화구는 어디인가? 수월봉과 인근 당산봉 꼭대기까지 올라 보았지만 어디에도 화구는 보이지 않는다. 그것은 바다에서 터진 수성화산이기 때문이라 한다. 지금부터 1만 8천 년 전 마지막 폭발 이후 야트막한 화구는 바닷물에 잠겼다. 화산탄 화산재 같은 화산체가 떨어져 생긴 뭍에 바닷물 침식작용으로 시루떡 같은 모양을 한 것이 수월봉 해안단애다.

　그것은 성산일출봉의 경우도 같다. 일출봉도 수성화산으로 생겨난 산이라 한다. 원래는 두 개이던 화구 중 하나가 물에 잠기고, 높은 화구인 일출봉은 남았다. 그 화산체들이 연안에 쌓여 뭍이 되었다. 바다가 뭍이 될 만큼 많은 화산체가 분출된 것이었다. 일출봉이 마치 방조제처럼 뭍에 연결된 원인이다.

몇 해 전 일본 규슈 여행길에 화산체의 위력을 실감한 일이 있었다. 1991년 6월 대폭발이 있었던 나가사키 현 운젠雲仙 해안 마을에는 아직도 화산재에 파묻힌 집과 공공시설이 그대로 보전되어 있다. 화산이 터진 해발 1,360m 봉우리 운젠다케에서 해안선까지는 4~5㎞ 정도 거리인데, 바닷가 마을이 그렇게 쑥대밭이 된 것은 화산의 위력을 말하는 증거였다.

화산재에 매몰된 일본 규슈 운젠 마을

그 위력적인 화산폭발 장면 사진을 스쿠프한 일이 있다. 도쿄주재 특파원 시절, 제휴지 「요미우리신문讀賣新聞」 편집국장이 "좋은 사진을 스쿠프 했는데 귀지에서 쓸 의향이 있느냐?"고 물었다. 여부가 없는 일이었다. 즉시 달려가 화산재 연기가 뭉게구름처럼 치솟는 멋진 분출장면 사진을 전송하여, 신문 1면에 큼직하게 실어 화제를 끌었었다.

그 사진 필름은 현장을 취재하다 순직한 「요미우리신문」 사진기자의 카메라에서 나온 것이었다. 소방관, 취재기자, 경찰관 등 34명의 업무 종사자들이 순직한 것은 화쇄류火碎流라는 불 폭풍 때문이었다. 분화구에서 섭씨 600도가 넘는 가스가 분출되어 삽시간에 골짜기를 내리 달린 불 폭풍이 산록을 휩쓸었던 것이다. 산꼭대기에는 폭발이 일어난 주봉보다 120m나 높은 화산 돔이 생겨나 '헤이세이 신산平成新山'이란 이름이 붙었다.

그런 화산의 위력을 보면 오랜 세월 얼마나 거듭되었을지 모를 폭발로 화산체가 차곡차곡 쌓여 산을 이루고, 해안 단애와 평지를 이룬 지질의 특징을 짐작할 수 있다. 지질공원으로 지정된 열두 곳 가운데 수월봉, 용머리 해안, 중문 주상절리, 천지연 폭포, 성산 일출봉, 우도, 비양도 등이 그런 지각활동의 산물이다. 한라산 화구벽, 산방산, 만장굴, 선흘리 곶자왈 등은 뭍에서 터진 화산활동으로 태어났다.

수월봉과 당산봉을 품고 있는 한경면 고산리 일대에는 제주도에서 역사가 가장 오랜 선사유적지로도 유명하다. 지금도 진행되고 있는 유적지 발굴조사에서는 화살촉 그물추 등 선사시대 석기류 2만여 점과 토기조각 400여 점이 발굴되었다. 제주도 서남단 일대의 평지에 까마득한 옛날부터 그만큼 많은 선사인이 살았다는 증거다.

동북아시아 신석기문화는 시베리아에서 연해주와 한반도를 거쳐 일본으로 이어진 것으로 보는 견해가 일반적이다. 그런데 제주도에서 신석기문화 유물이 대량 발견됨으로써 그 통설에 수정이 가해지게 되었다.

고산리 유적은 대략 8천 년 전 것으로 추정된다고 한다. 이곳에서 멀지 않은 송악산 해안 암반에 사람과 사슴 발자국 화석이 남아있는 것을 보면, 그 시대에도 화산활동이 있었음을 알 수 있다. 해안에 나타난 사슴을 잡으려고 추격하는 사람과, 쫓기는 사슴이 채 굳어지지 않은 용암을 밟은 것으로 추정할 수 있다.

수월봉 해안선에는 그런 '자연의 순리'에 역행한 흔적도 남아 있어 올레꾼들의 눈살을 찌푸리게 한다. 태평양전쟁 말기 일본군이 만들어 놓은 동굴진지가 그것이다. 미군의 제주도 상륙을 겁낸 일본은 미군 상륙정을 격파하겠다고 육탄 특공대를 조직, 해안 단애에 갱도를 파고 그 안에 '진양震洋 5형' 특공함정을 숨겨 놓았었다.

이 배는 유사시 2명의 특공대원이 250kg의 폭약을 싣고 출격, 미군

함정에 돌진하도록 예정되었던 '인간어뢰정'이다. 그런 상황이 오기 전에 전쟁이 끝나 아직도 문이 잠긴 채 올레꾼들을 맞고 있다. 진양5형 특공선 25척을 보유했던 제120 진양대 수월봉 특공기지는 흔적이 없어졌다.

올레 길을 걷다가 저녁이 되면 당산봉 아래 자구내 포구에서 다리를 쉬며 석양을 감상할 일이다. 포구에서 1㎞ 떨어진 차귀 섬 너머로 떨어지는 저녁 해는 소문난 풍광이다. 요즈음 제철을 만난 오징어 배가 들어오면 산 오징어 회에 소주 한잔이 올레 길의 정취를 더해 줄 것이다.

■ 여군과 해병대의 요람 제주도

제주도가 여군과 해병대의 요람이었다면 믿기 어려울 것이다. 우리나라 여군의 효시는 1948년 8월 26일 임관된 간호장교 31명이었다. 그들은 간호장교라는 특수병과 장교들이었고, 일반 여군으로는 여자 해병대가 처음이다. 1950년 6·25전쟁 직후 제주도에서 한 차례 모집되고 없어진 여자 해병대였다. 이 사실을 처음 신문에 보도하면서 반신반의한 일이 새롭다. 2008년 제6대 해병대사령관 공정식 장군 회고록 『바다의 사나이, 영원한 해병』을 「국방일보」에 연재할 때였다. 제주 여학생들의 해병대 지원 러시 이야기를 듣고 감명을 받았었다. 지원자의 태반이 여고생이었다는 사실이 믿기 어려웠다.

당시 제주도에 주둔했던 해병대 신현준 사령관准將 회고를 인용한한 이야기였다. 6·25 발발 직후 신 사령관은 도내 여고생들이 의용군 지원을 조른다는 보고를 받고 몇 차례 웃어넘겼다. 나라 일을 걱정하는 갸륵한 뜻은 가상하지만 어린 여학생들을 어떻게 전장으로 보내겠느냐 싶었다. 두세 번 그런 보고를 받고 잘 달래서 돌려보내라 했는데, 같은 보고가 계속되자 생각이 달라졌다. 불타는 애국심을 내치는 것도 도리가 아닌 것 같고, 해병부대 행정이나 서무 일을 시키는 것은 나쁘지 않겠다 싶었다.

지원자 수용방침을 정하고 8월 27, 28일 이틀간 여자의용군 지원을 받았다. 31일 제주 동초등학교에서 지원자 126명의 입대식 행사를 치르고, 다음날 해군 LST 편으로 진해 해군훈련소로 보냈다.

제주항 산지부두를 떠날 때 가족과 친구들을 붙안고 우는 여학생들 모습을 보고 잠시 후회도 되었다. 그러나 전원 무사히 훈련을 마치고 안전한 부대에 배속되었다는 보고를 받고 안도의 한숨을 쉬었다.

진해에 도착한 제주도 여자의용 지원병들은 9월 2일부터 진해 경화초등학교 운동장에서 훈련을 시작하였다.

"국가와 민족을 위하여 이 몸을 삼가 바치겠나이다!"

매일 아침 해군표어 제창으로 시작되는 고된 훈련에 시달리던 여자 신병들은 교관간호장교 소위이 무서워 억울해도 울지 못하였다.

2주간의 기초교육이 끝나고 해군신병훈련소 특별교육대에 편입되고부터는 그들의 표정이 달라졌다. 남자교관과 조교에게서 훈련을 받게 된 것이 즐거웠던 것이다. 범 같은 교관과 조교들이 여동생 같은 훈련병들 사정을 잘 헤아려 주었던 모양이다.

"그렇게 좁데다게."

40일간의 교육훈련 수료 후 그들은 남자교관으로 바뀌니까 그렇게 좋더라는 말을 다투어 입에 담으며 깔깔거렸다. 누가 어느 교관을 좋아한다더라, 어느 조교가 누구를 잘 봐주었다더라 하는 화제가 만발하였다.

수료식 때 받은 계급은 소위 2명, 병조장원사 4명, 일등병조상사 6명, 이등병조중사 6명, 삼등병조하사 15명, 상병 93명이었다. 똑같은 훈련을 받고도 계급이 이렇게 달랐던 것은 학력 차이 때문이었다. 대학 재학

여자해병대원들의 앳된 모습

생이거나 여고 졸업생, 교사 출신은 높은 계급으로 임관되었지만, 여고 재학생들은 모두 일반 수병이었다.

이상한 일은 수료 후 군번을 받은 자리에서 54명이 모두 전역된 사실이다. 그러나 전혀 이상할 것이 없는 일이었다. 그들은 아직 18세가 되지 않은 미성년자였다. 당시 제주도 교사들이 학생들에게 구국의용의 열정을 강조한 탓에 어린 소녀들까지 지원하였던 것이다. 나라의 운명이 바람 앞의 등불처럼 위태로운 낙동강 전선을 일깨우며 "이런 때에 공부만 하면 무엇 하겠느냐."고 지원을 독려한 것이다. 어떤 체육교사는 학교마다 조직되어 있던 학도호국단 간부학생들은 모두 지원해야 한다고 압력(?)을 넣기도 하였다.

훈련 중 몇몇이 귀가신청서를 냈다가 혼이 났던 일화는 그들의 미성숙성을 보여준 좋은 사례다. 훈련이 너무 고달프다는 푸념이 지휘부에 보고된 탓일 것이다. '집에 돌아가고 싶은 사람은 신청서를 내라'는 공고가 나붙자, 몇몇 훈련생이 귀가신청을 하였다. 그러나 그들에게 돌아온 것은 심한 얼차려와 동료들의 따가운 시선이었다. 그토록 무서웠다는 여자교관들이 그 '응석'을 그냥 받아주었겠는가. 여자의용군 훈련병도 군대는 군대 아닌가!

군번을 받은 여군들은 주로 부산에 있던 해군본부, 진해 통제부와 해군병원 등에서 행정병으로 근무하다가, 1951년 말 전원 예편되어 귀가하였다. 전투병과를 받고 일선에 배치된 경우는 없었지만, 마음만은 남자들 애국심과 다를 게 없었다. 해병대역사관에 전시된 출진 기념 사진이나 방명록을 보면, 그녀들의 붉은 애국심이 잘 드러나 있다. 태극기에 각자 이름을 쓰고 '백전백승', '무운장구' 같은 글귀를 남겼다.

제주도는 해병대와 인연이 깊은 곳이다. 1949년 진해에서 창설된 해병대는 그해 12월 28일 주둔지를 제주도로 옮겨 신병 3, 4기 훈련병을 모집하였다. 그래서 6·25 직후 모집된 두 기수 3천여 명은 전원이 제주도 출신이다. 그런 인연이 있어 지금도 제주도에는 해병대 출신이 많다.

전쟁 전 육군부대와 임무교대로 제주도에 온 해병대는 대민 봉사 활동에 공을 들여 4·3사건 때 원한을 품었던 도민들의 마음을 사려고 애썼다. 꾸준한 무의촌 순회 진료, 농번기 일손 돕기 같은 민간지원 사업으로 얼음장 같던 주민들 마음이 조금씩 열리기 시작하였다. 해병대 입대가 '한라산 공비가족'이라는 '불명예'를 씻는 길로 인식되기도 하였다.

민심이 그렇게 복잡한 탓이었던지 해병대 지원 열기는 뜨거웠다. 김녕 같은 곳에서는 지원자 200여 명 가운데 17명만이 합격했을 정도다. 교사들의 애국심 고취가 큰 영향을 미친 것도 사실이다. 3기 출신 수필가 김영환은 『나의 해병대 신병훈련기』에 "오승진 한림고 교장선생님 훈화에 감명을 받아 해병대에 지원했다."고 썼다.

"나라가 위기에 처했다. 신라의 화랑도 청소년들은 이럴 때 나라를 위해 용감하게 싸움터로 달려갔다. 그들이 통일신라의 주역이었다."

최후의 보루인 낙동강 전선이 뚫리면 나라가 망하는 절체절명의 위기를 강조한 교장선생님 말씀에, 학생들이 어떻게 반응했을지 짐작이 간다. 훈련지가 제주도내라는 사실도 크게 작용했을 것이다. 그들은 모두 모슬포 훈련소에서 훈련을 받고 전선으로 떠나갔다. 지원자 거의 전원이 제주농고·오현고·한림고 등 도내 고등학교 재학생들이어서 무학자가 많은 육군에 비해 병력자원의 질이 월등히 우수하였다. 해병대가 빠르게 강군이 된 것은 이런 대원들 자질 덕분이었다.

무운장구武運長久 같은 용어와 천인침千人針 풍조의 유행은 일제강점기의 잔재였다. 출진장병들은 대개 천인침 복대를 차고 있었다. 1천 명의 여자 손으로 수놓은 복대나 두건을 두르면 총알이 피해간다는 믿음에서 일본 군인들이 몸에 지니던 사물이다. 출진장병의 어머니나 누이들이 수틀을 만들어 이웃집을 돌며 한 뜸씩 수를 놓아달라고 부탁해 만든 수건이었다. 수놓은 글자는 '무운장구'가 많았고, 더러는 '화랑정신', '북진통일', '위국충성', '괴뢰군 섬멸' 같은 것도 있었다.

제주도 사투리 통신병 일화는 지금 생각해도 웃음이 난다. 공정식 사령관은 대대장 시절 강원도 산악전투 중 무전기 하나가 적 수중에 들어가 곤욕을 치르게 되었다. 작전지시나 연락사항을 적이 다 듣고 있을 테니 통신을 할 수가 없었다. 이 난처한 곤경은 제주도 통신병들이 해결해 주었다. 통신병 전원을 제주도 출신으로 바꾸어 모든 지시사항과 연락사항을 사투리로 전달하게 하자는 생각이 떠오른 것이었다.

제주도 출신 수병들이 자기들끼리 말하는 사투리를 알아듣지 못해 난처했던 경험에서 나온 아이디어였다.

'그래 맞다. 연대 통신병을 모두 제주도 수병으로 바꾸면 되지 않을까.'

그는 즉시 연대에 이 아이디어를 건의하였다. 똑같은 고민을 안고 있던 연대 지휘부는 즉각 수용해 주었다.

공 사령관은 "사투리 통신이 생각난 것은 태평양전쟁 역사를 즐겨

해병대, 제1훈련소, 공군사관학교가 있었던 대정읍 평화의 터

평화의 터

이 터는 6·25 전쟁으로 조국이 위기에 처해 있을 때 국토 수호를 위해 장병을 양성한 국난 극복의 산실로서 세계인이 지켜본 자랑스러운 평화군의 양성소이다. 1946년 11월 16일 조선경비대 9연대가 창설된 이래, 1948년 육군 제2연대가 주둔하기도 했다. 1949년 12월 28일 해병대가 옮겨왔으며, 1950년 8월 5일 인천상륙작전의 주역인 해병 3기가 입소한 유서 깊은 곳이다.
전장에 투입할 장병들을 양성하기 위한 육군 제5훈련소와 제3교육대가 창설되어 같은 해 9월 1일 군번 030 장병들이 입대하였고, 대구 제1훈련소와 부산 제3훈련소가 1951년 1월 이동·통합하여 3월 21일 육군 제1훈련소로 정식 창설한 곳이기도 하다. 배출된 장병의 총수는 약 50만 명으로, 1일 입소 장병은 2천명 내외였으며 한 때는 8만 명이 입소하기도 했다. 이후 1954년 8월 논산으로 이동함으로써 1956년 1월 폐쇄되었다.
1951년 2월 1일부터 4월 23일까지는 공군사관학교가 모슬포로 옮겨와 대정초등학교에서 사관생도를 양성하였다.
또한 1953년 9월에는 육군 마지막 사단인 제29사단—일명 이크사단—이 이곳 모슬포에 창설되면서 태권도라는 이름을 처음으로 사용하며 훗날 전군에 태권도를 보급하는 계기를 마련한 곳이기도 하다.
뼈를 깎는 훈련을 받은 장병들은 구국의 일념으로 전장의 곳곳에서 애국혼을 불태웠으니, 그분들의 애국충정을 기리고 평화의 소중함을 알리기 위해 대한민국의 역사에 큰 의미를 지닌 이곳 모슬포에 오늘 이 비를 세운다.
서기 2007년 3월 21일
대정역사문화연구회

읽은 덕분이었다."고 회고하였다. 1942년 일본과의 전쟁 중 미군 해병부대가 비슷한 상황에 처했을 때 나바호Navajo 언어를 구사하는 인디언 수병들을 통신병으로 교체했던 전사가 떠오른 것이었다. 이 사실은 '윈드 토커Wind Talkers'라는 영화로 제작되어 영화 팬들 기억에 남아 있는 일이다.

제3부

울어도 죄가 되는 4·3사건

■ 외면할 수 없는 4·3

　이제는 더는 외면할 수 없다. 관광객의 일원으로, 또는 일이 있어 제주도를 찾을 때는 머리 아프다는 핑계로 외면해도 좋았다. 내 나이만큼이나 오래된 일을, 더구나 성격규정에 아직도 다툼이 있는 사건을 입에 담는 것은 피곤한 일이다. 내가 접하는 제주 사람 누구도 그 일에 언급이 없고, 눈에 보이는 흔적도 없어 모르는 체하기에 좋았다.

　그런데 이제는 아니다. 명예 제주도민이 된 이제는 더 이상 그럴 수 없다. 피해를 당한 사람들이 아직도 시퍼렇게 살아 있다. 총 맞고 창에 찔린 상처를 지닌 그들이 입을 다물수록, 진실의 실체를 보고 싶다. 그래서 먼저 찾아 나선 곳이 제주시 봉개동 4·3 평화기념관이다.

　몇 해 전 킬링 타임 겸하여 2층 전시실만 훑어보았을 때와는 너무 달랐다. 1층 전시실 입구부터가 그랬다. 굴곡진 제주도 현대사를 형상화한 동굴 통로를 따라 전시실에 들어가는 동안 '탁, 탁, 탁' 둔탁한 소리가 귀청을 때렸다. 녹음된 비명과 아우성이 섞여 있었다. 총소리 음향효과였다.

그렇게 비명非命에 스러진 사람이 얼마나 되는지 정확한 통계는 아직도 없다. 정부사업으로 진상조사가 이루어지고, 기념관과 연구소와 기념공원이 들어서고, 4월 3일이 국가기념일로 지정된 지금도 피해자 숫자 파악이 불가능한 것이 이 사건의 특징이다. 한 집안이 씨가 마르거나, 뭍으로 외국으로 멀리 도피한 사람이 많아 진상파악이 어렵다는 것이다.

기념공원 추모비에 이름과 주소가 새겨진 희생자 수만 1만 4천 231명, 행방불명으로 확인된 사람 3천 891명이다. 종적도 이름도 사라져 버린 사람을 포함해 2만 5천 명 내지 3만 명쯤이라는 게 유족회와 기념사업회, 그리고 다수 연구자들의 추산이다. 당시 제주도 인구의 10%다.

20세기 대한민국에서 왜 그런 일이 일어났는가? 이런 질문이 수없이 되풀이되지만, 누구도 명쾌하게 원인과 경위를 설명하기 어렵다. 그만큼 복잡하게 얽히고설킨 사건이다. 원인과 결과에 아무 연관이 없는 국외자로서는 국가사업으로 이루어진 진상조사 결과와, 기념관 전시물이 말하는 대로 이해할 수밖에 없다.

정해진 순로를 따라 들어가 처음 마주친 전시물은 1945년 8월 15

일, 광복 직후 제주도 지역사회의 정치와 사회경제 현실이었다. 그해 9월 22일 건국준비위원회建準 제주도지부가 인민위원회로 재편되었다. 위원회는 미군정 기관인 제59군정중대와 협력관계였다는 사실이 강조되어 있었다. 악질 친일파는 배제되고 좌우익이 골고루 참여한 위원회에는 귀국 유학생 등 지식인들이 많아 대중적 인기가 있었다 한다.

삐걱거리는 소리가 나기 시작한 것은 민생문제 탓이었다. 광복 이 듬해인 1946년 제주도에 대 기근이 들었다. 보리농사 흉작이 직접 원

북촌리사건 현장 북촌초등학교

인이었다. 엎친 데 덮치듯 콜레라가 창궐하여 민심이 흉흉하였다. 거기에 미군정의 가혹한 미곡정책이 강행되었다. 일제 때 공출제도와 다를 바 없는 '미곡 수집령'이었다. 헐값에 곡물을 팔고 싶지 않은 농민들이 강압에 시달렸다.

이런 사회분위기 속에 일어난 경찰의 발포사건은 민중의 분노에 기름을 부었다. 1947년 3월 1일 제주 북초등학교 운동장에서 열린 삼일절 기념행사 구경을 갔던 초등학생 하나가 기마경찰 말발굽에 밟혀 다쳤다. 경찰관이 모른 체하고 가버리자 성난 군중의 소요가 일어났다. 군중이 경찰서로 몰려가자 경찰은 그들을 향하여 총을 쏘았다. 불순분자들의 습격에 맞선 것이라는 이 총격으로 6명이 죽고 8명이 다쳤다.

중앙언론에 '제주도는 모리배 천하'라는 기사가 보도될 정도로, 경찰간부와 미군장교 부패가 심했던 것도 소요원인의 하나였다. 다시 등용된 일제 경찰과 관리의 횡포와 부패를 속으로 삭이던 도민들은 총격사건을 계기로 파업과 휴학·휴업투쟁에 들어갔다. 세계에 유례가 없다는 민관 합동파업이었다. 요구조건은 발포책임자 처벌, 고문수사 폐지, 유가족과 부상자 생계대책 등이었다.

이 요구는 철저히 외면되었다. 아니, 거기에 머물지 않고 파업이 전 도민을 적대시하는 강경책의 빌미가 되었다.

현지조사를 한 미 군정 당국자가 "제주 인구의 70%가 좌익 동조자"

라는 보고서를 발표하였다. 경무부 차장은 기자들에게 "제주도민의 90%가 좌익색체"라고 규정해 물의가 일어났다. 이른바 '빨갱이 사냥'의 전주곡이었다.

그로부터 제주도에서 벌어진 일은 차마 입에 담기 어렵다. 4·3사건의 실체를 처음 세상에 알린 현기영의 소설 『순이 삼촌』의 한 구절에 대강의 분위기가 담겨 있다.

> 그러나 작전명령에 의해 소탕된 것은 거개가 노인과 아녀자들이었다. 그러니 군경 쪽에서 찾던 소위 도피자들도 못 되는 사람들이었다. 그런 사람들에게 총질을 하다니! 또 도피생활 하느라고 마침 마을을 떠나 있어서 화를 면했던 남정네들이 군경을 피해 다녔으니까 도피자가 틀림없겠지만 그들도 공비는 아니었다. 사실 그들은 문자 그대로, 공비에게도 쫓기고 군경에게도 쫓겨 할 수 없이 피해 도망 다니는 도피자일 따름이었다.

기념관에 걸린 설명문은 4·3사건을 이렇게 정의하고 있다.

"1948년 4월 3일 남로당 제주도당 무장대의 봉기 이래 1954년 한라산 금족지역 전면 개방 때까지 제주도에서 발생한 무장대와 토벌대 간의 무력충돌 과정에서 수많은 주민이 희생된 사건이다."

여기서 말하는 4월 3일의 '무장대 봉기'는 그날 새벽 2시 한라산 아래 솟은 오름 여기저기서 일제히 오른 봉화를 신호탄으로, 350명의 무장대가 12개 경찰지서와 우익단체 단원 숙소를 습격한 일을 말한다.

남로당 조직에 대한 검거선풍과 가혹한 고문수사에 무력으로 저항한 사람들이 '무장대'로 불렸다. 그들의 무장은 볼품없었다. 총기는 일제가 쓰던 99식 장총 27정과 권총 3정이 다였다. 나머지는 죽창과 낫 도끼 같은 농기구였다. 인원도 전 기간 500명을 넘지 못하였다. 신생 대한민국 정부는 미군정의 강경진압을 합리화하려고 무장대 숫자를 부풀렸다. "남한 각지에서 모집한 백정들"이라느니, "팔로군 출신 북한 공산군"이라고 왜곡 선전하였다.

노동절 행사가 열린 그해 5월 1일 제주읍 오라리에서 발생한 방화 사건을 계기로, 미군정은 조선경비대육군의 전신에 무장대 총공격령을 내렸다. 우익청년단원 소행으로 드러난 이 사건을 계기로, 군이 작전주도 세력으로 등장하게 된다. 1948년 5·10 총선거를 앞두고는 딘 군 정장관, 안재홍 민정장관, 조병옥 경무부장, 송호성 조선경비대사령관 등이 제주에 모여 강경진압 방침을 천명하였다. 350명 무장집단 토벌에 군정 고위 책임자들이 현장에 총출동하였고, 연대병력과 해병대까지 동원되었다.

이때 제주에 온 조병옥 경무부장과 제주주둔 9연대장 김익렬 중령 사이에 몸싸움이 벌어진 사실이 기념관 전시물에 적혀 있다. 대책회

의에서 조병옥은 4·3사건을 계획된 공산폭동이라고 규정하며 강경 진압을 주장하였다. 이에 대해 김익렬 9연대장은 입산자가 늘어난 것은 경찰의 실책 탓이라고 맞섰다. 선무공작을 병행하여야 한다는 연대장을 경무부장이 강하게 비난한 것이 도화선이 되어, 두 사람은 멱살잡이 끝에 치고 박는 난투극까지 벌어졌다고 김석범 소설『화산도』에 나와 있다.

5·10 선거로 대한민국이 탄생한 뒤에는 더 심해졌다. 국무회의에서 "무장대를 가혹하게 탄압하라"는 이승만 대통령 지시가 떨어진 것이다. 제주도에 계엄령이 선포된 가운데 11월에는 초토화 작전이 시작되었다. 무장대의 활동무대인 한라산 중 산간지역 모든 마을이 소각되어 사라졌다. 피란 가지 않은 주민들은 학살당하였다.

해안선에서 5㎞가 경계선이었다. 그 바깥 지역에는 주민의 거주가 금지되었다. 해안 마을에는 성담이 둘러쳐졌다. 무장대의 접근을 막는다고 밤낮 없이 주민들이 보초에 동원되었다. 먹을 것이 없었던 무장대는 식량 조달을 위해 한밤중 마을을 습격하였다. 먹을 것도 빼앗아가고 궐원보충을 위해 젊은이도 끌고 갔다.

그 다음날은 군경에게 시달렸다. 무장대에 협조했다는 이유로 아낙네들이 줄줄이 잡혀갔다. 이중으로 시달리기 괴로워 주민들은 동굴이나 깊은 산속으로 숨어들었다. 경찰은 굴 밖에서 노는 어린이들을 사탕 하나로 꼬여 굴 안에서 끌어낸 사람들을 가혹하게 죽였다. 그런 세월이 7년이었다.

무장대의 반격도 거칠고 끈질겼다. 경찰관서와 서북청년단 대동청년단 등 우익단체 숙소가 집중 공격 대상이었다. 5·10 선거 후에는 선거사무 관련자들도 타깃이 되었다.

직접적인 이해관계의 충돌이 없었던 사람들끼리 왜 그렇게까지 하였을까. 이 의문의 해답은 역시 정치에 있다. 불법행위를 다스리려면 법절차에 따른 조사와 재판을 거쳐야한다는 것이 국민 모두의 상식이다. 미국이 원한다고 그대로 시킨 한국의 위정자와 고위관리들, 전시도 아닌 때에 상부방침에 충실하게 따른 아랫사람들의 맹목적 복종과 보복이 우리 모두의 수치가 되었다.

이 사건의 성격은 2017년 4월 대법원 판결로 매듭지어졌다. 이승만 초대 대통령 양자 이인수 등 6명이 4·3 평화재단 등을 상대로 제기한 4·3기념관 전시금지 청구소송 상고심 공판에서 원고가 패소하였다. 대법원은 "원고들은 자신의 현실적인 권리침해를 주장할 수 없고, 4·3사건 특별법도 원고들에게 전시물에 이의를 제기할 권리를 부여했다고 볼 수 없다."는 이유로 그들의 상고를 기각하였다. 이로써 사건을 둘러싼 분규는 법적으로 일단락되었다.

■ 아아, 무동이왓 마을!

　130호 500여 명이 살던 마을이 지금은 인적 없는 밭으로 변하였다. 올레 길도 울담도 형적이 없다. 집 주위에 둘렀던 울담은 헐려 밭담이 되었다. 학교도, 말 방아도, 원 터도, 공회당도 흔적이 없다. 오직 마을 수호신처럼 떠받들던 정자나무만이 넝쿨식물에 몸통이 휘감기어 꽃 지는 메밀밭을 굽어보고 섰다.

　서귀포시 안덕면 동광리, 옛 무동이왓 마을의 오늘 모습이다. 4·3사건 때 불타 사라진 마을 터를 둘러보는 세 시간 동안 뻐꾸기 한 마리가 울어댔다. 따라오며 우는 것 같았다. 울음이 너무 끈질겨 처절한 하소연으로 들렸다. 백 수십 명 원혼이 뻐꾸기로 환생하여 억울하다고, 내 말 좀 들어보라고, 따라오며 피울음을 토하는 게 아닌가 싶었다.

　제주시 버스터미널에서 버스를 타고 '평화로'라 이름지어진 고속화도로를 남쪽으로 달려가다가, 동광 육거리 정류장에서 내렸다. 육거리라는 이름에 걸맞게 교통량이 많은 곳이다. 동남쪽으로는 서귀포 중문 방향의 큰길이 이어지고, 남쪽은 산방산 화순 방향, 서남쪽은 대정 모슬포 방향, 그 사이사이로 크고 작은 마을들과 이어진 지방도가 갈라져 나가는 교통의 요지다.

그래서였을까. 동광리는 옛날부터 중 산간지대치고는 큰 마을이었다. 국영 목마장이 있어 뭍으로 말을 실어내고, 말총으로 탕건·양건·양태 같은 제품을 생산하던 곳이어서 인구가 많았다. 돈이 도는 곳이어서인지, 마을 사람들은 일찍부터 깨어 배운 사람이 많았다. 그것이 화근이 되었다.

1947년 8월, 이른바 '성출 반대사건'이 그것이었다. 미군정의 가혹한 공출에 응하지 말자는 운동을 주도한 혐의로 마을 청년 셋이 붙잡혀 가 구속되었다. 그날 이후 형사들이 자주 마을에 드나들었다. 그럴 때마다 형사들이 찾는 사람들은 자취를 감추게 되고, 형사들 발길은 더욱 잦아졌다.

1948년 4·3사건이 일어난 뒤로는 더욱 공기가 험악해졌다. 무장대와의 접촉을 차단한다고 중 산간 마을 주민을 해안지대로 강제 이주시킨 '소개령'이 떨어졌다. 순순히 그 명령에 따르지 않는 사람들이 있었다. 집을 떠나 피란살이 할 엄두도 나지 않으려니와, 부당한 명령이라는 반감도 작용했을 것이다.

늙고 병들어 운신을 못하는 어른들, 갓난아기와 집 나간 식구를 두고 어디로 간단 말인가, 자식처럼 기른 마소와 강아지 도세기를 버려두고 가는 것도 생심이 안 되었을 것이다. 바닷가 마을로 가면 안전은 하다지만, 무슨 돈으로 셋집을 얻어 들 것이며, 낯선 곳에서 타관 사람이라고 괄시 당하며 살기도 싫었다. 내 집처럼 편할 수 없는 피란살이가 내키지 않았다.

1948년 11월 15일이었다. 이웃 광평리에서 무장대 토벌작전을 마친 군인들이 마을에 들이닥쳤다. 요란한 총소리와 함께 나타나 사람들을 다 불러 모았다. 불문곡직 몽둥이질 발길질이 시작되었다. 왜 마을을 떠나라는 명령에 따르지 않았느냐는 것이었다. 머리가 터지고, 다리뼈가 부러지고, 비명이 낭자하였다. 토벌대는 강신학·김을돌 등 10여 명을 호명하여 무동이왓 마을 공터에 모아놓고 총을 쏘았다. 평소 눈 밖에 난 사람들이었다.

"그날 11명이 불려나갔습니다. 한 사람은 좀 덜 맞았던지 도망쳐 살았습니다. 딴 사람들은 하도 두들겨 맞아서 팔이 꺾이고 머리가 터지고 피바다가 됐습니다. 죽은 분 가운데 아들이 순경인 사람이 '난 죄가 없다, 내 아들이 순경이다' 해도, '순경이고 뭐고 다 필요 없어, 여기 있는 것들은 다 빨갱이야' 하면서 같이 죽여버렸습니다."

4·3사건 50주년 기념 조사보고서 『잃어버린 마을을 찾아서』 중 신

원숙 증언이다.

그러는 사이 일부 병력은 마을을 돌며 집집마다 불을 질렀다. 부녀자들이 울부짖는 소리, 아이들 이름을 부르는 남자들의 다급한 목소리, 콩 볶듯 하는 총소리가 어지러웠다. 불티가 날아다니고 개들이 짖어대고……. 아비규환이 따로 없었다.

"난 도야지 집에 숨언 살았수다. 살려줍서, 살려줍서 허는 애기 놔두고 나만 혼자 살아났수다."

살려달라는 아이를 버려두고 혼자 돼지우리에 숨어 살았다고 눈물로 한 세상을 산 할머니의 한탄이 마을 입구 돌판에 새겨져 있다. 4·3 사건 때 무동이왓에서 약 100명, 삼밧구석 마을에서 50명, 조수궤 마을에서 6명이 희생되었다는 이야기와 함께.

21일에는 이웃 삼밧구석, 조수궤 등 동광리 마을 모두가 불길에 휩싸였다. 살아남은 사람들은 마을 뒤편 오름 천연동굴로 숨어들었다. 영화 「지슬」에 나오는 '큰넓궤'라는 용암동굴이었다. '도엣궤'에도 모여들었다. 울퉁불퉁한 용암석이 무질서하게 뒤엉킨 굴속이라서 허리를 펴고 앉을 공간도 없었다. 그래도 참고 견뎌야 하였다. 목숨을 부지하려면 달리 방법이 없었다. 그런 동굴 속에 100명 넘는 사람이 숨어 살았다. 공동생활이 될 리 없었다. 토벌대에 들킬까 봐 말소리도 크게 내지 못하고, 호롱불조차 켤 수 없는 생활이었다.

토벌대만 피하면 된다고 생각했던 게 잘못이었다. 밤이면 무장대원들이 내려왔다. 그들은 먹을 것 입을 것을 요구하였다. 내 먹을 것도 부족한데 어떻게 남에게 줄 것인가. 그들은 굴속을 뒤져 비상식량을 빼앗았고, 마소도 끌고 갔으며, 대원이 부족하다고 젊은이도 데려갔다.

그렇게 숨어 사는 생활은 오래 가지 못하였다. 토벌대에 들키고 만 것이다. 눈이 내리면 발자국이 남는 것을 어쩔 것인가. 아무리 애써도 그것만은 지울 수 없었다. 사람 발자국만이 아니었다. 마소와 도야지 강아지를 굴속에 가두어 둘 수는 없는 일 아닌가.

지금도 큰넓궤 도엣궤 동굴 안에는 그때 피난민들이 갖고 간 간장독 된장독 파편이 남아 있다. 토벌대가 안으로 들어오지 못하게 한다고 고춧가루 뿌린 이불솜에 불을 지르고 부채질을 하여 그을린 바위, 입구에 돌을 쌓아 굴을 막았던 흔적이 남았다. 어떻게든 살아남고 싶은 삶에의 애착이 증거처럼 남아 있다.

사람들은 굴비두름처럼 손목이 엮여 끌려나갔다. 그들을 태운 트럭이 멎은 곳은 정방폭포 위였다. 줄지어 세워진 그들 뒤편에서 총알세례가 가해졌다. 시신 일부는 세찬 물줄기에 실려 폭포 아래로 떨어졌다. 폭포 물이 핏물로 변하였다. 다른 곳에서 잡혀온 사람들도 많았다. 그날 동광리 사람만 20여 명이 그렇게 이승을 떠났다.

무동이왓 마을 터를 둘러보다가 '잠복학살 터'라는 안내판이 서 있는 곳에서 걸음을 멈추었다. 하루 전날 총살당한 사람들 유족이 시신을 찾으러 올 것으로 예측한 토벌대가 마을 뒤편 숲속에 숨어 있었다 한다. 예측대로 다음날 새벽 사방을 흘깃거리며 주민들이 학살현장에 나타났다. 사방에서 총을 앞세우고 토벌대가 몰려나왔다. 그들은 모두 붙잡혀 한군데로 모여 앉혀졌다. 그 위에 멍석과 짚더미가 덧씌워지고, 기름이 부어지고, 불길이 일었다. 어린이 12명을 비롯해 부녀자 노인 등 19명이 생화장되었다.

그렇게 죽은 사람들의 시신은 오래도록 버려져 있었다. 학살현장의 접근이 허용되지 않았던 것이다. 시신을 찾지 못하니 묘를 쓸 수도 없었다.

사람의 마음은 이상하다. 허전한 마음을 달래려면 헛것이라도 묘를 갖고 싶은 게 인지상정인가. 무동이왓 마을 입구에는 '임문숙 일가 헛묘' 안내판이 서 있다. 도로변에 접한 감자밭 모서리를 50m쯤 들어가면 사각형으로 돌담을 둘러친 묘원이 나타난다. 벌초한 지 오래인 듯 봉분에 잡초가 높이 자랐지만, 세운 지 오래지 않은 비석만은 또렷하다. 높게 자란 풀을 헤집고 읽어보니 손자 손녀들이 세운 것들이다.

"세상이 조용해진 뒤 칠성판을 만들어가지고 정방폭포 위 학살현장에 갔더니, 구덩이를 조금 파고 그 안에서 전부 죽였던 모양입니다. 주변에 옷가지도 흩어져 있었지만 시신은 다 삭아들어 뼈만 남아 뒤엉켜 그냥 돌아왔습니다. 비석이라도 세워야 하지 않겠나 해서 죽은 혼을 불러다 헛 봉분을 쌓고 묘지를 만들었습니다."

79세 임문숙은 그때 일을 이렇게 증언하였다. 2004년이었다.

'광신사숙 터' '동광분교 터'라는 안내문이 붙은 표지판은 그곳이 학교 터임을 알려주었다. 아무 형적도 없지만 밭이 널찍한 것으로 보아 운동장 자리 같았다. '이왕원梨往院 터'라는 곳은 원院이 있던 곳이라 하였다. 제주3군 관리와 외지인들이 이용하던 여숙 자리라는 설명이었다.

다섯이나 되었다는 말 방아는 지금 산방산 가는 큰길가에 하나가 옮겨져 옛날을 증언하고 있다. 말이 끄는 연자방아가 그렇게 많았다는 사실은 이 마을의 규모를 말해 주는 증거다.

4·3사건 희생자 유족이 만든 헛묘

소개되었던 피난민들은 1949년 고향으로 돌아왔다. 그러나 옛 마을로는 돌아갈 수 없었다. 무장대와 접촉한다고 옛집복구가 허락되지 않은 것이다. 주민들은 서동광리에 마련된 공터에 초막을 짓고 가축처럼 살았다. 마을 둘레에 성 쌓는 노역이 그들을 기다리고 있었다. 남녀노소 누구나 돌을 져 나르고, 울담보다 두 배 세 배 높이 돌담을 쌓아 올리는 부역이 고통스러웠다. 양민을 무장대와 격리시키는 조치라 하였다. 그리고는 영원히 정든 마을과 이별이었다. 그렇게 없어진 마을이 제주도 각지에 86개라 한다.

■ 너븐숭이 사건이 말하는 것

4·3사건을 말할 때 대표적인 사례로 이야기되는 것이 이른바 '북촌리 사건'이다. 군경 토벌대에 의해 400명이 넘는 마을 주민이 무차별 도륙당한 사건의 규모와 잔혹성 때문이다. 2003년 정부 조사보고서에 이의를 제기하는 사람들조차 "왜 그랬는지, 참으로 경악스럽고 가슴 아픈 사건"이라고 말할 정도다.

제주경찰서장 출신이 쓴 『내가 보는 제주 4·3사건』에서 저자는 "입이 열 개라도 변명의 여지가 없는 참극"이라 하였다. "북촌리 집단 총살사건의 잘못을 부정하는 사람은 없다. 무고한 사람이 너무 많이 희생되었기 때문이다."고도 하였다. 정부보고서에 부분적인 문제점은 있지만, 학살의 불법성과 참상을 인정하지 않을 수 없다는 고백이다. 경찰 측의 이런 고백이 사건의 야만성을 입증한다.

제주 버스터미널에서 성산 가는 버스를 타고 바다 빛깔이 곱기로 소문난 함덕리를 지나, 조천읍 북촌리에 내렸다. 선사시대 혈거유적지가 있는 이 마을은 까만 옛날부터 살기 좋은 곳으로 유명하였다. 바다를 끼고 동서로 길게 늘어선 마을은 섬이라고 믿어지지 않을 만큼 비옥한 들판과 어장을 가진 전형적인 반농반어 마을이다. 4·3사건을 처음 세상에 알린 현기영의 『순이 삼촌』 무대이기도 하다.

버스를 내려 2016년 조성된 '제주 4·3길' 리본을 따라 천천히 도로변을 걷다가, '너븐숭이 4·3 위령성지'라는 곳에 이르렀다. 바로 소설 『순이 삼촌』 이야기의 무대다. 너븐숭이 4·3 기념관도 있고, 『순이 삼촌』 문학비도 있다. 직사각형 화강석에 새겨진 『순이 삼촌』 문학비 앞에 소설의 여러 대목이 새겨진 직육면체 돌들이 어지러이 누워 있다. 시체들이 널브러진 그때 현장을 보여주려는 듯이. 그 앞에 그때 죽은 애기들 무덤도 있다.

"두 아이를 잃고도 울음이 나오지 않은 것은 공포로 완전히 오관이 봉쇄되어 버린 때문이 아니었을까."

돌 하나에 새겨진 이 문장은 주인공 순이 삼촌이 북촌초등학교 운동장 학살현장에서 기적처럼 살아나와 두 아이를 잃은 슬픔을 표하지 못한 상황을 묘사한 것이다. 시체 무더기 속에 파묻혀 까무러쳤던 그 여자는, 단순히 생존을 위한 동물적인 몸짓으로 험한 세상을 살다가 자살로 생을 마감한 인물이다.

옆에 있는 너븐숭이 4·3기념관은 2008년 정부예산으로 지어진 북촌리 사건 역사관이다. 죽은 어미의 젖을 빠는 강요배의 그림 '젖먹이' 바탕에, 피멍 같은 글씨로 새겨진 시 「북촌리에서」가 관람객의 시선을 잡아당긴다.

> 더 이상 죽이지 마라 / 죽이지 마라 죽이지 말라고 살려달라고 / 애원성보다 빠른 속도로 이미 / 발사된 총탄은 어김없이 산목숨에 꽂혀 / 죽음의 길을 재촉한다 / 시체 산 피 바다 / 수백의 죽음 속에서 살아남은 아이의 내일은 / 또 다른 죽음 / 울음도 나오지 않는 / 원한이 사무쳐 구천에 가득할 때 / 젖먹이 하나 어미젖을 빨며 / 자지러지게 울고 / 더 이상 죽이지 마라 / 너희도 모두 죽으리라

이 광경을 목격한 사람의 증언이 전해져 온다.
순이 삼촌처럼 지옥문에서 되돌아 나온 홍순 할머니는 어제처럼 그일을 기억한다.

> "피가 괄락괄락 쏟아지는데 세 살배기 아이가 젖인 줄 알고 빨아먹고 있었어. 징그러운 시절이야. 또 신혼 이틀 만에 죽은 사람이 제일안 됐어. 어디 갔다 오다가 번쩍하게 군인들이 나타나서, 돌아서니까그냥 죽여버렸어. 처는 그 당시는 안 죽었지만 곧 죽었지. 개죽은 것

처럼 묻지도 못했어."

허영선 지음 『제주 4·3을 묻는 너에게』

기념관 앞마당에 선 위령비 제단에 마른 꽃이 바쳐져 있고, 그 뒤의
오석에 빼곡하게 죽은 이들 이름이 새겨졌다.

"불타는 마을의 충천하는 붉은 화광과 벼락 치는 총성 속에, 낭자한
통곡과 비명들이 하늘을 찌르던 그 날을 뉘라서 잊을 것인가."

희생자 명단석 뒷면에 새겨진 작가 현기영의 불망기 한 토막이 그
날의 상황을 짐작케 한다. 시인 고은의 『만인보』「무남촌 제사」라는
시도 짧은 언어로 사건의 성격을 말해 준다.

> 북제주군 조천읍 북촌 마을 / 어느 겨울 날 / 4백 원혼 제사를 지냈
> 다 / 남자라곤 씨도 없이 / 여자들이 제주가 되었다 / 평소 갈옷 바
> 람 / 제삿날은 다 흰 치마저고리 입었다 / 하루 내내 입을 다물고 있
> 었다 / 울음도 반공법 위반 / 1949년 1월 17일 북촌초등학교 마당
> / 주민 다 불러온 뒤 죽였다 / 4백여 채 집을 다 불 질렀다 / 그런 중
> 에서도 살아남은 아낙들 있다 / 아낙들 조마조마했다 / 제사상이
> 없는 집은 / 방바닥에 메를 차려 아무도 몰래 제사 지냈다.

평화롭던 북촌리 마을이 4·3사건 회오리바람에 휩쓸린 것은 1949

년 1월 17일이었다. 일출봉 마을 가까운 세화리에 주둔했던 토벌대2연대 3대대 일부 병력이 함덕리 대대본부로 이동하는 트럭을 숲속에 잠복했던 무장대가 공격한 일이 불씨였다.

병사 2명이 죽은 사건이 터졌으니 큰일났다고 걱정하던 마을 원로들이 시신을 거두어 고개를 움츠리고 대대본부로 실어갔다. 흥분한 군인들은 총질로 그들을 맞아들였다. 경찰가족 한 사람을 제외한 전원이 어이없는 죽음을 당하였다. 그것으로는 분이 안 풀린 것이었을까. 장교의 인솔 아래 2개 소대 병력이 북촌리를 덮쳤다.

오전 11시 무렵, 총부리를 앞세운 군인들이 늙고 병든 사람들까지 모두 불러내 북촌초등학교 운동장 안에 몰아넣었다. 그러고는 집집마다 불을 질러 400여 호 마을 전체가 시뻘건 화염에 휩싸였다.

운동장에 모인 사람들 가운데 제일 먼저 민보단원이 불려나가 총알세례를 받았다. 보초를 잘못 서서 군인들을 죽고 다치게 했다는 죄목이었다. 군인가족은 앞으로 나오라, 경찰가족도 앞으로 나오라! 그들은 열외가 되고 남은 사람들은 수십 명씩 주변 옴팡 밭으로, 당팟 거리로 끌려갔다. 군인들은 불문곡직 주민들을 향해 쏘고 또 쏘았다. 순이 삼촌이 기적처럼 옴팡 밭 시체더미 속에서 살아난 데가 그곳이다.

이 살인극을 보고 받은 대대장의 중지명령이 내려질 때까지, 이날 하루 남녀노소 300여 명이 총에 맞아 죽었다. 살아남은 사람들에게는 다음 날 함덕리 대대본부로 모이라는 명령이 떨어졌다. "가면 다 죽는데 거길 왜 가느냐!"고 산으로 도망치는 패, "대대장 명령이니 안 가면 큰일난다."는 패로 갈렸다. 제 발로 대대본부를 찾아간 사람들은 빨갱이 가족을 숨겼다는 이유로 또 총을 맞아 죽었다. 그 인원이 100여 명이었다.

입산자 수색이 시작되었다. 철모르는 아이들에게까지 아버지 삼촌 형들이 숨은 곳을 대라고 윽박지르다가 대답을 않으면 "빨갱이 새끼"라고 쏘았다. 쫓기는 사람들은 급하게 숨을 곳이 없었다. 마을 안 골목길이나 돌담 모서리 움푹 꺼진 공간을 돌과 나뭇짐으로 위장해 숨어들었다가 이내 붙잡혀 나왔다. 그렇게 잡힌 사람들 가운데 신원이 특

북촌리사건을 말하는 주민들

이한 사람들은 구속되어 육지 형무소로 넘어갔고, 그렇지 않은 사람들은 즉결처분 당하였다.

　북촌리의 난리는 그 전부터 시작되었다. 입산자가 많고 그들을 돕는 주민이 많다는 의심을 산 탓이었다. 경찰과 군 당국이 찾는 이들이 산으로 동굴 속으로 몸을 숨기자, 당국은 자수하면 살려준다고 삐라를 뿌렸다. 그걸 믿고 나온 사람들 상당수가 즉결처분을 당하였다.
　1948년 12월 16일 자수한 사람 24명이 끌려가 처형당한 곳이 낸시빌레라는 곳이다. 곧 탄생할 대한민국 첫 총선거였던 5·10선거에

북촌리 학살 터 애기무덤

투표하지 않은 죄라 하였다.

북촌 포구 경찰관 피습사건이 일어난 6월 22일에는 마을 안 마당궤에 숨었던 청년 9명이 발각되어 육지 형무소로 보내졌다. 그때 수색팀에는 미군 4명이 섞여 있었다는 게 주민들 증언이다.

낸시빌레는 제주 방언으로 냉이가 많은 들판을 뜻한다. 제주 섬 북쪽 아름다운 해안선을 끼고 있는 이곳은 지금 교통이 번잡한 삼거리가 되었다. 자동차 관광객을 노리는 음식점들, 예쁜 호텔과 빌라들이 들어선 교외 별장지다. 발단이 된 사건이 일어났던 꿩 동산 숲도 그렇다. 그래서 더욱 눈에 띄지 않는 현장이다.

길가에 외로이 서 있는 4·3 유적지 안내판들은 자동차 승객들에게는 아무 의미가 없는 널빤지일 뿐이다. 그 아픈 기억을 더듬어 일부러 찾아가 타박타박 걸어 더듬지 않는 이에게는 다 그러할 것이다.

마당궤는 마을 안길에 접해 있다. 풀이 우거지고 표지도 없어 묻지 않으면 찾을 수 없는 곳이다. 한길 가에 있는 당팟이란 곳에는 옛일을 똑똑히 보았다는 듯, 정자나무가 지나는 행인과 자동차들을 굽어보고 섰다. 무고한 주민들을 처형할 때 빗나간 총탄이 길가 비석에 맞아 몇 군데 상처로 남았다. 제주목사 아무아무개의 선정비들인데, 유탄에 놀란 목사의 혼백이 어떤 반응을 일으켰을지 궁금하였다.

참극의 현장이었던 북촌초등학교는 옛 모습을 찾아볼 수 없을 만큼 변하였다. 옛날과 같은 자리에 있지만 학교 외형이 아름다운 별장촌

학교처럼 보인다. 아담한 교사 건물에는 '사랑과 꿈이 영그는 즐거운 학교'라는 캐치프레이즈가 걸렸고, 잘 가꾼 잔디 운동장에선 아이들이 즐겁게 뛰놀고 있었다.

교문 앞에는 제3회 4·3 문예대회에서 이 학교 학생들이 산문과 그림 부문에서 최우수상을 받았다는 자랑이 현수막으로 걸려 있다. 언제 무슨 일이 있었더냐 싶도록 평온한 마을 분위기는 옛일을 모르는 듯하였다.

신생 대한민국 첫 총선거를 방해하고 무장투쟁을 일삼는 반체제 세력을 척결하는 것은 국가 공권력의 당연한 책무다. 적법하게 체포하여 수사하고 구금하여 법이 정한 절차대로 기소하고, 재판결과에 따라 처벌했다면 누가 무슨 토를 달겠는가.

그렇게도 갈구하던 독립 한국정부가 수립되어 첫걸음을 내딛은 때 아니었던가. 내 나라 경찰과 군인이 무고한 주민을 모기잡듯 파리잡 듯, 닥치는 족족 살육한 그 야만성만은 아무래도 이해할 수가 없었다.

■ 죽어서 얻은 이름 '무명천 할머니'

아무도 모르게 죽은 4·3사건 피해자가 서울 광화문 광장에 '무명천 할머니'란 이름으로 나타났다. 대한민국역사박물관 기획전시 '제주 4·3은 이제 역사'의 중요한 등장인물이 되어 매일 낯선 관람객을 맞고 있다. 6월 10일까지 손님맞이는 계속될 것이다.

2018년 4월 7일 광화문 광장에서 열린 4·3사건 70주년 행사 '광화문 국민문화제' 때는 광장 일우의 4·3체험 부스를 찾은 사람들 손에 이야기 그림책『무명천 할머니』가 많이 건네졌다. 제주시 국립제주박물관에서, 4·3기념관에서 열린 행사에서도 그는 주목을 끌었다. 그의 영혼이 그 현장들을 내려다보았다면 어떤 기분이 들었을까.

이번의 행사들로 그는 갑자기 유명해졌다. 2004년 제주시 한경면 한 요양원 침대에서 쓸쓸히 죽어간 그의 이름진아영은 몰라도, 무명천 할머니를 알게 된 이는 많아졌다. '그날' 이후 턱을 가린 무명천을 벗어본 일이 없다 해서 붙은 이름이다. 죽어서 유명해진 것이 원혼에게 무슨 위안이 되랴만, 그래도 우리는 그것을 알아야 한다. 1949년 그날 이후 이승을 떠날 때까지 그가 왜 고통을 당하였으며, 그 고통이 어떤 것이었는지, 국가와 이웃에게 그의 존재의미는 무엇이었는지, 그가 진정 원했던 것이 무엇이었는지를!

왜 총을 맞아야 했는지 끝내 몰랐던 그는 상징적인 4·3 피해자다. 가해자 측이 정중히 사과하고 마땅한 보상과 위로를 해 주지 못했던 까닭도 알아야 한다. 왜 살아 있었던 그 오랜 세월에 이렇게 하지 못하고, 이제 와서 야단법석인지도!

4·3에 관심을 갖게 된 지 오래인 나도 이번 70주년을 계기로 그의 불운을 알게 되었다. 제주도를 그렇게 드나들면서도 이제야 알게 된 일이 부끄러워 이번 여행길에 짬을 내 그가 살던 집을 가보았다. 제주도 서쪽 끄트머리인 제주시 한경면 월령리, 선인장 자생지로 유명한 바닷가 마을이다. 14번 올레 길에서 50m 떨어진 선인장 밭가에 그가 살던 집이 있다.

낮게 돌담이 둘린 출입구에 가로 막대기 셋이 땅에 내려져 있었다. 작고 퇴락한 두 칸 집 문이 열려 있다는 표시였다. 봉당에서 바로 신발을 벗고 문턱을 넘어서자 바로 거실 겸 주방으로 쓰던 작은 방이었다. 벽 아래 작은 소반에 영정사진이 놓이고, 소반 위에 향로와 선향이 마련돼 있었다. 참배객들이 놓고 간 귤과 사탕 봉지, 음료수에 커피 잔까지 놓여 있어, 조촐하나마 그냥 분향하기에 쑥스럽지 않았다.

안방으로 건너가니 손때 묻은 소지품과 집기, 벽에 걸린 치마저고리, 장롱 위의 이부자리 등에서 할머니 체취가 풍기는 듯하였다.

울음이 소리가 되고 소리가 울음이 되는 / 끅끅 막힌 목젖의 음운 나는 알 수 없네 / 가슴 뼈로 후둑이는 울음 난 알 수 없네 / 한 발에 날아가 버린 턱 당해 보지 않은 나는 알 수가 없네 / 그 고통 속에 허구 헌 밤 뒤채는 / 어둠을 본 적 없는 나는 알 수 없네.

무명천 할머니 영전에 분향하는 제주 주민

벽에 붙은 허영선 시인의 울음 같은 시에 그의 고통이 피멍처럼 배어 있다. 그러나 그 고통은 어떤 절절한 언어로도 표현될 수 없는 것이었음을 알았다. 할머니 84세 때 찍었다는 다큐영상에 그 고통이 어떤 것이었는지 짐작할 단서가 있었다. "진통제 링거를 맞지 않고는 한 시도 견디지 못하였다."는 사촌동생의 증언이 그것이다. 견딜 수 없으면 유일한 친척인 그를 찾아왔다는 것이다. 그렇게 보건소에 연락되어 진통제 주사를 맞는 삶의 연속이었다.

그런 몸으로 그는 생계문제까지 스스로 해결하지 않으면 안 되었다. 물질을 할 수 없어 갯바위 해변을 들락거리며 톳을 채취하거나, 얕은 바다에서 파래를 건져다 장에 팔았다. 농사철엔 밭일 품도 팔았다. 멍석 두어 장 넓이의 마당에 선인장도 심었다. 꽃이 피고 열매가 영글면 몇 푼이라도 쥘 수 있었다. 그렇게 만든 돈으로 쌀을 사고 무명천을 끊었다. 턱을 가리는 재료는 떨어지면 큰일이었다.

한 번도 맨 얼굴을 보여준 일이 없다는 그는 다큐멘터리 제작진 요구에 마음이 동했는지, 맨얼굴을 카메라 앞에 드러내 주었다. 아래 치열부터 턱의 형체가 없는 참혹한 모습이었다. 그런 얼굴로 어떻게 90세까지 살았을까 믿어지지 않았다. 치아가 한 열 뿐이니 음식을 씹을 수가 없고, 마실 수도 없었다. 그래서 그는 사람들이 보는 데선 먹지도 마시지도 않았다. 말을 알아들을 수 없는 것도 그 때문이었다.

제작진이 제공한 차편으로 10㎞ 거리의 고향 마을 판포리를 찾았을 때, 그는 흥분한 어조로 격렬한 몸짓을 섞어 폭포 같은 말을 쏟아냈다. 그러나 아무도 그 말을 알아들을 수 없었다. 말을 할 줄 모른다고 '모로기 할망'이라 불린 까닭이었다. 허 시인 표현대로 성대를 통해 나오는 소리는 온통 울음이고 절규였다. 고통스러운 표정과 총 쏘는 몸짓으로 보아 끔찍한 일을 당한 그날 일을 말하는 것 같았다.

1949년 1월, 어느 달 밝은 밤이었다. 토벌대가 판포리 마을을 덮쳤다. 사람들은 모두 마을 바깥에 숨었다. 대밭에도 숨고, 소낭 밭에도 숨었다. 들키지 않으려고 우는 애 입을 틀어막고, 입김을 내지 말라는 이웃의 경고에 얼굴을 땅에 처박고 숨을 몰아쉬어야 했다. 토벌대는 폭도들이 붙는다고 집집마다 불을 질렀다.

벌겋게 물든 밤하늘을 바라보던 서른다섯 살 아낙 진아영은 곡식이 아까워 집안으로 달려들었다.

"안 돼! 위험해!"

아버지 비명소리가 바람결에 흩어졌다. 부엌으로 달려가 곡식단지를 안고 밭을 가로질러 피난처로 달려가는 순간, '피융– 피융–' 몇 발의 총성이 울렸다. 아영은 그 자리에 쓰러져 혼절하였다.

"조용해진 뒤에 가 보니까 턱이 날아가 살덩이가 덜렁덜렁해요. 가위로 잘라내고 업어왔지요. 그때 죽었어야 하는 건데……."

영상 속에서 사촌동생은 아픈 가슴을 그렇게 표현하였다.

진아영 무명천 할머니 영정

난리가 지나가고 부모가 세상을 뜨고 난 뒤, 아영은 시집 간 언니를 찾아 월령리로 거처를 옮겼다. 언니마저 죽고 난 뒤로는 그야말로 외톨이가 되었다. 의지할 데를 잃은 그는 지독한 공포에 사로잡혔다. 집 앞 돌담 아래 나와 앉아 볕 바라기를 할 때도 안방문과 출입문에 자물쇠를 채웠다.

"약을 얻으러 우리 집에 올 때도 문을 걸어 잠가요. 뭐 가져갈 것도 없는 살림인데, 왜 그리 꽁꽁 잠그고 살던지……."

사촌동생은 이해할 수 없다는 투로 말은 그렇게 했지만, 그 유령 같은 트라우마를 모르지 않을 것이다. 그런 일을 겪고 천애고아 신세가 된 사촌누이의 불행이 마음 아파 일부러 그랬을 것이다.

무명천 할머니가 나라의 보살핌을 받은 것은 죽기 3년 전인 2001년 요양원에 실려간 것뿐이었다. 잠시 잠깐도 견딜 수 없도록 통증이 심해지고, 늙어 거동이 어렵게 된 뒤였다. 고향 마을 가까운 곳에 있는 요양원에서 링거를 달고 살다시피한 그는 2004년 9월 8일, 한 마디 유언도 유서도 없이 쓸쓸히 이승을 떠나고 말았다. 피멍 빛깔의 동백꽃이 모가지채로 뚝 떨어지듯이.

■ '백조일손'의 무덤이라니

　남로당 제주도당 위원장 김달삼金達三이 북으로 달아나고, 무장대 총
책 이덕구李德九가 사살되어 한라산 무장대는 거의 소탕되었다. 그러나
4·3사건은 끝난 게 아니었다. 6·25전쟁을 계기로 또 다른 피바람이
제주도의 산과 들판을 붉게 물들였다.

　전쟁이 터지자 좌익성분으로 분류된 사람들이 영장도 없이 예비검
속 당하여, 한날한시에 총을 맞고 구덩이 속으로 떨어졌다. 그런 비극
이 곳곳에서 잇달았다. 배에 태워 먼 바다에 수장시킨 일도 있었다고
전해진다.

　예비검속이란 독립운동을 탄압하기 위하여 일제가 전가의 보도처
럼 쓰던 사전 검속제도였다. 의식 있는 식민지 청년들을 괴롭힌 악법
중 악법인 그 법제는 광복과 동시에 폐지되었다. 그러나 일제 경찰 출

신이 주축이 된 치안 당국은 좌익의 준동을 막는다는 미명으로 그것을 꺼내 미친 듯이 휘둘렀다.

보도연맹 가입자, 요시찰자 및 입산자 가족 등이 그 대상이었다. 보도연맹이란 국가보안법 관련자 및 좌익사상 전향자로 분류된 인사들을 의무적으로 가입케 한 임의단체였다. 요시찰자란 그 단체 가입자 이외에 경찰이 동향을 주목하던 인사, 입산자 가족이란 4·3사건 당시 한라산으로 도피하였던 사람들 가족을 말한다. 어느 그룹도 법령에 따른 분류가 아니었다.

제주 섬 서남단 송악산 올레 길을 걷다가 그들이 '처단'당한 현장을

예비검속 희생자 추모비

보았다. 마라도 가파도가 저 멀리 보이는 해안 절벽 길을 벗어나, '섯 알오름'이라는 야트막한 오름에서였다. 오름 꼭대기에 있는 일제 고사포 진지를 보고 내려가다가, 커다란 구덩이 둘에 눈길을 빼앗겼다. 큰 구덩이에는 물이 고여 있었다. 그 앞에 예비검속 당한 사람들을 세워놓고 총을 쏘아 묻었던 곳이다.

내려가 보니 구덩이 옆에 위령비가 섰고, 제단 위에 검정 고무신 몇 켤레가 제수처럼 올라 있었다. 까닭 없이 붙잡혀가면서 가족에게 행방을 알리려고, 피해자들이 신발을 벗어던졌던 상황을 상기시키려는 것이었다.

1950년 8월 20일 새벽 어스름에 여기서 피검속자 212명이 총살을 당하였다. 6·25 발발 직후 예비검속을 당하여 절간고구마 창고와 경찰관서 유치장 등에 갇혀 있던 사람들이다. 모슬포경찰서에 검속되었던 제주도 서남쪽 지방 젊은이들은 붙잡힌 까닭도 죄목도 모른 채 날벼락을 맞았다.

광복 후 일본군 탄약고를 폭파해 생긴 큰 구덩이 둘레에 그들은 오랏줄에 묶여 줄 세워진 채로 총을 맞고 구덩이로 굴러 떨어졌다. 시신은 돌과 흙과 나뭇가지로 엉성히 덮여졌다.

오랜 세월이 흘러 구덩이를 파헤쳤을 때 육안으로 식별이 가능한 유해는 얼마 되지 않았다. 엎치고 뒤엉켜 온전한 형태를 띤 것은 드물었다. 유가족들은 한 곳에 공동으로 매장하고, 50년 세월이 흐른

2000년에 들어서야 추가발굴로 유품과 유해 일부를 수습하였다.

문민정부가 그 책임과 피해자 원한을 인정해 주어 2007년 서귀포시 대정읍 상모리에 132위의 유해를 안장하고, 위령비와 제단을 설치할 수 있었다.

"조상이 다른 132위의 할아버지들이 한날한시에 돌아가시어 뼈가 엉키어 하나가 되었으니 한 자손이 아니냐."

한 유가족의 의견이 채택되어 '백조일손百祖一孫의 무덤'으로 부르게 되었다.

섯알오름 집단 학살 터

백조일손 무덤을 찾은 때는 석양이 질 무렵이었다. 멀리 한라산 정상과 가까이 보이는 산방산 실루엣을 배경으로 정연히 줄지어 있는 무덤의 열이 군대 열병식을 연상시켰다. 죽어 묻혀서도 체제의 질서에 순응해야 하는 힘없는 백성의 운명을 보여주려 함인가! 상석 옆에 선 높다란 국기 게양대 꼭대기에 휘날리는 태극기가 유달리 선연해 보였다.

　학살현장에 설치된 안내판에 따르면, 당시 제주도 전역에서 예비검속 당한 사람은 1천 200여 명이었다. 그 가운데 섯알오름 피살자를 제외한 나머지 3개 경찰서 피검속자들은 어떻게 처리되었는지 정

백조일손 묘지 참배객

확히 파악되지 않고 있다. 제주경찰서 피검속자들은 정뜨르 벌판에 암매장되었고, 일부는 바다로 실려가 수장되었다는 미확인 증언이 있었다.

정뜨르에서 '처리'된 피검속자 유해발굴은 2007년부터 시작되었다. 제주 국제공항이 들어선 제주시 용문동 정뜨르 발굴은 2008년까지 계속되어 총 384구의 유해가 발굴되었다. 공항건물 활주로 등 중요시설 구역은 발굴할 방법이 없었다.

피살자 가운데는 4·3사건 당시 검속되어 억울하게 옥살이를 한 사람이 많아 더욱 유가족의 한을 샀다. 좌익성향으로 분류되었거나, 그럴 가능성이 있다고 보는 지식인 그룹, 또는 산으로 피난했다가 귀순했거나 붙잡힌 사람들이었다. 그들은 제대로 조사받지도 않고 기소되었다. 그리고 정당한 재판절차 없이 구금되고 처형되었다.

제주도에서 그렇게 구금되었던 사람들은 모두 육지 형무소교도소로 끌려갔다. 제주도에는 아직 교도소 시설이 없던 시절이었다. 일반재판으로 구속된 사람이 1천 320명, 군사재판을 받은 사람이 2천 530명이라는 기록이 남아 있다.

범죄사실 신문 한 번 없이 일률적으로 15년 형을 선고받은 사람도 많았다. 산속에 숨어 있다가 '귀순하면 살려 준다'는 삐라를 보고 귀순한 사람들은 조사도 받지 않고 경찰서에서 재판소에 실려 갔다. 왜 붙잡혀 왔는지도 모르는 사람들은 제 이름이 불리자 큰 소리로 대답하였다. 집으로 돌아가라는 말을 기대하였던 것이다. 그러나 돌아오는 말은 '15년 형', '7년 형' 하는 형량이었다.

더러는 재판의 형식을 갖춘 경우도 있었다. 수백 명이 우글거리는 북새통 속에 이름이 불려 앞으로 나가면, "너 왜 들어왔어?" 하는 질문이 고작이었다. 그게 다였다. 그리고는 인천으로, 목포로, 대구로 실려 갔다. 그곳에 가서야 자신의 형량을 알게 되었다. 징역 15년, 징역 7년, 징역 5년……. 무슨 혐의로 어떤 근거로 그런 벌을 받게 되었는지 물어볼 수도 없었다. 물으면 폭행과 욕설이 돌아올 뿐이었다.

그렇게 옥살이 한 사람들 가운데 일부는 얼마 후 '이승만 대통령 은전'이라는 감형조치를 받아 집으로 돌아갈 수 있었다. 그러나 그것이 또 생과 사의 갈림길이 되기도 하였다. 풀려난 사람들은 죽고, 옥에 남았던 사람들은 살아난 경우도 있었다. 잔류자들 운명도 엇갈렸다. 형기가 짧아 다 채우고 나간 사람들은 살았지만, A급으로 분류된 사람들은 옥에서 죽었다. 6·25 직후 아무도 모르게 형무소 안에서 '처치' 되었던 것이다.

풀려나 고향으로 돌아간 사람들 목숨도 제 것이 아니었다. 마을 어귀에서 그들의 귀향을 기다리던 사복경찰의 총을 맞거나, 6·25 때 다시 검속되어 죽어갔다. 석방이 늦어 살아남은 사람도 있었다. 죽고 사는 데에 경계선은 없었다.

"우리 아버지는 참 운이 좋았수다. 목포형무소에서 풀려나 일행과 함께 제주항에 도착해 볼일을 보고 오느라고 화를 면했으니까. 바로 돌아온 사람들은 마을에서 총을 맞아 다 죽었습니다."

북촌리 집단학살 현장취재 때 바닷가 정자에서 만난 한 노인은 "죽고 사는 게 종이 한 장 차이"라고 혀를 찼다.

그렇게 살아남은 사람들이 70주년을 앞두고 목소리를 내기 시작하였다. 2017년 4월 19일 여든이 훨씬 넘은 노인 13명이 제주지방법원에 재심청구서를 제출했다고 보도되었다. 군사재판을 받을 이유가 없는데 왜 억울한 옥살이를 시켰느냐는 피울음 같은 항변이었다.

"까닭 없이 징역 산 게 너무 억울합니다. 지금 생각해도 내가 왜 잡혀갔는지 모르겠습니다. 그때 내 나이 열여섯이었소. 종일 농사일 하고 곤히 자고 있는데, 새벽에 경찰이 들이닥쳐 구둣발로 차면서 일어나라고 난리를 치더니 잡아가데요."

금고 5년 옥살이를 한 현창용85세 옹의 기막힌 사연이다.

총 맞아 죽은 형의 시체를 대충 처리하고 산으로 피했다가, 1949년 4월 귀순했다는 양근방85세 옹은 "형이 빨갱이였으니 너도 빨갱이"라는 이유로 붙잡혀가 재판을 받았다. 형량도 모른 채 인천형무소에 끌려가서야 징역 7년이라는 말을 들었다. 같은 배를 타고 대구형무소로 간 큰형은 끝내 돌아오지 못하였다.

2018년 8월 28일. 백조일손 묘역에서 열린 67주기 합동위령제에서는 뜻 깊은 조형물 하나가 제막되었다. 유가족 이상숙92세 할머니가 기증한 4,500만 원으로 만들어진 조형물이다. 군경이 피해자 유물을 모아 소각하는 장면이 형상화된 것이다. 안덕초등학교 교사였던 남편이 끌려간 67년 전 그날, 새댁은 트럭을 뒤쫓아 가면서 그 현장을 목격했었다.

트럭 위에서 피해자들이 벗어던진 고무신과 옷가지 허리띠 등을 경찰이 주워 모아 불태우던 기억은 구십 평생 마음속의 형옥이었다. 농사짓고 장사하고 억척스레 혼자 살아가는 동안, 그 지옥을 벗어나기가 소원이었다는 게 아흔을 넘긴 '제주도 할망'의 소회였다.

■ 열세 살 소년의 4·3사건

"다른 사람들은 다 내려왔는데 왜 네 아비만 안 오는 거냐!"

어머니는 열세 살 아들 얼굴을 바라보며 한숨만 쉬었다. 잊을 만하면 또 같은 말을 반복하고 반복하였다.

소년은 산으로 갔다는 아버지를 찾아 나섰다. 아버지 있는 곳이 어디인지 알 수는 없었지만 무작정 찾아 나서야 하였다. 어머니 성화를 견디기 어렵기도 하고, 아버지가 그립기도 하였다. 아버지 안부가 걱정되는 것도 사실이었다. 작은 밥덩이 하나는 열두 시가 되기도 전에 먹어치워 배가 고팠다. 그래도 아버지 찾기를 그만둘 수 없었다.

가까이 보이는 오름으로, 마른 풀밭에 숨은 동굴로, 산담 너머 목장 구석구석으로 찾아 헤맸지만 아버지는 없었다. 살을 에는 것 같은 찬 바람을 피하려고 쭈그려 앉으니 더 춥고 배가 고팠다. 날이 저물어 집으로 돌아가려는데 길을 찾기 어려웠다. 어둠 속을 헤매고 다니다가 희미한 불빛 하나를 발견하였다. 우리 집 같지는 않았지만 그곳을 지향해 걷고 또 걸었다. 마을과 얼마나 떨어진 곳인지도 모를 낯선 곳이었다. 길을 묻고 물어 집에 돌아온 것은 한밤중이었다.

다음 날도 또 길을 나섰다. 이번에는 다른 오름을 택하였다. 가다가 산에서 내려오는 사람들을 만나 아버지 있는 곳을 물었지만, 낯선 사람들은 모두 손을 내저었다. 풀숲 여기저기에 종이쪽지가 흩어져 있었다. 내려오는 사람들은 그것을 한 장씩 들고 있었다.

"귀순하면 목숨을 보장한다."

붉은 줄이 그어진 그 종이에 그렇게 적혀 있었다.

그러니까 또 가야 한다. 아버지도 그 종이쪽지를 들고 어서 내려와야 살 수 있을 테니까. 그런데 왜 아버지만 안 오시는 거야! 짜증도 나고 밉기도 하였다. 원망스럽기도 하였다. 그날도 아버지를 찾지 못하였다.

마을에 돌아오니까 공기가 이상하였다. 군인들이 총을 들고 마을 어귀마다 지켜 서 있었다. 마을은 쥐 죽은 듯 고요하였다. 숨어 우는 울음이 돌담 밖으로 새나오는 집도 있었다. 집안에는 어머니가 없었다. 학교로 달려가 보았다. 거기 동네사람들이 다 모여 있었다. 학교 바깥 동녘 밭에 버려지듯 누워있는 수많은 주검을 붙안고 우는 사람들, 사람들……

그 속에 아버지 주검이 있었다. 그날 새벽 학교 부근에서 무장대와 토벌대의 전투가 있었다고 사람들이 귓속말로 전해 주었다. 어머니는 아버지 시체 앞에서 넋 나간 듯 앉아 있다가, 소년을 보고 마른 울음보를 터뜨렸다. 토벌대가 학교를 접수하고 주둔한 이래 거기만 하늘같이 믿고 살았는데, 어째 이런 일이 일어난단 말이냐……

서귀포시 남원읍 의귀리衣貴里 주민 250여 명의 목숨이 벚꽃 이파리처럼 덧없이 사라진 '의귀리 사건'은 그렇게 일어났다. 1949년 1월 12일, 토벌대는 남은 수용자 80여 명을 그날 남원초등학교로 보낼 참이었다. 11일 한 무리의 귀순자를 경찰 트럭에 태워 남원으로 보낸 날이었다. 남원초등학교 임시수용소가 문을 여는 대로 또 보내기로 되었는데, 다음 날 새벽 난리가 일어난 것이었다.

새벽 어스름이 걷히기 직전 한 무리의 무장대가 토벌대 본부인 의귀초등학교를 습격하였다. 자수권유 전단지를 뿌려 산에 숨었던 사람들을 데려간 데 대한 보복이었을 것이다. 기록에 따르면 이날 학교를 공격한 무장대 인원은 200명 정도였고, 무장대사령관 이덕구李德九가 지휘자였다 한다.

군은 사전에 정보를 알고 있었던 듯, 옥상에 설치한 기관총이 불을 뿜었다. 무장대는 맥을 추지 못하였다. 말은 전투라지만 결과를 놓고 보면 일방적인 살육이었다. 무장대원 사망자가 51명인데 비해 토벌대는 2명이 죽었을 뿐이다. 무장대 무기는 99식 장총 몇 정이 고작이고, 나머지는 죽창에 낫 쇠스랑 같은 농기구였다.

2시간 뒤 전투가 끝나자 군인들의 호각 소리가 교실에 수용된 사람들의 귀청을 찔렀다. 어서 운동장으로 모이라는 것이었다. 겁에 질려 수군대던 사람들은 재빨리 운동장으로 달려 나갔다. 늦으면 화를 당할 것 같은 두려움이 느껴졌다.

그것이 마지막이었다. 동네별로 줄지어 늘어선 사람들은 집총한 병사들에 의하여 학교 바깥 동편 밭으로 인도되었다. 거기에는 어느새 커다란 구덩이가 마련되어 있었다. 겁에 질린 사람들을 구덩이 앞에 줄지어 세우고 그 뒤에 정렬한 군인의 총구마다 한동안 불을 뿜었다.

흙과 돌로 거죽만 덮은 떼무덤은 오랜 세월 방치되었다가 몇 해가 지나서야 의귀천 옆으로 이장되어 커다란 봉분 셋이 솟았다. 그 뒤 무덤 옆으로 도로가 났다. 합장된 원혼들이 편히 쉴 수 없게 된 것이 미안했던 유족들은, 세상이 몇 차례 바뀌고 대통령의 사과가 있은 뒤 행정기관에 탄원하였다. 유택만이라도 편안한 곳으로 마련해 달라고.

그것이 받아들여졌다. 2003년 9월 민오름 가는 길가 신산모루에 널찍한 터를 잡아 합장을 하였다. 수십 년 묵은 숙원이었다. 떼무덤을 개장할 때 소년은 70을 바라보는 노인이 되어 있었다. 아버지 유해를 찾아볼 생각으로 개장작업에 참여해 보았지만, 허망한 가슴만 쓸어내리고 말았다. 수십 년 세월의 힘은 무서웠다. 유골들은 뒤엉키고 녹아버려 전혀 구별이 안 되었다. 널찍한 유택을 갖게 된 것만으로 위안을 삼아야 하였다.

"아버지만 잃은 나는 그래도 운이 좋은 편입니다. 우리 작은집은 대가 끊어졌으니까요. 작은아버지 부부, 할머니, 사촌동생, 이렇게 넷이 한 날 죽어버렸으니……"

소년은 자라서 남들이 부러워하는 가정을 이루었다. 아들 둘을 두었는데 그 슬하에 손자 손녀가 여럿이다. 큰아들은 대학교수, 작은아들은 국회의원 비서관이다. 의귀리 사건 희생자 위령비 앞에 있는 버스정류장에서 노인을 만났을 때, 그는 아들 내외와 손자들을 기다리고 있다고 하였다. 주말마다 손자손녀들 데리고 찾아오는 두 아들 내외를 기다리는 재미로 산다고 하였다.

길 건너편 잘 지어진 벽돌 2층 주택이 그의 집이었다. 미친 세월을 건너오면서 죽음과 살아남은 것의 차이가 그것으로 구분되었다. 종잇장 하나의 차이로 엇갈린 운명의 세계를 그의 가족사는 말하고 있다.

의귀초등학교에 가보았다. 운동장 쉼터에서 만난 노인들은 쉽사리 입을 열지 않았다. 세 사람 모두 피해자라 하였지만 오랜 세월 입을 닫고 살도록 길들여진 탓이리라. 그때 여덟 살이었다는 노인은 묻는 말을 피해 가기만 하였다. 열두 살이었다는 할머니는 교문 쪽을 가리키며 "저기 다 적혀 있는데……" 하였다.

"그건 다 보았습니다."

"그러면 되지 않았소."

할머니 얼굴에 찍힌 백반얼룩 속에 지난 세월의 신산이 켜켜이 새겨진 것 같았다.

새벽전투에서 두 사람의 군인이 희생된 데 대한 보복으로 학살당한 80여 명의 시신들이 수십 년 묻혀 있던 곳은 지방도로와 맞닿아 있었다. 길가에 높이 세워진 4·3 유적지라는 입간판이 없으면 평범한 떼기밭으로 여겨질 협소한 공간이다. '현의합장묘 옛터'라는 안내판만이 그날의 비극을 말해 주고 있다.
무장대 51명의 시신은 송령이 골이란 곳에 역시 3개의 무덤 속에

피살자를 한데 묻었던 현의합장묘 옛터

묻혔다. 학교 뒤편에 흙만 한층 덮은 엉성한 구덩이에 묻혔다가, 이곳으로 이장될 때 유해 일부는 유가족이 찾아갔지만 대다수는 함께 이장되었다.

2017년 2월 남원-조천 간 도로_{남조로}변에 위령탑이 섰다. 그 뒷면에 그때 죽은 사람들 이름이 동네별로 빼곡히 새겨졌다. 남원리 105명, 태흥리 97명, 한남리 115명, 수망리 107명, 의귀리 250명, 신흥리 120명……. 10개 마을 피살자가 총 967명이다. 어느 쪽에 의한 죽음인지는 구별되지 않지만, 의귀리 사건에서 보듯이 군경에 의한 것이 월등히 많다는 게 진실이다.

이런 비극은 살아남은 사람들을 다시 산속으로 내 몰았다. 군대와 경찰의 말을 신용할 수 없게 된 사람들은 오름으로, 숲속으로, 동굴 속으로, 꽁꽁 숨어들었다. 경찰과 군은 그들이 한라산 무장대를 돕는 세력이라 하여 눈에 불을 켜고 색출하려 하였다. 의귀리 사건이 나고도 몇 해 그런 일은 계속되었다.

6·25전쟁이 일어나 군이 그 일에서 손을 떼자 전투경찰대가 바통을 받아 들었다. 전경은 민오름 아래 야산에 임시주둔소를 만들어 소대병력을 상주시키고 토벌작전을 이어갔다. 그 흔적이 아직 남아 있다. 민오름 공동목장에도 전경이 주둔하였다. 그들이 먹던 샘 이멩이 물은 아직도 솟아 오른다.

한라산 남동쪽 중 산간지대인 의귀리는 남원 포구에서 4km쯤 떨어진 마을이다. 신흥리 수망리 한남리 등 이웃 마을과 함께 밭농사와 어업 목장 일을 하면서 의좋게 살았다. 서귀포로 드나들던 객들이 머물던 원 마을이라서 주민들의 자존심도 대단하였다.

거기에 '헌마공신獻馬功臣' 김만일金萬鎰과의 인연까지 있다. 의귀리 출신이었던 그는 임진왜란 때 말 부족으로 고심하던 조정에 500필을 헌상한 공로로 '헌마공신' 호칭을 얻게 되었는데, 그 후손들도 헌마를 계속하였다. 의귀리란 마을 이름도 종1품 품계를 받은 김만일이 조복을 받아들고 귀향한 데 연유하였다 한다. 그는 죽어서 고향 땅에 묻혀 4·3길의 한 코스를 차지하게 되었다.

목마사업의 전통은 지금 관광업으로 각광을 받고 있다. 민오름 공동목장 근처에는 근래 '옷귀마 테마 타운'이 조성되어 관광객을 부르고 있다. 남원-조천 간 남조로 서편 일대의 4·3 유적지를 한데 묶어 의귀 마을 4·3길이 지난해 개설되었다. 아직은 널리 알려지지 않아 찾는 이의 발길이 뜸하지만 소문이 나면 달라질 것이다. 가까이 있는 산굼부리, 사려니 숲, 교래 곶자왈, 절물휴양림, 비자림 같은 관광명소를 찾는 이들의 발길이 쉬 닿을 수 있는 곳이니까.

■ 내가 겪은 4·3

기고자 현임종

    열한 살 어린이가 4·3의 아수라장에서 기적처럼 살아났다. 자신을 향하여 발사된 총알이 아슬아슬하게 비켜가기도 하고, 아버지가 순간적으로 총대를 눌러 땅속에 박히기도 하였다. 한라산에서 도피생활 중 군경 수색대에 붙잡혀 수용소에 끌려가다가, 담임선생님을 만나 거짓말처럼 석방되었다.

    그렇게 목숨을 건진 소년은 선생님의 철저한 배려로 초등학교를 졸업할 수 있었다. 그리고 고학으로 야간학교를 나와 서울대학교에 진학, 성공한 사회인이 되었다. 그의 스승은 제주도의 330여 개 모든 오름을 발로 밟아 쓴 제주 오름 백과사전 『오름 나그네』의 저자 고 김종 철이다.

그 책이 절판되어 2019년 3월 다시 찍어낸 증보판에 소년은 '스승 이고 아버지이며 친구였던' 선생님과의 연을 회고하는 글을 기고하였 다. '내 인생의 물줄기를 완전히 바꾸어 주신 은인, 김종철 선생님'이 그것이다. 열한 살 어린이가 겪은 진솔한 4·3 체험수기를 더 많은 사 람들에게 알리고자, 본인의 동의를 얻어 여기에 전재한다.

1948년 11월! 내 인생은 절망의 길로 치닫기 시작했다. 제주 4·3은 악화일로를 달려 군경은 평화롭게 살고 있던 우리 마을 다랑굿_{지금의 제} _{주시 노형동}을 무자비하게 불태워버렸다. 뿐만 아니라 보이는 사람들을 무조건 사살하였으니, 그야말로 공포의 아수라장이었다.

몸을 숨겨가며 겨우 이호2동 큰누님 댁으로 피신했으나 곧 그곳도 불태워지고 말았다. 군경은 주민들을 학교 마당에 모아 놓고 한라산 으로 올라간 사람들의 가족을 수색하여 죽였다. 하루는 농산물공판장 마당에 모아놓고 고개를 숙인 채 앉으라 하더니, 누군가가 지목하는 20여 명을 색출하여 뒷동산에 세워놓고 공개적으로 총살하며 사람들 에게 말했다.

"인민공화국으로 가는 모습들을 잘 보시오!"

이런 꼴을 보던 아버지는 "불안해서 살 수가 없구나. 어느 곳도 안전하지 못하니 이럴 바에는 차라리 불타 없어진 우리 집으로 가자." 하며 가족들을 데리고 눈 내리는 밤길을 걷기 시작했다. 집에 돌아와 보니 마을 청년들이 불타 그을린 외양간에 움막을 짓고 모여 있었다. 마침 주인 잃은 소를 잡아 큰 솥에 가득 국을 끓이고 있었는데, 우리에게도 먹으라고 주었다. 난생 처음 쇠고기 국을 먹어 보았다.

날이 새자 청년들은 이곳은 안전하지 않으니 한라산으로 올라가라고 우리 가족을 떠밀다시피 내보내는 것이 아닌가. 할 수 없이 아버지가 이끄는 대로 한라산으로 올라갔다. 아흔아홉골지금의 충혼묘지까지 갔으나 군경은 계속 추격해 왔다. 추위와 배고픔과 공포 속에 계속 오르다보니, 우리는 어느새 백록담 밑 청산이도에까지 다다르게 되었다. 1949년 3월이었다.

둘째 누님은 서울 동국대학으로 유학 간 남편을 한라산으로 올라간 것으로 오인하는 군경의 협박에 못 이겨, 어린 두 딸을 데리고 한라산에 올라왔다. 누님이 작은 체구에 어린 딸들을 업고 안고 다니는 것이 안타까워 내가 업고 다니겠다고 자청했다. 3월 어느 날 청산이도 날씨는 맑았고, 나는 어린 조카를 잠시 등에서 내려놓고 옷을 벗어 이를 잡고 있었다. 그 순간 군경이 들이닥쳐 사격을 퍼부었다.

엉겁결에 조카를 업고 무조건 몸을 내던졌다. 절벽처럼 커다란 바위 아래는 1m 정도 높이의 조릿대 숲이 있었고, 그 위로 눈이 수북이 쌓여 있어 나는 마치 썰매를 타듯 계곡 아래까지 미끄러져 내려가 무사할 수 있었다.

총소리와 수류탄 터지는 소리가 멈출 때까지 계곡 아래 바위틈에 숨어 있다가 해가 저물어 움직이기 시작했다. 조릿대를 붙잡고 바위 바로 밑까지는 올라갔으나 절벽처럼 수직인 바위는 너무 높아서 더 이상 올라갈 수가 없었다. 밤새도록 올라가려고 발버둥친 덕으로 동상에 걸려 죽지 않은 게 다행이었다.

날이 밝은 후 형세를 살펴보니 바위 높이가 20m나 되었다. 절대로 그냥은 올라갈 수 없는 곳이어서 멀리 빙 돌아서 겨우 올라갔다.

동산 위에는 많은 사람들이 죽어 얼음 바닥이 피로 물들어 있었다. 천만다행히도 아버지는 무사하셨다. 그러나 어머니, 누나, 동생, 큰조카 등이 보이지 않았다. 죽은 사람들 가운데도 없었다. 모두 잡혀간 모양이었다. 죽은 사람들 중에는 없다는 안도감과, 그래도 가족이 모두 끌려갔다는 상실감에 한없이 눈물이 흘렀다. 꽁꽁 얼어붙은 땅에 연장도 없으니, 손으로 눈을 퍼다 덮으며 간신히 죽은 사람들을 가매장했다.

어쨌든 아흔아홉골까지 내려가기로 하고 길을 나섰다. 식량이 없어 쫄쫄 굶은 채로 걷다보니 얼음판 위에 흩어져 있는 보리쌀이 보였다. 나는 숟가락을 꺼내 떨어진 보리쌀을 떠서 양말 속으로 집어넣었다. 얼음은 녹아서 물이 되어 흘러내리고, 양말 안 보리쌀은 아버지와 나, 작은조카까지 우리 세 식구가 한 끼 요기할 정도로 모아졌다. 그것이

나마 끓여 먹고 기운을 차렸다.

내려오는 길에 얼음판에 미끄러져 골짜기로 굴러 떨어졌다. 그런데 이런 횡재가! 내가 떨어진 곳에 누군가가 좁쌀 한 말 정도를 감추어둔 것을 발견했다. 우리 세 식구의 식량으로 당분간 굶주림을 면하게 되었다.

아흔아홉골 높은 봉우리에 도착하여 아래를 내려다보니 아시내 밭 지금의 충혼묘지에 군인들이 천막을 치고 주둔하고 있었다. 군인들 동태를 살필 수 있는 언덕에 자리를 잡고 며칠을 보냈다. 어느 날 은신처로 삼고 있던 동굴 속에 아기를 뉘어놓고 아버지와 내가 동굴에서 10m쯤 떨어진 곳에 나와 있을 때였다. 어느새 군인들이 우리 옆에 다가와 있었다.

우리는 두 손을 들고 군인들에게 잡혔다. 나는 동굴 속에 뉘어둔 아기를 데리고 오겠다고 했다. 군인은 순순히 허락했다. 내가 아기 있는 굴 쪽으로 뛰어갈 때 갑자기 총소리가 요란하게 울렸다. 군인은 내가 도망가는 것으로 간주하여 나를 향해 총을 발사했고, 그 순간 군인 옆에 서 있던 아버지가 "살려 줍서" 하고 총대를 아래로 눌러버려 총알은 땅속에 박히고 나는 다행히 총알을 피하게 된 것이다. 군인에게 아무리 사정해도 아기를 데리러 가는 것은 허락하지 않았다. 비통한 심정으로 아기를 산에 그대로 놔두고 아버지와 나는 울면서 끌려 내려갔다.

조카는 얼어붙은 한라산 골짜기에서 추위와 배고픔에 울다 지쳐 죽고 말았을 것이다. 그 아이 뼛조각이라도 수습할 수 있을까 하고, 해금된 후에 한라산을 올랐던 게 수십 번이나 된다. 그러나 헛수고였다.

군인들에게 끌려가면 다 죽는다는 공포에 벌벌 떨면서 내려가는 길에 '원'이라는 마을을 지나는데, 여중생들과 군복 입은 사람들을 마주치게 되었다. 선무공작대 일행이 산에 주둔하고 있는 군인들을 위문하려고 올라가는 길이었다. 그 순간 꿈에도 생각하지 못했던 일이 벌어졌다. 그 속에는 나의 초등학교 6학년 3반 담임이신 김종철 선생님이 끼여 있었다. 나를 알아보신 선생님은 공포에 떨고 있는 나를 껴안아 주시며 "무단결석하기에 산으로 간 줄을 짐작은 하고 있었다. 죽지 않고 살아 있으니 다행이다. 이제는 절대로 죽이지 않으니 걱정 말고 수용소에 가 있어라. 내가 책임지고 빼내주겠으니 안심하거라." 하고 위로해 주셨다.

잡혀가면 다 죽는 줄 알았던 나는 비로소 안심이 되었고, 희망을 품은 채 제주 주정공장 창고수용소로 향했다. 아닌 게 아니라 그곳에서 어머니를 비롯한 가족을 다 만났다. 다만 아기를 잃은 둘째누님의 통곡을 들어야만했다. 울다 지친 누님은 "그래도 너만이라도 살아 돌아왔으니 다행이라"며 위로해 주셨다.

김종철 선생님은 면회를 와주셨고, 우리 가족이 빨리 석방될 수 있게 애써주시어 우리는 수용소를 나와 노형 마을 재건부락에 움막을 치고 지낼 수 있게 됐다. 김종철 선생님과의 약속에 따라 학교에 나가 오랜만에 친구들을 만나 기쁨을 나누었다. 학교에선 수학여행을 떠났으나 나는 포기했다. 졸업사진도 안 찍으려 했지만 선생님 권유로 찍었다.

드디어 1949년 7월 18일 졸업식이 다가왔다. 당시는 9월 신학기제도여서 졸업식은 7월 졸업하는 날이지만 나는 졸업식에는 참석하지 않고 끝나면 졸업장이나 얻어올 생각으로 학교 주변을 맴돌았다. 그런데 친구들이 달려와 나를 찾고는 "선생님이 너를 찾아오라고 야단치셨다." 하며 끌고 들어갔다. 나를 본 선생님은 "숙직실로 오너라." 하고 앞장서 가셨다. 화가 난 선생님께서 숙직실로 끌고 가 한 대 때리시려나보다 생각하며 따라갔다.

선생님은 숙직실 문을 닫고 보따리 하나를 건네주시며 말씀하셨다. "옷을 다 벗어라. 그리고 이 보따리 속에 내가 광주서중 때 입던 교복이 있으니 갈아입어라. 네 옷은 이가 많으니 불태워 없애겠다."

옷을 다 갈아입으니 졸업식장으로 데리고 가 맨 앞자리에 앉게 하고, 육성회장상을 받게 해 주셨다. 제주 4·3 난리 통에 초등학교를 간신히 졸업하게 된 것만도 꿈만 같은데 다른 친구들과 나란히 앉아 졸업생 대표로 상까지 받게 되는 영광을 누리다니……. 이런 자리에 초라한 몰골로 등장하지 않도록 선생님께서 입으시던 중학생 교복까지 입게끔 배려해 주신 그 마음이 눈물겹도록 고마웠다.

졸업을 하고 나서 다른 학생들은 모두 중학교에 진학했지만 나는 차마 엄두가 나지 않아 시골 재건부락으로 돌아가 부모님을 도우며 농사일을 했다. 특히 아버지는 우리 촐왓임야에 가서 소나무를 베어 장작을 만들었고, 나는 그것을 지게에 지고 5㎞ 떨어진 성내까지 가서 식당, 주로 중국집에 팔곤 했다. 그때마다 중국집에서 풍겨오는 자장면 냄새는 배고픈 영혼을 송두리째 잡고 뒤흔드는 것 같았다.

하루는 장작 밭에서 돌아와 보니 우리 동네 어귀 나무그늘 아래 김종철 선생님이 기다리고 계셨다. 택시도 버스도 없던 시절 더운 여름날 5㎞나 걸어서 찾아오셨으니 얼마나 죄송스럽고 반갑던지! 선생님은 나를 보자마자 "너를 오현중학교 야간부에 입학시켰다. 신성여중 급사로 취직도 시켜 놓았으니 내일부터 출근하거라." 하셨다. 나는 눈물을 흘리며 기쁨에 겨워 팔짝팔짝 뛰었다.

아, 돌이켜 보면 그 순간이 내 인생의 큰 물줄기를 완전히 바꾸는 결정적인 순간이었다. 가난한 시골아이가 바야흐로 제대로 된 교육을 받고, 그 힘으로 성공적인 인생으로 도약할 수 있는 발판을 마련해 주신 김종철 선생님, 그분께 나는 어떤 존재였을까? 특별히 잘 나가지도 않은 평범한 여러 학생들 중 한 명에 불과했을 텐데, 선생님은 내 미래의 가능성에서 어떤 빛을 발견하셨기에 이런 사랑과 정성을 쏟으셨던 것일까.

신성여중 급사로 출근하면서 최정숙 교장선생님, 홍완표 교감선생님, 이기형 교무주임 선생님 등 많은 선생님들을 알게 되었고, 그분들의 지도와 가르침을 받게 되어 행복하기 그지없었다.

그러다가 1950년 6월 25일 북한의 남침으로 전쟁이 터졌다. 너도 나도 학도병으로 출정하기 시작했고, 나도 지원 입대하여 전선으로 향했다. 낙동강까지 내려와 있던 인민군들은 인천상륙작전 후 지리멸렬해졌고, 우리 소대는 하루에 200명 정도의 포로를 잡기도 했다. 그러나 1951년 2월 6일 인민군의 기습공격을 받아 기관총탄을 다리에 맞은 나는 육군병원으로 후송되었다.

1951년 5월 23일 명예제대증을 받고 상이군인으로 고향에 돌아오게 되었다. 전 직장 신성여중에 갔더니 최정숙 교장선생님이 나를 미국공보원에 보내셨다. 그곳에는 홍완표 교감선생님이 원장으로 계셨다. 그래서 그곳에서 안정된 직장생활을 계속할 수 있었다.

오현중고 6년을 야간으로 졸업하고 마침내 서울상대에 합격하는 영광을 얻었다. 그러나 등록금 등 학자금 걱정이 앞섰다. 이때 김종철 선생님은 모 신문사 편집국장으로 계셨는데, 그 신문에 '형설의 공, 고학생 현임종 서울상대 합격'이란 박스기사를 보도해 주셨다. 그 기사를 읽은 제주 유지분들이 돈을 모아주셔서 무난히 등록금을 납부할 수 있었다.

김종철 선생님의 '오름 나그네'로서의 삶은 1951년부터 시작되었다. 그때 여름방학 제주농중의 부종휴 선생님이 식물채집을 목적으로 한라산 입산허가를 받았다. 그 일행으로 김종철 선생님과 나도 동행하게 되었다. 제주 4·3이 아직 끝나지 않은 때라 경찰관 두 명을 대동하고 올랐다. 그 뒤 입산통제가 해제되어 선생님과 나는 시간이 날 때마다 한라산에 함께 올랐다. 그렇게 수십 번의 산행을 함께 하다 보니 사제지간의 어려운 관계가 형제처럼 친근한 사이로 가까워졌다. (이하 생략)

1934년생인 필자 현임종은 대학 졸업 후 중소기업은행에 취업하였다. 퇴직 후 신용보증기금 감사실장을 끝으로 은퇴, 2012년 10월 「죽음에서의 탈출」로 『수필과 비평』 신인상을 받고 등단하였다.

올레 길을 걸으며 보는

제주 사용 설명서

글 문창재
발행인 김윤태
교정 김창현
발행처 도서출판 선

등록번호 제15-201
등록일자 1995년 3월 27일
초판1쇄 2019년 11월 29일
주소 서울시 종로구 삼일대로 30길 21 종로오피스텔 1218호
전화 02-762-3335
전송 02-762-3371

값 20,000원
ISBN 978-89-6312-592-3 03810
ⓒ 2019 문창재